Gallmeister

# L'EAU DU LAC N'EST JAMAIS DOUCE

DU MÊME AUTEUR

*Un jour viendra*, 2021 ; totem n°213

Giulia Caminito

# l'eau du lac n'est jamais douce

Roman

*Traduit de l'italien*
*par Laura Brignon*

Gallmeister

FICTION

*Titre original:* L'ACQUA DEL LAGO NON È MAI DOLCE



ISBN 978-2-35178-281-1
ISSN 1956-0982

Photo de l'auteur © Luca Di Benedetto
Illustration de couverture © Patrick Atkins
Conception graphique : Aurélie Bert

Toutes les vies commencent avec une femme, la mienne aussi, une femme aux cheveux roux qui entre dans une pièce vêtue d'un tailleur en lin sorti de l'armoire pour l'occasion, elle l'a acheté au marché de Porta Portese, pas aux étals des vêtements à bas prix, mais à l'étal des marques dégriffées, celui où un écriteau indique : TOUS LES PRIX.

Cette femme c'est ma mère, elle serre une serviette en cuir noir dans sa main gauche, elle a fait sa mise en plis elle-même, elle s'est débrouillée avec la laque et les bigoudis, elle a donné du volume à sa frange à la brosse, elle a les yeux vert et jaune, elle porte de petits talons, elle entre et la pièce rapetisse.

Des employés sont assis à leurs bureaux, ma mère a passé trois heures au coin de la rue, sa serviette contre sa poitrine, quand elle le raconte, elle dit que ses jambes étaient en coton et sa salive acide.

Elle approche en roulant les hanches, précédée par le parfum dont elle s'est aspergée pour couvrir l'odeur des lentilles cuisinées à midi, elle dit : je viens voir Mme Ragni, j'ai rendez-vous.

Elle s'est répété cette phrase devant la glace, dans le tram, dans l'ascenseur, au coin de la rue : j'ai rendez-vous.

Sur un ton doux, un ton enjoué, un ton décidé, dans un murmure, comme si c'était normal, et maintenant elle le dit à une jeune femme sans alliance aux cheveux noués sur la nuque, qui l'observe et voit son tailleur en lin un peu froissé, le cuir de sa serviette élimé sur la poignée.

La jeune femme consulte l'agenda sur son bureau : comment vous appelez-vous ?

Antonia Colombo, répond ma mère.

La jeune femme examine la liste des rendez-vous de Mme Ragni, les parcourt rapidement du doigt à la recherche de cette Mme Colombo, mais ne la trouve pas.

Il n'y a pas votre nom, madame.

Ma mère fait une moue qu'elle a pensée et repensée, elle s'est demandé quelle expression adopter à cet instant précis, elle a anticipé chaque seconde, imaginé ce qui se passerait dans les détails, et sa moue est crédible, celle d'une femme affairée, irritée par l'incompétence, la perte de temps.

Ma mère dit : écoutez, ça fait une bonne semaine que j'ai pris rendez-vous, je suis avocate et Mme Ragni m'avait assuré qu'elle serait là aujourd'hui, nous avons beaucoup de retard sur les dossiers.

La moue de ma mère est de travers, son agacement authentique, aussi authentique que ses chaussures trop serrées et que les hommes grands et transpirants dans le tram.

L'échange se poursuit entre les deux femmes et Antonia Colombo insiste, certaine que c'est la chose à faire, occuper la place et ne pas en bouger.

La jeune femme se laisse convaincre, la femme aux cheveux roux a l'air sûre de ce qu'elle avance et, dans le bureau, personne n'a levé la tête de sa paperasse, la conversation n'a pas encore tourné au conflit.

Ainsi, la jeune femme ouvre la porte sur laquelle une plaque indique MADAME RAGNI et ma mère la franchit, c'est le seuil de son avenir.

Elle voit une femme vêtue d'un tailleur-jupe noir à pois verts et attend que la porte se referme derrière elle.

Mme Ragni et elle s'observent, la première a les mains plongées dans un tiroir qu'elle referme prestement, derrière elle une bibliothèque remplie de volumes juridiques, et ma mère sait que pour sa part elle ne pourra jamais posséder autant de papier, car le papier prend de la place et coûte cher.

Qui êtes-vous ? demande Mme Ragni en croisant les jambes.

Antonia Colombo, répond ma mère, avant d'ajouter : on ne s'est jamais rencontrées et je n'ai pas de rendez-vous.

S'ensuit un épais silence qui dure quelques secondes, jusqu'à ce qu'Antonia le brise.

Vous ne me connaissez pas, mais vous avez mon dossier de demande d'attribution de logement sur votre bureau, je suis sûre qu'il est là, dans cette pile, et mon nom aussi, j'habite au 63 via Monterotto, enfin je n'y habite pas puisque ma résidence n'est pas reconnue et qu'on loge dans un vingt mètres carrés en sous-sol, les factures ne sont pas à mon nom et je reçois des amendes parce que j'occupe les lieux alors que j'ai payé pour être là, je veux que ma situation soit régularisée, ça fait cinq ans que ça dure.

Mme Ragni se lève de sa chaise, révélant sa petite taille, elle retire ses lunettes rondes en écaille, les jette sur son bureau d'un geste irrité et crie à ma mère de sortir.

J'ai fait le tour de vos bureaux, de tous vos bureaux, j'ai apporté les documents que vous avez demandés, j'ai épousé l'homme qui vivait avec moi, je lui ai fait adopter mon fils, je suis tombée enceinte, j'ai constitué la cellule familiale requise et je remplis tous les critères, dit ma mère.

Mme Ragni compose un numéro de téléphone puis raccroche, menace d'appeler la police et ordonne à ma mère de sortir immédiatement, comment a-t-elle osé mentir pour entrer dans son bureau, elle le répète plus fort : comment avez-vous osé ?

Alors ma mère s'assied par terre, jambes croisées, sa jupe en lin remontée sur ses cuisses blanches pleines de taches de rousseur, elle lève les mains au-dessus de sa tête et dit : je suis là pour mon logement, et j'y reste.

Et elle se fige, bras raides, mains grandes ouvertes, sa serviette par terre est vide, ma mère n'est pas avocate et elle n'a pas de rendez-vous avec les gens qui comptent, elle a un appartement qu'elle a débarrassé des rats, des cafards et des seringues, et elle veut une solution.

Mme Ragni quitte son bureau et passe devant elle, elle la heurte délibérément avec son genou et ouvre la porte, elle demande de l'aide, elle dit : il y a une folle assise par terre, faites-la sortir.

Alors la jeune femme vue plus tôt, quelques employés, l'homme de l'accueil et la concierge accourent et trouvent cette femme-souche qu'est ma mère, les mains levées, sa jupe en lin maintenant toute chiffonnée, elle a un visage de marbre et retient entre ses lèvres les insultes et les chants qu'elle voudrait hurler.

Elle ne pense pas qu'ils sachent ce que signifie ne plus en pouvoir, après un deux trois quatre cinq dix assistants sociaux, après un deux trois quatre cinq dix bureaux de poste, après un deux trois quatre cinq dix avocats commis d'office, après un deux trois quatre cinq dix employés du service logement, après un deux trois quatre cinq dix formulaires à remplir, après un deux trois quatre cinq dix amendes, factures, rappels, menaces.

Ils la soulèvent et la déplacent de force, ils la prennent par les bras et les jambes, son chemisier s'ouvre et dévoile un soutien-gorge sans armature, une poitrine pleine, sa jupe se déchire, on voit sa culotte, ma mère a réduit sa tenue des grandes occasions en lambeaux, elle lutte et feule, comme une bête sauvage.

Et c'est comme si j'étais là, debout, la regardant depuis un coin de la pièce, je la juge et ne lui pardonne pas.

I

# LA MAISON EST LÀ OÙ SE TROUVE NOTRE CŒUR

Nous habitons dans un quartier que ma mère n'aime pas appeler périphérie, parce qu'une périphérie est forcément liée à un centre et nous, ce centre, nous ne le voyons jamais, je n'ai jamais visité le Colisée, la chapelle Sixtine, le Vatican, la Villa Borghese, la piazza del Popolo, nous ne faisons pas de sorties scolaires, quand je sors c'est pour accompagner ma mère au marché.

De notre appartement, cinq mètres de large sur quatre de long, j'aime la cour en béton et les plates-bandes où il n'y a que de l'herbe, personne n'a jamais pensé à y planter des fleurs et ma mère a refusé, planter signifie rester.

L'intérieur, c'est une cuisine dans un placard, un lit de camp à tirer de sous le lit de Mariano, un radiateur électrique à régler sur le minimum et seulement s'il fait vraiment froid, un poster des Beatles au-dessus de la table à manger et quatre chaises dépareillées, c'est entendre le lit de mes parents grincer quand ils font leur machin, parce qu'il n'y a qu'une pièce et que ça ne sert à rien d'aller dehors, à rien de s'enfermer dans les toilettes, parce que des toilettes et de dehors on entend tout pareil.

La maison, c'est moi fillette qui ne connais que la cour en béton et qui l'occupe avec mon frère comme un palais, elle est à nous et à personne d'autre, nous creusons, sautillons, cuisinons des orties et des fourmis et, avec des craies fauchées à l'école, nous traçons des chiffres, des lignes, des triangles, des carrés où nous nous asseyons, disant que c'est à nous, nous habitons là, à l'intérieur des signes que nous avons dessinés par terre.

Nous disons M-A-I-S-O-N et quelques lignes suffisent, les murs et le toit, les fenêtres, la porte.

Cet endroit, terre de nos jeux et de nos premières rêveries, existe parce que notre mère l'a voulu, avant c'était le royaume des cafards, de quelques rats et de nombreuses seringues jetées à travers le grillage le long de la route ou laissées là par les gens qui dorment devant la porte de l'immeuble.

Notre mère a enfilé de grandes bottes en caoutchouc empruntées à mon père pour les ramasser une par une et les brûler avant de les jeter, si tu trouves une seringue, dit toujours ma mère, il faut l'enlever de là, parce que si un enfant tombe dessus c'est aussi ta faute puisque tu l'as laissée où elle était.

Elle a récupéré du poison, elle a demandé à mon père de rapporter une pelle du chantier et elle a entrepris de chasser, tuer, éradiquer.

Après des mois de travail, la cour sur laquelle donne la bouche édentée de notre appartement en sous-sol est assainie, elle nous y conduit et nous dit : Jouez.

Pour avoir cet appartement, ma mère a demandé de l'argent à sa grand-mère afin de verser une indemnité à la famille de la petite vieille qui était morte là.

Dans un quartier populaire peuplé d'héroïnomanes et de vieillards moribonds, personne n'aurait acheté ce trou à rats rongé par l'humidité, et de toute façon ma mère n'aurait jamais l'argent pour l'acheter, alors elle s'est entendue avec les propriétaires et a lancé les démarches pour que sa situation soit régularisée, trouver un autre endroit, régler la question du domicile pendant au moins un temps.

Elle croyait que ce serait rapide, qu'elle se débrouillerait d'une manière ou d'une autre, qu'on nous chercherait un autre logement, que nous habitions là en attendant.

Nous attendons longtemps, si longtemps que ma mère finit par craquer et se met à nettoyer, réparer le sol, peindre le plafond et rafistoler l'arrivée d'eau parce que la mairie de Rome ne veut pas nous donner de logement.

Tout repose sur l'équilibre de ce qui est sur le point de s'écrouler mais s'agrippe par sa dernière racine à un terrain friable, jusqu'à ce que ma mère retombe enceinte et que mon père, qui n'est pas le père de Mariano, ait un accident de travail : il chute d'un échafaudage et reste paralysé.

Aux papiers du mariage et de l'adoption s'ajoutent ceux de l'invalidité, aux demandes d'allocations chômage celles d'allocations famille nombreuse et de places en crèche pour mes frères, nous vivons en demandant à la ville, au maire, à l'Italie d'être aidés protégés préservés pas oubliés, notre vie est une prière perpétuelle.

À la naissance des jumeaux, j'ai six ans et Mariano nous déteste tous, en premier lieu mon père qui n'est pas le sien et qui est passé du statut d'homme bourru à celui d'accessoire encombrant et pénible, un four qui ne chauffe plus, un aspirateur qui n'aspire rien, un chauffe-eau qui s'arrête au bout de cinq minutes, c'est de la vieille ferraille dont Mariano veut se débarrasser.

Mon père, connu pour ses gifles retentissantes et son appétit sexuel, est désormais vissé sur le fauteuil roulant récupéré par ma mère à l'hôpital par le biais de connaissances, il lève tout seul ses jambes une par une et a arrêté de dîner : de toute façon à quoi ça sert de manger.

À la maison il y a un homme immobile, semblable à une statue, au marbre, au carrelage, au chambranle de la porte, aux murets qui entourent l'immeuble, et une femme affairée qui récupère, déplace, lustre, range, colle, empoisonne, évacue l'eau au balai quand l'appartement est inondé par les fortes pluies. L'homme immobile est mon père, l'autre, l'inlassable, c'est la femme aux cheveux roux, qui s'appelle Antonia Colombo.

Je n'ai pas de jouets et j'ai peu d'amies, j'hérite d'une version douteuse de tout objet : une poupée cousue avec des chutes de tissu, un cartable ayant appartenu à une autre fillette avec ses dessins dessus, des chaussures aux semelles déjà lisses rapportées du marché non dans une boîte mais dans un sac plastique, à la place des guirlandes de Noël des mandarines, à la place des Barbie leurs photographies découpées dans des magazines.

Je pense que nous sommes du matériel de rebut, des cartes inutiles dans un jeu compliqué, des billes ébréchées qui ne roulent plus : nous sommes restés inertes par terre, comme mon père tombé d'un échafaudage inadapté sur un chantier illégal, sans contrat et sans mutuelle, et de là, de l'endroit où nous avons atterri, nous voyons les autres mettre des colliers de pierres précieuses à leur cou.

Les jumeaux sont de minuscules créatures bruyantes qui dorment sur la table de la cuisine dans un grand carton rempli de couvertures, et l'odeur de leurs couches se mêle à celle de la soupe.

Mariano et moi ne comprenons pas pourquoi nous sommes toujours là sans jamais avoir essayé de partir, cet enfant aux cheveux foncés et moi projetons notre fugue en cachette, pourtant nous ne sommes jamais prêts à filer, à tourner au coin de notre vie.

Nous connaissons tout juste la géographie du Latium, notre région, et les rues de Rome, notre ville, parce que le périmètre de nos déplacements est celui du quartier, en dehors tout coûte trop cher pour nous, et personne ne ferait crédit à ma mère ou n'échangerait du pain et du jambon contre une journée de son travail.

Selon la théorie maternelle, ceux qui ne te connaissent pas ne t'aident pas, alors nous restons là où les gens savent qui nous sommes, où ma mère peut tisser des liens de protection et d'identification, petits et grands.

Mariano est l'aîné, il a vécu l'arrivée de chacun de nous comme une intrusion entre lui et Antonia, qui a été fille-mère pendant un temps, tous deux ne formaient qu'un seul corps tendu vers la survie.

Moi, mon frère me tolère parce que je ne suis pas une pleurnicheuse et que je l'écoute en silence, le laissant déverser fables et diables sur moi, des histoires noires et terribles, des aventures où la gamine de service meurt à la fin et où le loup gagne toujours. Nous avons quatre années d'écart, c'est énorme pour des enfants, à mes yeux il est adulte, presque antique. C'est lui qui intervient quand on m'embête, il faut dire que j'ai une opinion désastreuse des autres fillettes, je les regarde avec agacement, il me semble qu'elles ont quelque chose de plus que moi, mais je n'ai pas encore trouvé mes armes pour leur livrer bataille.

Il y en a une, blonde, une Autrichienne à mes yeux, elle m'appelle Bec-de-chauve-souris parce que selon elle j'ai les lèvres tendues en avant, alors je me hisse sur la pointe des pieds dans la salle de bains pour vérifier, je n'ai pas du tout l'impression d'avoir une malformation et je sais que les chauves-souris étaient autrefois des rongeurs, pas des canards. Mais les insultes des enfants n'ont pas besoin de faire sens pour blesser : être différent, imparfait, cause du tort, alors que n'avoir rien qui dépasse aide à se fondre dans la masse et à ne pas se faire remarquer, nous partons déjà assez handicapés comme ça, nous ne pouvons pas nous permettre d'avoir des becs ou des oreilles décollées.

Quand je raconte cela à Mariano, il vient à la sortie de mon école, me demande de lui montrer la fillette, il lui hurle : ferme-la, débile, et il lui donne un coup de poing.

J'éprouve un frisson de saine admiration pour lui qui, d'un geste, a fait taire la méchanceté, son irascibilité est pour moi une précieuse leçon à garder en mémoire.

L'événement n'est pas du goût des maîtresses ni de ma mère, qui attache les mains de Mariano dans son dos pendant deux jours, lui disant qu'il doit se débrouiller sans ou nous demander de l'aide quand il n'arrive pas à se débrouiller sans : s'il n'est pas capable d'utiliser ses mains comme il faut, alors il ne les utilisera plus.

Antonia trouve des solutions originales aux problèmes, elle nous donne rarement des claques ou des coups de pied, elle préfère nous priver de quelque chose.

Si nous crions dans la maison elle ne prépare pas de dîner, si nous préférons jouer plutôt que l'aider à s'occuper des jumeaux, elle ne nous donne pas de goûter pour l'école ou elle confisque nos trousses ; elle est faite pour les grèves et les démonstrations de résistance.

Va savoir d'où elle tient ses idées, peut-être de ma grand-mère, peut-être de la vie, peut-être d'elle tout simplement, elle n'a pas de religion, elle n'a plus de parti, ce qui est clair pour elle c'est la justice, elle est obnubilée par ce qui est juste.

J'ai une grande fascination pour les fleurs, pas pour celles, si rares, qui poussent spontanément dans notre cour, des petites marguerites printanières très fragiles, mais pour les roses des jardins des autres, le jasmin, les hortensias, que je vois pointer dans la rue et que j'ai envie de cueillir quand je passe devant avec ma mère.

Une fois, j'essaie car je veux mettre les pétales de ces roses à macérer dans une bouteille en plastique avec de l'eau, comme le font mes camarades, qui montrent ensuite à l'école leurs parfums faits maison, malodorants mais de grande valeur. Antonia me voit m'emparer d'une rose qui dépasse d'un grillage et c'est la dispute.

Tu peux pas prendre ce qui est pas à toi, me crie-t-elle.

Mais elle dépassait dans la rue, la rue est à tout le monde, je réponds.

Alors tu es encore plus voleuse, on touche pas à ce qui est à tout le monde, aboie ma mère.

Casser ou abîmer des objets est un sacrilège, auquel ma mère s'emploie à remédier sur-le-champ en étudiant la manière de les réparer ou de leur trouver un autre emploi, mais concernant ce qui est à tout le monde elle devient intransigeante : on ne marche pas sur la pelouse du square, on ne jette pas un papier à côté de la poubelle, on ne cueille pas des roses dans les jardins, on n'abîme pas les livres de la bibliothèque.

Les livres sont sa grande obsession, surtout depuis que mon père est au lit ou sur son fauteuil, parce qu'à la maison, où nous n'avons pas la télévision, juste une radio, notre seul passe-temps est la lecture et, à défaut de place et d'argent pour nos livres, nous lisons ceux qui sont à tout le monde et nous devons les traiter comme des reliques, il nous faut les empiler soigneusement, ma mère a noté les dates de retour et nous harcèle pour que nous les finissions à temps, elle vérifie que nous ne les avons pas tachés ni froissés, et les fois où ça arrive elle nous traîne à la bibliothèque pour que nous demandions pardon à la bibliothécaire et aux autres enfants puis elle les rembourse, et si on lui dit que ce n'est pas la peine elle répond : oh que si, c'est la peine.

Lorsque je me hasarde à lui faire remarquer que quand les choses sont à tout le monde c'est comme si elles n'étaient à personne, elle me répond : sors-toi cette idée de la tête ou tu deviendras une femme méchante.

Antonia a arrêté de bien s'habiller, elle se rend dans leurs services sans se changer, transpirante, une grosse pince dans les cheveux, elle a le visage rond et les tempes étroites, de longs cils, son nez n'est pas proéminent mais il ne se cache pas non plus, elle n'est pas maigre, elle n'est pas en surpoids, sa chair respire la santé.

Elle nous dit toujours que l'important est d'avoir l'air en pleine santé, les jambes grêles ça ne va pas, les visages émaciés font peur.

Antonia a décidé que pour obtenir ce qu'elle veut elle doit insister, elle est entrée sur leur scène comme un spot tombé sur les planches depuis le plafond : importun et dangereux. Il devait éclairer les comédiens et voilà qu'il aspire au premier rôle.

Antonia est une femme dysfonctionnelle, désespérée et désinvestie, elle a toute sa paperasse avec elle, elle a repéré un employé qui lui semble plus cordial que les autres et a noté son nom sur un papier : Franco Murri.

Écoute-moi, Franco Murri, je suis Antonia Colombo et tant que personne ne m'aidera je reviendrai ici et je te réclamerai, annonce ma mère en lui tendant les chemises une à une.

Franco Murri essaie d'être gentil : vous savez, madame, vous avez menti pour entrer ici et notre cheffe de service ne l'a pas oublié, dans ces conditions il y a peu de chances que votre demande aboutisse.

Antonia Colombo ne cède pas : alors je poserai cinquante fois mon dossier sur ce bureau, jusqu'à ce que je devienne si encombrante qu'on ne pourra plus m'ignorer. J'ai quatre enfants, maintenant, et un mari infirme.

Et cela pendant un, deux, trois mois, si l'employé change, elle sait qu'il lui faut tout recommencer depuis le début, alors quand elle ne voit pas Franco Murri à son bureau elle dit qu'elle reviendra le lendemain ou elle prend un autre rendez-vous.

Quand elle rentre à la maison, elle nous parle de Franco comme si c'était le pharmacien ou le marchand de journaux, un homme familier, d'un monde connu et rassurant, nous sommes incapables de mettre un visage ou un physique sur son nom, pour nous c'est un intrus, nous ne comprenons pas ce qu'il fait pour notre mère et commençons à en être jaloux, surtout Mariano.

Elle voit ce type et ton père il trouve rien à redire, me reproche un jour mon frère, comme si j'étais responsable, surtout parce que j'ai un père qu'il n'a pas ou ne veut pas.

Qu'est-ce qu'il devrait dire ? je réponds et je regarde mon père, il est assis, les roues de son fauteuil calées contre le pied de la table, *Il Manifesto* ouvert sur les genoux, il lit la même page depuis au moins une demi-heure, j'imagine qu'il a perdu le fil.

Quelque chose, rétorque Mariano, et il lui jette ce regard de réprobation qu'il lui réserve toujours.

Papa s'est éteint, il est foudroyé, je vais le voir et pose une main sur son genou, même s'il ne la sent pas, je lui demande qui est ce Franco et s'il a quelque chose à lui dire.

Papa ne me regarde pas, mais il dit : fais taire ton frère.

Mariano et lui s'affrontent à distance, du lit du premier au fauteuil du second, parce qu'ils sont toujours dans la même pièce, on ne peut pas se dérober, on ne peut pas faire semblant de ne pas avoir entendu.

Elle a été arrêtée, ajoute mon père, tandis que Mariano enfile rageusement ses baskets, il veut sortir, aller courir.

Qui ? je demande en baissant les yeux vers le journal.

La femme, là, la cheffe de service, m'explique mon père, mais je ne sais pas ce qu'est une cheffe de service ni quel est ce service, alors je cherche un indice dans les mots imprimés et je lis le nom qu'il écrase de son doigt : Vittoria Ragni.

Je ne sais pas qui c'est, je lis plusieurs fois ce nom, Vittoria Ragni, je suis en train de le répéter à voix haute quand ma mère rentre à la maison avec un bidon de produit pour le sol, elle ne revient jamais les mains vides, elle apporte des bocaux en verre, des bouteilles en plastique, des bouts de contreplaqué, ce qui ne sert plus aux autres nous servira forcément.

Quoi, Vittoria Ragni ? demande-t-elle en posant le bidon sur la table. Mariano, où tu vas ? ajoute-t-elle, mais Mariano sort sans un regard pour elle, et il n'assiste pas à la première manifestation de joie de notre mère, il ne voit pas les rides d'expression disparaître de son front, il rate la lueur dans ses yeux, ses lèvres qui s'étirent.

Antonia arrache le journal des mains de mon père, elle lit, puis relit, et je vois des frémissements faire frissonner son sourire, je vois ma mère pleurer.

Je l'observe, pantoise, je ne l'ai presque jamais vue pleurer, pas même à l'hôpital quand elle a accouché des jumeaux, pas même quand sa grand-mère est morte, ni quand mon père est tombé.

Elle est accusée de malversations, elle va aller en prison, dit-elle entre ses larmes et je n'arrive pas à comprendre si elle en est heureuse ou désolée.

C'était une amie à toi ? je demande timidement et elle éclate de rire, ses yeux sont encore mouillés mais elle rit fort.

Antonia doit montrer ce qui nous fait défaut, l'absence d'eau chaude, les fils électriques à nu, le manque de place pour circuler, la lumière naturelle presque inexistante, pourtant elle ne cesse de répéter aux personnes qui sont venues : on s'en tire, tout est propre.

La nouvelle cheffe de service travaillait précédemment aux services sociaux, quand elle lit dans notre dossier qu'il y a quatre enfants dans un vingt mètres carrés, elle marque au feutre rouge sur la première feuille : URGENT.

Alors ils s'occupent enfin de nous et viennent voir où nous vivons, ils trouvent mon père assis sur le lit qui ne leur dit même pas bonjour et les jumeaux cramponnés à la jupe de ma mère, au risque de l'arracher, par terre devant l'armoire il y a le sac avec leurs habits, ils dorment dans un carton, collés l'un à l'autre, ils essaient toujours de ne faire qu'un.

Mariano est dehors, dans la cour, on l'entend crier, il fait semblant d'être en danger, il dit au secours au secours avec une voix d'adulte et ma mère déclare : ne vous inquiétez pas, il veut attirer l'attention, il va bien.

La présence de ces deux intrus rend notre appartement encore plus petit, maintenant il nous apparaît comme un cagibi, une arrière-boutique, un placard à balais.

La police arrive, s'égosille Mariano depuis la cour, puis il jette un pétard par terre.

Les deux personnes prennent des notes, posent des questions à ma mère sur l'état du bien, quand elles s'en vont mon père se couche péniblement sur le côté et se met à ronfler, moi je mange une carotte crue et ma mère regarde Mariano depuis le seuil : t'es un vaurien, lui crie-t-elle, ces gens étaient de la mairie, ce soir tu mangeras du pain sec.

Deux semaines après, la nouvelle cheffe de service téléphone à ma mère, comme nous le savons la liste d'attente est longue et notre demande a été suspendue pendant très longtemps, mais elle veut que nous quittions cet endroit, il est trop petit pour nous, elle nous a trouvé un appartement, elle ne peut pas nous l'attribuer mais elle peut nous le confier à titre temporaire et, avec un papier signé de sa main, nous pourrons y habiter jusqu'à nouvel ordre.

Ce bout de papier, ma mère en fait des dizaines de photocopies et l'apporte à toutes les administrations, la poste, la banque, les impôts, elle en a une copie dans son portefeuille et une autre accrochée au mur, elle le range à côté de nos cartes d'identité et des petites boîtes qui contiennent nos premières dents de lait.

Mariano et moi disons adieu à notre carré de béton, avec angoisse et désarroi.

Notre nouvelle résidence se trouve dans un quartier pour gens fortunés, sur le corso Trieste, à côté des administrations et des banques, nous pouvons aller à pied à la Villa Torlonia et à la Villa Ada, en dix minutes nous sommes à la discothèque Piper, le quartier attenant c'est Parioli, le plus riche de la ville, dans cet immeuble de six étages doté de deux cours intérieures la mairie ne possède qu'un appartement, celui qui nous a été confié.

Ainsi, avec nos cartons, nos babioles, nos pots de yaourt transformés en pots pour les cactus, nos bocaux de haricots transformés en pots à brosses à dents, nos cintres confectionnés en scotch et en carton, nos sous-vêtements stockés au fond de grands sacs-poubelles, nous prenons possession de cette demeure.

Il y a trois chambres à coucher, une cuisine, un petit séjour, une vraie entrée, un vrai escalier, une vraie porte, une vraie baignoire, une vraie gazinière, de vrais stores.

Mariano et moi posons les deux sacs plastiques remplis de nos jouets cabossés au milieu de notre chambre, elle nous semble trop grande pour nous, elle est presque terrorisante.

Depuis que nous habitons là, je dors mal, j'oblige mon frère à garder la lumière allumée et je me réveille en pleine nuit avec une incroyable ponctualité, en proie à un cauchemar dont je ne me souviens jamais, tout ce que je sais c'est que d'habitude je tombe et que personne ne me rattrape.

La nuit, je n'entends plus la respiration lourde de mon père ni les pleurs des jumeaux, je vois seulement Mariano se lever pour aller à la fenêtre, regarder la rue en contrebas.

Les voisins commencent à se plaindre parce que les jumeaux ne dorment jamais, parce que Mariano et moi marchons trop vite, parce que ma mère met la radio trop fort quand elle fait la vaisselle, parce que mon père jure tous les matins, au lieu de dire quelle belle journée il blasphème contre tous les saints.

Dans notre nouvel immeuble, il existe une copropriété, il existe des gens qui la gèrent, il existe des réunions auxquelles nous ne sommes pas invités parce que l'appartement n'est pas vraiment à nous, nous ne l'avons pas acheté, à la différence d'eux rien n'est à nous.

La cour déborde de roses – jaunes, rouges et saumon – et d'arbres fruitiers, mais nous n'avons pas le droit de les toucher, personne n'a le droit, un jardinier vient tous les mercredis et les pulvérise d'un produit malodorant.

Le premier après-midi où Mariano et moi jouons seuls en bas de l'appartement, nous recevons un seau d'eau sur la tête : une dame n'apprécie pas que les gens fassent du bruit.

Mariano lui crie : connasse !

Elle dit qu'elle va appeler les carabiniers.

Cette fois-là ma mère nous gronde et intime à Mariano d'arrêter de crier, ces personnes étaient là avant nous, nous ne pouvons pas nous comporter comme dans notre ancien appartement, nous devons nous adapter à la vie des autres, nous montrer respectueux.

Il est compliqué pour nous de faire les courses dans le quartier, tout coûte trop cher, nous sommes arrivés à l'école en milieu d'année et selon les maîtresses nous avons tellement de retard qu'il nous faut redoubler, mon frère se fait toujours exclure et moi j'ai perdu la moitié de mes mots, je réponds par des phrases tronquées, mon écriture est tremblante et je jalouse terriblement les *o* et les *m* des autres fillettes.

La seule amie de ma mère là-dedans est la concierge, une dame d'origine sicilienne petite et taiseuse, aux gestes rapides et efficaces quand elle fait le ménage, elle écoute les plaintes de tous les habitants, leurs histoires, leurs ennuis, et ne raconte jamais les siens, elle s'occupe du courrier et elle a un tableau avec les clés des appartements, des caves et de toutes les serrures de l'immeuble, rien ne les distingue, elle seule sait laquelle ouvre quelle porte, c'est son secret.

La concierge s'appelle Nunzia et elle a une fille, Roberta, qui comme mon père est en fauteuil roulant, mais elle n'est pas tombée, elle est née comme ça, elle ne parle pas bien, souvent sa tête dodeline et son regard devient sec, comme si elle était absente.

En rentrant de l'école, je m'arrête toujours dans la cour, quand personne ne me regarde je jette mon cartable par terre et je vais à la fontaine qui se trouve au milieu, elle est blanche et sale, mais six poissons rouges tournent en rond dans son bassin. Je passe des heures la main plongée dans l'eau pour essayer de les caresser, ils sont insaisissables, ils s'esquivent puis reviennent, et je mélange et mélange, les mains en coupe je récupère les brindilles tombées à la surface.

J'ai l'impression que ce jeu ne peut déranger personne, les poissons et moi ne faisons aucun bruit et en plus je leur tiens compagnie, je ne fais presque pas d'éclaboussures et ne bois pas une goutte de cette eau.

Dans un coin de la cour, il y a du soleil même en hiver, de là si on lève les yeux on voit un lambeau de ciel, un triangle qui fait oublier qu'on est en pleine ville, Nunzia y installe sa fille Roberta sur son fauteuil roulant, parce qu'elle aime la lumière. Leur appartement, à côté de la loge, est le plus petit de l'immeuble, et par chance il y a peu de marches pour y accéder mais aussi peu de lumière.

Roberta est une fille silencieuse, parfois elle gargouille, elle se lèche les lèvres, elle dit quelques mots et demande des choses que seule sa mère parvient à déchiffrer, mais elle n'a aucun mal à faire comprendre qu'elle a envie d'être là, au soleil.

Je vois que beaucoup d'habitants de l'immeuble passent devant elle sans la saluer, ils me regardent moi aussi de travers et continuent tout droit, ils ne s'intéressent pas aux poissons, alors je dis : salut.

À voix haute, à tout le monde, pour voir comment ils réagissent, s'ils répondent ou pas, certains marmonnent un bonjour ou un bonsoir, d'autres rien du tout, ils ne se donnent pas cette peine.

Il y a une Allemande qui nous scrute d'un air sévère depuis sa fenêtre, quand elle descend dans la cour elle fait des allées et venues, elle sourit aux autres femmes mais pas à nous, elle me regarde les poings sur les hanches, fait machine arrière, va voir la concierge, se plaint et revient, un jour je la vois arriver, toute rouge – elle bataillon, moi brigand –, et se jeter sur moi pour sortir mes mains de l'eau.

Ça suffit, maintenant, tu l'abîmes, crie-t-elle d'une voix aiguë, elle a les yeux bleu clair et les tempes larges.

Tout ce mouvement effraie les poissons qui tourbillonnent dans leur chaudron, queue droite, yeux désespérés, Roberta est perturbée et tape des pieds, l'Allemande serre mon poignet et me pousse vers ma cage d'escalier.

Va-t'en maintenant, m'ordonne-t-elle tout échauffée, et je monte, je gravis les marches quatre à quatre pour rejoindre ma mère.

Je la trouve avec un jumeau accroché au cou et l'autre jambes nues sur la table, il se dandine tellement qu'il semble danser.

M'man, lui dis-je, en sueur après avoir grimpé l'escalier. L'Allemande m'a grondée pour la fontaine, elle dit que je l'abîme.

Je t'ai répété mille fois que tu peux pas jouer dans la cour, c'est pas comme à notre ancien appartement, cette cour est là pour décorer, compris ? Pas pour jouer, elle sert à embellir l'immeuble, c'est comme un ruban sur un paquet-cadeau.

Je regardais les poissons sans faire de bruit, à quoi ça leur sert à ces imbéciles d'avoir ce joli endroit si personne peut y toucher ? je réponds.

Et à quoi ça leur sert d'avoir des colliers, des dentelles et des broderies ? À rien, à ces gens-là rien ne sert à rien, ils se font beaux et c'est tout.

Les jours suivants, quand je passe devant la fontaine je la regarde comme un amant perdu, les poissons sont des joyaux, les roses une parure, et personne ne s'intéresse à eux.

Cependant, je me rends vite compte que Roberta n'est plus à son endroit habituel, même quand il fait beau elle ne descend plus dans la cour, ma mère s'en aperçoit aussi et va demander pourquoi.

Elle découvre que c'est l'Allemande qui l'a voulu, elle a dit à la concierge que ce n'était pas un beau spectacle de voir sa fille baver dans la cour, déjà qu'avec ceux-là – ma famille et moi – plus personne n'achèterait d'appartement dans cet immeuble, qu'avec nous le bien perdait de sa valeur.

Alors ma mère l'attend, elle fait descendre les jumeaux, Mariano et moi, elle nous ordonne de nous mettre contre le mur et d'enlever nos T-shirts, elle enlève le sien aussi, s'adosse au mur en soutien-gorge comme si elle était devant le peloton d'exécution et quand l'Allemande et son mari arrivent, elle leur dit : tant que vous laisserez pas la fille de la concierge sortir dans la cour on restera là, mes enfants et moi, tous les jours, sans vêtements, pour protester.

Elle hurle, les habitants de l'immeuble se mettent aux fenêtres qui donnent sur la cour et l'Allemande reste immobile, échalas, portemanteau, puis elle dit : j'appelle les carabiniers.

Vous pouvez les appeler, on bougera pas. Comment c'est possible de refuser à une fillette d'être au soleil ? Une fillette qui peut pas marcher. Voilà ce que je dirai aux carabiniers et s'ils nous font partir on reviendra, vous imaginez pas ce que je peux être têtue, vous en avez vraiment pas idée.

Le mari de l'Allemande intervient, elles crient, nous sommes collés au mur à moitié nus, Mariano s'est mis en slip, j'ai relevé ma jupe.

Nous sommes prêts pour la révolution.

Vous voyez ces grilles ? demande le mari de l'Allemande, qui doit bien avoir une dizaine d'années de plus qu'elle. C'est nous qui les avons remises après la guerre, parce que les fascistes les avaient volées, cet immeuble a une histoire, fait-il remarquer avec une tranquillité agacée, et son calme vénéneux accroît sans doute la colère de ma mère.

Et c'est qui les fascistes, maintenant, hein ? Vous vous souciez des grilles mais pas des enfants, vous les laissez pas jouer, vous avez pas un mot ni un geste tendre pour eux, vous les laissez même pas rester assis dans un coin, quel genre de personnes vous êtes ? Moi j'ai pris le risque d'attraper le sida pour que mes enfants puissent jouer.

La femme aux cheveux roux se frappe la poitrine et mime une seringue s'enfonçant dans son bras.

Ils ne savent pas quoi répondre, ils restent silencieux.

Au signal convenu, nous nous rhabillons et suivons Antonia à l'appartement en file indienne, elle déclare que nous reviendrons.

Et de fait nous revenons tous les après-midi après l'école faire scandale dans la cour, jusqu'à ce que Roberta reprenne sa place dans son coin ensoleillé.

Il faut insister tant qu'on n'a pas obtenu ce qu'on veut, si on insiste sans relâche, rien ne résiste, explique ma mère à Mariano quand elle voit Roberta avec son bavoir en éponge agiter les mains et les poignets, l'air heureux.

Notre mère ressemble à une héroïne de bande dessinée, à Anna Magnani au cinéma, elle braille, ne capitule jamais, cloue le bec à tout le monde.

Mariano et moi sommes dans le couloir qui conduit aux chambres, culottes courtes et mollets raides, et sans ciller nous fixons notre peur : ne pas être comme Antonia, ne jamais être à la hauteur, ne remporter aucune bataille.

## 2

## LA CRÈCHE ENGLOUTIE

UN MATIN, j'entre dans la cuisine, Antonia me tend une casquette vert pistache à la visière tordue et dit : je t'emmène quelque part.

Où est Mariano ? je demande, parce que sa tasse du petit déjeuner n'est pas sur la table.

Dehors, il ne vient pas avec nous, répond ma mère d'un ton sec. Habille-toi, il est tard.

Et les jumeaux et papa ? je demande encore.

La concierge les surveille, coupe-t-elle. T'as des taches de rousseur sur le nez, ajoute-t-elle en scrutant mon visage comme si elle le voyait pour la première fois.

Je suis sa version miniature, elle est ma version grand format : même cheveux roux frisés, même yeux vert vase, même inaptitude à marier les couleurs, même incapacité à boire proprement dans des verres étroits, taches de rousseur sur le nez.

Chacune de nos caractéristiques est pour moi un atroce défaut. Nos taches de rousseur sont pires que de l'acné, nos yeux ne savent être ni vraiment verts ni vraiment marron, notre peau trop claire semble maladive et, surtout, nos cheveux portent la poisse.

Ma mère et moi prenons l'autobus et deux métros jusqu'à Valle Aurelia et, de là, un train sur une ligne rénovée depuis peu, j'ai l'impression d'avoir embarqué pour un voyage galactique, mon short rose en éponge est une tenue de cosmonaute et ma casquette de guingois le casque à travers lequel je vois les étoiles.

Les sièges sont imprimés de petits losanges, leur appuie-tête bleu électrique présente un renflement sur le côté, on peut y appuyer sa tempe pour faire un somme.

Il y a une petite poubelle en métal pour jeter les papiers ou les déchets, elle fait un bruit sec quand on la ferme, elle m'évoque la gueule d'un requin mécanique, je joue avec le couvercle, le lève, le baisse, tac tac, jusqu'à ce qu'une dame à côté de nous souffle et que ma mère me menace : si je continue, elle me confisquera ma casquette et j'attraperai une insolation.

La climatisation monte du sol, nos pieds sont froids dans nos chaussures en toile, devant les gares il y a des parois en plexiglas et des armatures vertes, quand je demande où nous sommes pour savoir à quel point nous nous éloignons de la maison, Antonia dit : dans le train, et elle ne développe pas.

Elle a emporté des mots croisés qu'elle fait sans me demander conseil, je lorgne, elle vient d'écrire verticalement le mot CONSTELLATION.

Laquelle ?

Laquelle quoi ?

Quelle constellation ?

Je ne connais pas les étoiles.

Ça pourrait être la Grande Ourse.

Elle ne répond pas, elle est déjà passée au mot suivant, 27 horizontal.

Je n'ai pas souvenir d'un pareil déplacement à part pour aller à la mer chez mamie, à Ostie, chose rare, car alors mon père reste seul, ma grand-mère ne supporte pas les jumeaux et ma mère craint que Mariano se retrouve avec une seringue plantée dans le pied à force de sillonner tous les établissements balnéaires même le soir.

On va où ? je demande à Antonia tout en frottant mes cuisses contre le tissu rêche du siège.

Voir un appartement, répond-elle comme si elle parlait d'un parasol ou d'une chaise longue, de quelque chose de banal.

L'appartement de qui ? je demande.

Notre appartement, répond Antonia, et j'ai l'impression qu'elle se moque de moi, ses cheveux roux mentent et le train va nous déposer dans le désert.

On n'a pas d'appartement à nous, rien que des appartements que les gens nous laissent habiter par gentillesse, et je dis gentillesse pour ne pas dire charité, mais peut-être que charité serait le mot juste, ou peut-être pas : peut-être que c'est plutôt assistance, ou secours ou nécessité, peut-être que c'est mensonge.

Les yeux bien ouverts je lis les noms des arrêts à haute voix et elle m'informe qu'on est dans le nord de Rome, ça c'est la via Cassia et ça la gare de Cesano où se trouve la caserne, et moi je pense que nous sommes en train de traverser tout un continent, que nous allons rencontrer des peuples et des gens, envahir des territoires ennemis.

Le panneau bleu de la gare suivante indique Anguillara Sabazia, ma mère m'oblige à descendre, mes pieds font de la résistance mais je ne dis rien, le train repart et nous demandons des informations.

Le lac est à quelle distance ? se renseigne Antonia, et nous découvrons qu'il est à quatre kilomètres, il n'y a pas d'autobus, soit nous y allons à pied soit nous faisons du stop.

Alors ma mère sort de la gare, devant nous il y a les auvents pour s'abriter de la pluie, un kiosque à journaux, un kiosque qui vend du café et des cappuccinos, un croisement entre deux petites routes, la campagne s'étend de part et d'autre.

Plus loin, on aperçoit une église, je la trouve moche et triste, on voit qu'elle est récente, elle a la forme d'un chapiteau de cirque, des murs ajourés et une porte vitrée avec des poignées de portes d'hôpital, seule la croix sur son toit indique sa fonction, à l'arrière elle couve des petits terrains de jeux et à l'avant une place avec une fontaine déjà cassée.

Antonia se plante là et attend que quelqu'un s'arrête, ses gestes sont brusques, elle ne sourit pas, personne ne prête attention à nous, elle serre ma main comme elle serrerait un revolver.

Ma mère ne porte presque jamais de robes décolletées ou moulantes, elle enfile des bermudas avec des poches sur les cuisses, des T-shirts masculins ras du cou avec des numéros et des logos d'entreprises de bâtiment, mon père dit qu'elle ressemble à un maçon.

Le maçon en question et moi avons les cheveux roux et restons immobiles dans la pose de ceux qui doivent prier et attendre que quelqu'un réponde, trois voitures au total passent sur la route, aucune ne s'arrête.

Je dis à Antonia : on rentre.

Elle s'énerve, me tire vers elle : ne fais pas l'imbécile, cet endroit est magnifique, il y a le lac, répond-elle, convaincue.

Vu de l'extérieur, l'immeuble ressemble à une petite usine, il pourrait produire des boîtes de thon ou des chaussures à gros lacets, avoir une décharge à l'arrière et des ouvriers qui pointent tous les matins à sept heures, mais en réalité c'est un ensemble de HLM, autour il y a des petites villas, deux squares pour promener laisses et hochets, une place rectangulaire en béton, aussi blanche que le sable d'Hawaï.

Il donne sur la rue principale, à côté il y a un magasin de matériel de BTP, un opticien qui propose des offres spéciales, une paire achetée une paire offerte, et une maison en construction.

Les fenêtres sont toutes au même niveau, sur les balcons carrés on peut caser tout au plus une petite table et deux tabourets, un pot d'aloé véra et un porte-balai, derrière la porte d'entrée s'élance un escalier symétrique, c'est un immeuble trapu, ni ancien ni neuf, semblable à une femme entre deux âges qui ne porte ni perles ni fanfreluches mais n'aime pas se montrer en public sans masquer ses cernes.

Antonia me conduit au deuxième étage et une dame vêtue d'une robe à fleurs, de celles qui se croisent sur la poitrine avec un décolleté en V mais s'attachent dans le dos comme des tabliers, nous serre la main et sourit, elle sourit vraiment beaucoup, avec cet enthousiasme sinistre qui pourrait laisser présager un cambriolage.

Elle me la présente et la dame dit : Mirella Boretti, enchantée.

Moi je dis mon prénom sans ajouter enchantée.

L'appartement est presque aussi grand que celui du corso Trieste, tient-elle à préciser, et il dispose d'une petite terrasse, un bonheur en été, on peut y étendre facilement son linge, la cuisine est équipée et la gazinière est aux normes, dit la dame, un endroit tranquille, continue-t-elle, les HLM ici ce n'est pas comme à Rome, les familles travaillent, les enfants jouent au parc, selon ses dires la salle de bains est spacieuse et il y a une baignoire, alors moyennant quelques manœuvres mon père pourra se laver sans problème, le canapé peut rester et les placards aussi, il y a trois chambres à coucher, explique-t-elle cordialement, mais l'une d'elles est clairement un cagibi, j'imagine que ce sera celle des jumeaux, qui comme des tranches de fromage partageront le même emballage étroit.

Ma mère dit : il me semble parfait.

Je demande : parfait pour quoi faire ?

Personne ne me répond.

Elles échangent des civilités et des poignées de main, elles complotent sur les meubles qui resteront, ceux qui seront emportés, ce qu'il faudra signer, et je ne saisis pas en quoi consiste leur accord, je ne comprends pas avec quel argent nous allons acheter ce nouvel appartement, vu que nous avons enfin un appartement et qu'il n'est pas dans ce trou paumé où il n'y a pas d'autobus et où les églises sont aussi moches que des supermarchés.

J'entre dans ce qui devrait être notre nouvelle chambre, à Mariano et moi, je l'observe et remarque le carrelage gris requin, il n'est pas brillant, il n'a aucun motif, il ne ressemble pas à du parquet, il n'est pas en tomettes, il est juste rugueux, on dirait du béton armé, aux murs il y a un affreux papier peint imprimé de pois colorés, on dirait une chambre de bébé, de poupon dans les langes, celle des plus bruyants, des agaçants, le mur qui donne sur l'extérieur est en placo, il laisse passer tous les bruits et il est brûlant, le soleil tape dessus, cette chambre est une serre bouillante et moi un citronnier.

La seule chose qui me rassure c'est de savoir que je dormirai avec mon frère, que j'entendrai son souffle assoupi, que je le verrai éteindre la lumière, jeter ses chaussettes dans le panier à linge, parler la nuit dans son sommeil, disant : ça suffit maintenant, cheval, lune, adieu, appelle-moi, pourquoi ?

Mirella Boretti et ma mère se font une accolade et ma mère dit : cet appartement est notre salut.

La première fois que je vois le lac, ce n'est pas le jour de la casquette verte, mais celui du déménagement.

Ma mère s'est lancée très à l'avance dans l'organisation de notre déplacement, elle a fait des listes, elle a trouvé des cartons et du gros scotch et elle a commencé à tout emballer en calant les objets de manière impeccable ; je l'ai vue fermer des cartons remplis d'assiettes et de verres comme s'il s'agissait d'éponges et de papier de soie, elle a porté à bout de bras des portemanteaux et des lampadaires avec un soin filial, elle a transpiré, juré, trimballé pendant des heures des étendoirs, des chaises en paille et des étagères, toute seule.

Moi, je me suis contentée de faire ce qu'elle m'a demandé : ranger les vêtements, les séparer en tas pour chacun de nous, trier les affaires d'hiver et celles d'été, les mettre dans des cartons, étiqueter, empiler dans un coin.

Ces jours-là, Mariano n'a rien fait, en signe de protestation contre la décision de ma mère, selon lui anticonstitutionnelle et nazie.

Maicol et Roberto ont cinq ans, un visage identique, on ne les distingue que par un grain de beauté différent, et avec leurs yeux identiques ils nous regardent nous bagarrer, nous insulter et migrer.

Quand nous arrivons, la valse des cartons et des meubles recommence, un ami de ma mère est venu nous aider, il s'appelle Vincenzo, avec ma mère ils se connaissent depuis l'enfance, nous on l'appelle par son prénom, mon père l'appelle l'autre.

Le fourgon est à lui, tout comme la force avec laquelle il soulève notre pauvre mobilier et le fait accoster dans notre nouvel appartement, la capacité à faire monter mon père au bon étage dans l'ascenseur et la proposition d'aller au moins voir le lac avant de repartir à bord du fourgon vide.

Ma mère, lui et moi y allons, nous laissons les jumeaux à Mariano, qui erre dans l'appartement comme un extraterrestre à la recherche de la Voie lactée et de l'échelle pour monter à bord de son vaisseau spatial et disparaître.

La place à côté de la jetée est remplie de voitures garées, toute cette coulée de bitume est bordée par une rambarde en fer, je monte sur le ponton avec Antonia, tandis que Vincenzo prend un café au bar d'à côté.

Qu'est-ce qu'il y a en dessous ? je demande en me penchant vers les piliers, je regarde l'eau, qui est sombre et ne laisse rien entrevoir de particulier.

De la vase, répond ma mère, et elle ajoute : regarde pas en bas, regarde le panorama.

Elle me fait redresser la tête et me montre les collines et les autres villages, le château de Bracciano, la rive du lac de Trevignano, la forêt, les monts Cimins dans le lointain, elle dit par là c'est Viterbe, par là Manziana, elle dit qu'on peut se baigner le long de la promenade et que ces arbres sont des peupliers, elle dit que l'eau n'est jamais trop froide, et je recommence à regarder vers le bas.

Mais qu'est-ce qu'il y a en dessous ? je demande de nouveau parce que j'ai vu quelque chose briller.

Rien, rien que de l'eau, coupe court Antonia qui continue d'observer les autres rives, les autres plages, les autres villages.

J'aime la lumière ici, au-dessus des maisons, ajoute-t-elle au bout d'un moment.

Moi j'ai les yeux rivés sur l'endroit où le fantôme a étincelé : un tesson de bouteille, un poisson, un ballon crevé.

Un enfant blond est assis sur la rambarde, les jambes ballantes, il montre lui aussi cet endroit, exactement l'endroit où j'ai cru apercevoir quelque chose, et dit que là, depuis toujours, il y a une crèche engloutie, il y a le petit Jésus, l'âne et le bœuf, on les éclaire pour les fêtes, c'est une tradition.

Je me penche, je regarde, je scrute, mais je ne vois plus rien, l'eau est limpide et ne révèle pas la nativité que je cherche.

Alors je dis : je te crois pas.

Il dit : t'as qu'à revenir à Noël.

Je lui jette un regard de défi, il porte un drôle de short militaire, on le croirait tout juste sorti d'une forêt.

Ma mère met un terme à l'échange et m'emmène, elle dit que c'est n'importe quoi, que ni tête, ni œil, ni pied, ni étoffe n'apparaîtront à cet endroit, et me voilà chancelante, ne sachant à qui donner raison : à ma mère qui ne voit rien, ou au garçon qui voit tout.

Quand nous quittons Rome, mon frère a quinze ans, avec l'adolescence son nez est devenu de plus en plus proéminent, un long nez pincé au niveau des narines, crochu et bossu sur l'arête, il pourrait évoquer une montagne escarpée ou la côte accidentée d'une mer du nord.

Son nez, c'est la seule chose qui lui reste de son père, dont il ne partage même pas le nom de famille, il ignore ses données d'état civil et son travail, il serait incapable de le reconnaître dans la foule ou de le contacter à Noël pour lui adresser ses vœux.

Ce nez, ma mère le qualifie de caractéristique et moi de factice, parce qu'il ne semble pas vraiment appartenir à son visage, on dirait qu'il a été posé là par hasard, personne n'a le même, ni Antonia, ni Roberto, ni Maicol, ni moi, ni bien sûr mon père.

D'ailleurs, au fil du temps, mon père a décidé que ce nez pouvait être sa revanche, sa manière de se rendre insupportable sans avoir besoin de gesticuler, il tient des enfants cette capacité à blesser avec peu de moyens.

Tous les prétextes sont bons pour faire remarquer à Mariano qu'il a quelque chose sur le visage, quelque chose qui coupe le pain quand il dit oui et débarrasse la table quand il dit non.

Le nez de Mariano a toujours de l'avance sur Mariano, dit-il quand il fume sur la terrasse et fait tomber sa cendre dans le pot d'aloé véra, installé sur son sempiternel fauteuil qui grince aux coussins tachés, dont l'assise a pris la forme bien nette de son derrière.

Notre nouvel immeuble à Anguillara est équipé d'un ascenseur, il pourrait le prendre, descendre et se faire emmener au parc par ma mère ou moi, être à l'ombre, au soleil, en travers, endormi, être d'une manière ou d'une autre dans le monde ; mais il refuse.

Son trajet c'est lit-fauteuil roulant, fauteuil roulant-fauteuil pas roulant, fauteuil pas roulant-canapé, canapé-baignoire, baignoire-toilettes, toilettes-lit, et ça repart du début.

Tous les trois jours, il nous inflige le rite désespéré du bain et nous devons l'aider, faire entrer, pousser, brosser pendant qu'il jure et crie qu'il a envie de nous bouffer tous autant qu'on est, il est à l'étroit dans la baignoire, une fois il s'entaille même la main après un coup de poing maladroit décoché au porte-savon en terre cuite, le sang coule sur le rebord et sur le sol, des traces restent dans les interstices entre les carreaux.

Il semble vouloir nous faire expier sa survie, comme si le fait qu'il soit tombé de l'échafaudage et ne soit pas mort sur le coup était un préjudice que nous lui avions causé, un affront que nous lui avions infligé.

Antonia ne tolère pas les plaisanteries de mon père, sa manière de se moquer de son fils, en haussant les coins de sa bouche pour dévoiler des dents noires de nicotine et de tartre.

Ça me fait pas rire, répète-t-elle toujours.

La plupart du temps, Mariano l'ignore, mais le reste du temps, il fait pleuvoir sur lui tous les tourments, il l'insulte et le tape, va derrière son fauteuil et le frappe sur la nuque du plat de la main, lui tire les cheveux puis s'éloigne en criant : vas-y, lève-toi, viens me chercher.

Mon frère n'est pas très grand, mais son corps est tout de nerfs, un courant d'air suffit à l'électriser, il collectionne les rébellions, des petites rébellions domestiques aux grandes rébellions scolaires.

Quinze ans et déjà pourri, déclare mon père.

Depuis que nous avons quitté Rome, Mariano va au lycée professionnel de Bracciano, une petite ville proche de la nôtre, le matin il prend le bus vers huit heures et il ne rentre pas avant sept heures du soir, parfois il a les yeux si rouges qu'il me voit floue, son nez se transforme en arme acérée.

Au lycée rien ne lui convient : les notes des professeurs sont une forme de contrôle, les toilettes ne sont jamais nettoyées exprès pour humilier les élèves, en sport on les oblige à jouer au foot, les livres d'histoire sont un ramassis de mensonges, la salle informatique pue le plastique brûlé et les surveillants volent le papier toilette.

Pour chacune de ces injustices, Mariano proteste.

Il prend la parole en classe sans lever la main, il interrompt les professeurs pour parler de livres qu'ils ne connaissent pas, il fait des sit-in devant la porte du proviseur, il fabrique des pancartes qu'il accroche devant les toilettes, il casse les distributeurs de sucreries parce qu'elles sont toutes de la marque Ferrero et qu'elles coûtent trop cher.

Ils nous font manger que ce qu'ils voient à la télé, les produits des publicités, se plaint-il au dîner, récoltant quelques regards doux de ma mère et le silence moqueur de mon père.

C'est toi qui l'as rendu comme ça, tôt ou tard il va se prendre une balle, dit Massimo à Antonia.

Tu es la fille à qui, toi ?

Antonia…

Antonia qui ? La nièce à Patuzzo ?

Non, je sais pas qui c'est.

C'est qui alors ? Vous êtes qui ?

Mon frère m'a expliqué beaucoup de choses sur cet endroit, comme le fait qu'on doive décliner son identité pour être digne d'attention, on existe quand les autres ont bien compris qui on est, quand tu as expliqué de quelle famille tu viens, quels sont tes terres, tes maisons, tes villas, tes appartements, dans quel quartier tu habites, si tu as un magasin, si tu proposes des rabais, si tu fermes le jeudi comme le veut l'usage local, si ton frère est en classe avec le fils d'untel, quel métier tu fais, si la Fiat rouge est à toi, celle garée sur le trottoir, ou si tu as un portail électrique, si tu baisses le rideau de ta boutique quand le corbillard passe dans la rue.

Ici, les gens ont la manie de donner des surnoms, ils ont besoin de te rebaptiser, tous ceux qui comptent y passent, le surnom peut venir du travail que tu fais, de l'endroit où tu vis, de l'histoire de ton grand-père, tu peux être le Poissonnier, la Grenouille, le Souillon, et jamais personne ne pourra t'enlever le nom qui t'a été donné, ce sera pour toujours ton habit taillé sur mesure.

Dans de nombreux cas, les associations sont faciles à comprendre, si tu vends du pain tu es la Farine, le Tarin si tu as un long nez, mais pour d'autres l'origine reste obscure, il s'agit souvent de surnoms hérités, de conditions transitoires, de querelles remontant à vingt ou trente ans, qui n'existent plus que dans les sobriquets les plus acides, les plus rudes, ceux qui laissent un goût de fer dans la bouche.

Ils font pareil pour les gens et pour les lieux, dit Mariano, la place du Lavoir où il n'y a plus de lavoir, la rue derrière les Soldats où il n'y a plus de soldats, la rue des Bocaux, le Tuyau, le tournant de l'À-pic, la Croix.

Si tu ne sais pas comment on désigne les lieux, tu portes la faute d'être étranger, le fils de personne, ils ne savent pas pour qui tu voteras aux élections, qui est ton médecin de famille, quel char tu fabriqueras pour le carnaval ni si tu fais frire des atherinas pour la Fête du poisson, ils ne savent pas comment te demander un service donc ils ne veulent pas t'en rendre, ils ne te disent pas bonjour à la poste, chez le boucher ils t'ignorent quand tu dis que c'est ton tour, parce que c'est toujours le leur, quoi qu'il arrive.

Moi, je dois entrer au collège et j'apprends par ma mère que c'est l'époque où Anguillara est en plein boom, les gens de la capitale viennent s'y installer ; les logements y sont moins chers, la vie y est plus paisible, en une heure de train on est à Saint-Pierre ou à Trastevere, la ville se développe vers l'intérieur des terres et se remplit de pavillons alignés, de parkings bleus, de stations-service, de supermarchés, d'écoles publiques et de gymnases, les gens venus de Rome se mélangent aux autochtones et cet amalgame occasionne frictions, inquiétudes, appréhensions.

Qui nous sommes, c'est un mystère pour eux, et plus encore la raison de notre venue ici.

Nous inventons tour à tour des raisons valables ou de simples fantaisies, tantes nobles, allergies à la pollution, amour des routes de campagne, à Rome il était devenu impossible d'acheter ne serait-ce que des tomates, on aime l'odeur du blé et des vaches, on adore les promenades et les randonnées, un jour on fera le tour complet du lac à vélo.

J'ignore la vérité sur ma mère et Mirella Boretti, je sais seulement qu'il faut passer sous silence les détails de notre enfance, nous disons que notre père est handicapé et rien de plus, nous disons que nous habitons dans notre appartement et rien de plus. Ce n'est pas faire semblant ni mentir, c'est omettre, ma mère nous apprend qu'ici raconter les détails, s'étendre sur les affaires et les histoires familiales est bien pire que d'affronter les autochtones nu et les mains liées.

Selon ma mère, à Rome nous menions une vie d'otages, et elle a choisi la meilleure solution pour nous tous afin de ne plus avoir à traiter avec certaines personnes, celles qui n'ont pas profité de leur argent pour s'acheter une limpidité : notre appartement romain était un étang rempli de grenouilles et de têtards, de larves et de vers de vase, nous avions besoin d'une étendue d'eau sur laquelle voguer à voiles déployées. Voilà comment elle m'a convaincue, avec l'image des voiliers, du vent en poupe.

Le travail d'Antonia consiste à faire le ménage chez les autres, mais ses compétences ne s'arrêtent pas là, elle sait réparer les meubles cassés, relancer les lave-vaisselle un peu lents, changer les ampoules et purger les radiateurs, elle sait coudre des vêtements simples, raccommoder des chaussettes, confectionner des costumes et des déguisements à peu de frais, découper le bois pour faire des étagères et du petit mobilier de salle de bains, au besoin elle tond et entretient les rosiers, elle a la main remarquablement verte, avec elle balcons, terrasses et jardins restent prospères, elle arrose la pelouse avant de partir.

Antonia commande chez ces gens comme elle le fait chez nous, elle range les tiroirs, gronde les enfants, choisit les produits ménagers et impose sa manière d'étendre le linge, elle lustre l'argenterie avec des produits faits maison, elle critique les chaussures qui traînent, déteste les jouets éparpillés, donne à chacun des légumes, du fromage, colle des étiquettes blanches sur les tupperwares pour indiquer les dates de péremption, rédige des listes de courses où elle ne transige ni sur les sucreries industrielles ni sur le Coca, brosse les cheveux des fillettes et leur fait des nattes quand elles rentrent de l'école, personne ne veut la mettre en colère.

Les autres habitent dans des villas à plusieurs étages, parfois ils ont une piscine, ils ont des garages, ils ont des pancartes CHIEN MÉCHANT au-dessus de la sonnette et des chats à poils longs sur leurs canapés, et Antonia tient toutes ces maisons dans sa poigne.

Il n'y a pas une pince à linge, un bouchon en liège, une serviette ou une télécommande qui échappe à son contrôle, aux cachettes qu'elle leur choisit, à ses goûts et à sa tyrannie.

Les propriétaires ont une confiance inébranlable en ma mère, ils la laissent gérer l'argent, lui passent les clés de leurs voitures à emmener chez le garagiste, la paient pendant les jours fériés, les vacances de Noël et le mois d'août, lui donnent toutes les affaires qu'ils ne mettent plus et qu'elle rapporte à la maison pour nous les faire essayer, à Mariano, moi et même à mon père, qui reçoit en permanence des chemises trop grandes ou des pantalons auxquels elle fait aussitôt un ourlet, même s'il ne les porte au mieux que pour aller de son lit à la table de la cuisine.

Au fil des ans, ma mère aurait pu voler des bijoux, des statuettes de Capodimonte, des couteaux en argent, de petits éléphants Swarovski, mais elle ne l'a pas fait, parce que ces objets ne sont pas à elle et qu'Antonia se comporte à l'égard de tout objet qui n'est pas le sien avec la déférence due aux défunts.

Si, même pour plaisanter, mon père lui demande de lui rapporter quelque chose dont on manque, quelque chose d'aussi banal qu'un paquet de pâtes parce qu'on n'en a plus, ou du sel, un rouleau de papier toilette, elle s'offusque pleine d'ardeur, déclare d'une voix glaciale qu'elle ne préparera pas le dîner et sort en claquant la porte acheter le nécessaire, nous rappelant à tous que ce qui manque et ce qui ne manque pas ne dépend que d'elle.

En peu de temps, très peu de temps, tout le monde ici se met à nous appeler les enfants d'Antonia la Rousse.

## 3

## CRUELS SONT LES GENS QUI N'ONT PAS SOUFFERT

POUR GRANDIR, il faut travailler dur, l'enfance est de courte durée, on ne sera pas défendu, soigné, abreuvé, lavé, sauvé pour l'éternité, pour chacun vient le moment de prendre son existence en main, et le mien est arrivé.

Ma mère décrète qu'aller au collège à Anguillara ou à Bracciano ne me réussira pas, cette petite ville est tranquille, certes, mais à Rome les établissements scolaires sont meilleurs et personne ne croit en Mariano, l'unique enfant de sexe féminin de la famille doit étudier, exceller, aller à l'université, devenir médecin, ingénieur, travailler dans la finance, publier des romans et surtout lire, compulsivement, sans répit possible.

Elle a eu de bons échos d'un collège à la Giustiniana, un quartier du nord de Rome, coupé en deux par la via Cassia où les embouteillages sont quotidiens et où les résidences avec gardiens et caméras alternent avec les préfabriqués et les restaurants chinois.

Dans mon collège, on trouve des gamins venus des quartiers populaires, comme Ottavia ou Palmarola, et d'autres issus de familles bourgeoises qui habitent dans des complexes sécurisés avec portails automatiques et trois cents interphones, mais ce n'est pas la croisée des chemins pour les vrais riches, qui préfèrent envoyer leurs enfants dans des établissements privés.

Si mon collège a un nom, je ne le connais pas, pour moi il s'est toujours appelé comme le quartier où il se trouve et comme la gare où je descends tous les matins du train qui, la première fois, m'a emmenée de Rome à Anguillara, ce train devient mon lieu de transit, de fuite, de frustration, train trop plein de travailleurs et de scolaires, gares tombant en ruine, abonnements cher payés, retards obligeant à courir pour ne pas rater la première heure de cours, contrôleurs à éviter en s'enfermant dans les toilettes.

Anguillara se divise en deux factions : ceux qui sont scolarisés autour du lac et ceux qui, comme moi, vont à Rome par les transports en commun, aussi absurde que cela puisse paraître nous sommes nombreux, ma mère n'est pas la seule à juger ce train très pratique et ces établissements plus adaptés.

Tous les jours, je me réveille à sept heures et j'attends la navette pour la gare, que la mairie s'est enfin décidée à mettre en place, une fois là-bas je trouve d'autres sacs à dos, d'autres nez, d'autres cernes en partance pour les cours, chacun de nous descend à des arrêts différents, c'est un méli-mélo de lycéens et de collégiens, de militaires qui vont de Cesano à Rome Termini et de messieurs munis d'un attaché-case travaillant à Saint-Pierre.

Les premières semaines, je reste muette, larve, cocon, dans un recueillement respectueux j'écoute bourdonner mes pensées claudicantes, le train, les fenêtres et les appuie-tête me sont étrangers, l'odeur de renfermé, la transpiration matinale, les parfums agressifs de déodorants m'incommodent, je m'assieds seule, serrant contre moi le sac à dos autrefois utilisé par Mariano que ma mère a consolidé avec du carton au fond avant de me le donner, j'ai écrit mon prénom sur la poche, ce qui m'a valu un bon savon, elle dit qu'après il servira à Maicol ou à Roberto, nous ne pouvons pas nous permettre de le tacher, de dessiner dessus, de le transformer en sac de fille. Il était noir, il doit rester noir.

Cependant les visages dans les gares sont toujours les mêmes, les regards commencent à se croiser et nous nous reconnaissons jusque dans l'enceinte du collège, même si nous sommes dans des classes différentes, nous, ceux d'Anguillara, nous sommes une meute de loups et de lions, nous prenons l'habitude de nous retrouver à la récréation, de nous parler dans le train, de nous saluer dans les couloirs.

C'est ainsi que je fais la connaissance d'Agata et de Carlotta.

La première, menue et très blonde, a un sourire lunaire et des cils clairs, elle se plaint toujours de ne pas être assez jolie, elle s'accable de défauts qu'elle est la seule à remarquer, mais elle attire l'attention de tous les garçons de notre âge, et pas seulement avec ses queues-de-cheval hautes et sa peau bronzée, son père a des vaches, des cochons et du fourrage, rester au soleil compte parmi les devoirs familiaux.

L'autre, le corps prêt à être femme avant l'heure, cumule hanches souples, cuisses fermes et T-shirts décolletés, elle a un rire particulier, un peu sifflant, une certaine capacité de soumission, un visage asymétrique peu attrayant, des oreilles trop grandes, un menton large, de minuscules yeux sombres, elle s'assume avec l'assurance qui fait défaut à Agata et moi, gamines préoccupées par leurs taches de rousseur et leurs genoux cagneux.

Je me soucie peu de savoir si mes amies sont des princesses ou pas, notre rencontre répond à un besoin, nous sommes trois châteaux forts, nous voulons une armée pour nous défendre, nous cherchons quelqu'un pour garder notre forteresse.

Nous sommes assez jeunes pour ne pas être encore obsédées par notre corps et celui des autres, mais déjà assez âgées pour pressentir qu'au fil du temps notre façon de nous regarder deviendra une guerre muette, nous appartiendrons à des factions ennemies et nous nous décocherons des flèches empoisonnées dans le dos.

Tu as un nouveau sweat ? demande Carlotta.

Non, il est à mon frère, pourquoi ? je réponds.

Il est vert fluo, c'est n'importe quoi.

C'est ce que j'ai trouvé à la maison.

Tu ressembles à un personnage de dessin animé.

Le chiffre trois n'a jamais été mon préféré, il me met mal à l'aise, je suis habituée aux chiffres plus élevés, aux familles de cinq minimum, aux tablées où l'on s'égosille, je sais bien qu'on pleure dans les chambres à coucher et n'entendre que le silence me fait peur.

Nous ne sommes pas assez nombreuses pour nous réconforter et trop nombreuses pour que je me sente privilégiée.

Ma mère et moi, Mariano et moi, mon père et moi, ou bien nous, le groupe, la famille tapageuse.

Notre trio d'amies est une structure bancale qui me rend soupçonneuse.

En outre, je ne suis pas faite pour les amitiés, je ne comprends pas leurs dynamiques, leurs malentendus, je ne sais pas quand il faut répondre, quand rester à l'écart, je ne peux pas les inviter chez moi, personne ne peut me déposer chez elles, ma mère dit qu'elle ne m'autorisera pas à sortir l'après-midi avant l'année prochaine, je ne suis pas séduisante, je n'ai rien de nouveau à apporter, je n'ai pas de jeux, pas de maquillage, pas de robes à prêter, je ne peux partager que les sweats de mon frère, les couches des jumeaux, le fauteuil roulant de mon père.

Je ne leur parle pas de ma vie à la maison, quand elles se plaignent de leur mère qui s'est trompée en leur achetant un T-shirt à rayures ou du vélo qu'elles voulaient rose et pas violet, je hoche la tête, mais tel un serpent dissimulé ma jalousie est aux aguets, elle reste tapie, je la cultive avec soin, la maintiens calme aux marges de mon intestin, la nourrissant quand je peux, la camouflant dans l'espoir qu'avoir deux amies soit plus important qu'être le maillon faible des trois.

Alors je m'extasie sur leurs nouveaux débardeurs et colliers, je m'enthousiasme quand elles m'écrivent de petits mots débordant d'affection dans mes cahiers, j'échange avec elles des barrettes et des revues, même si pour acheter les miennes je dois renoncer à mon goûter.

En alternance se créent et s'effondrent des déséquilibres que je ne sais pas gérer, certains jours elles se font la tête entre elles ou me la font à moi, certains jours Agata semble m'ignorer, d'autres elle me serre dans ses bras, m'étouffe et me demande de lui mettre du vernis dans le train ; certains jours Carlotta critique ma jupe en disant que j'ai l'air de sortir d'un cirque, d'autres elle veut me coiffer et m'offre un serre-tête à strass.

Elles ont de la compassion pour mes carences ou bien elles les apprécient parce que donner les place dans une position de supériorité, je ne sais pas trop, j'imagine que c'est un peu les deux, je sais occuper mon espace, j'ai appris entre les murs de chez moi, quand on ne déborde pas, que l'on reste bien à sa place – un carton, un placard, sous un lit –, on ne dérange pas, on ne soulève pas la poussière et tout le monde nous tolère, personne ne nous donne de coups de pied.

Je m'excuse souvent auprès d'elles sans même savoir pourquoi elles sont en colère, je me prosterne devant des demandes incompréhensibles, je me conforme à des règles écrites nulle part, je les soutiens à tour de rôle, j'approuve quand elles s'insultent dans le dos l'une de l'autre, je ne donne jamais raison à aucune d'elles, je reste suisse dans les conflits et j'agite un tissu blanc quand il faut calmer les ardeurs.

Je supporte tout cela car être avec elles signifie ne pas être seule, ni au collège ni à Anguillara, en excursion, dans la cour, à la gare j'ai mon petit groupe d'appartenance, nous franchissons ensemble le portail du collège et nous échangeons nos agendas pour y écrire de petits mots, nous parlons des garçons plus âgés et nous racontons des entreprises et des conquêtes imaginaires pour la plupart, nous assistons à la tragédie d'être petites dans un monde gigantesque.

Entre nous nous sommes impitoyables, nous nous jouons des mauvais tours en douce, nous nous volons des objets qu'ensuite nous ne pouvons même pas utiliser, parce que l'autre, celle à qui nous les avons volés, s'en apercevrait, nous connaissons nos larcins et nos perfidies mais nous entrons sur notre scène en affichant toujours le même sourire.

Quand une menace vient de l'extérieur, nous serrons les rangs, nous brandissons nos boucliers, nous nous défendons, nous mentons pour les autres, feignons des malaises, livrons bataille contre des parents oppressants, des enseignants tyranniques et des mauvaises langues.

C'est une amitié normale, où l'on rit, où l'on pleure, où l'on joue aux vainqueurs et aux perdants, tendue comme un élastique, prête à rompre, c'est une amitié innocente, dont ne se dégage aucun parfum de tragédie.

La face de mon collège est jaune, pleine de rides et de croûtes, pour l'atteindre il faut gravir une côte escarpée.

Les salles de classe ne suffisent pas à contenir tous les élèves et deux préfabriqués ont été construits dans la cour, moisis en été et glaciaux en hiver, les classes doivent les occuper à tour de rôle, il faut partager l'infortune.

Pas de gymnase, mais un espace goudronné noir, alors deux heures hebdomadaires ont été regroupées pour l'activité physique et une convention a été signée avec un complexe sportif relativement proche, nous ferons de la natation dans la piscine couverte la première moitié de l'année, du tennis en salle la seconde moitié.

Pour participer, nous devons payer des frais supplémentaires et nous acheter tout l'équipement nécessaire, un bonnet, un maillot, des lunettes, une raquette.

Je passe les premiers mois dans le bâtiment au deuxième étage, notre programme au centre sportif n'a pas encore commencé, nous nous contentons de jouer au ballon prisonnier, pour l'échauffement on nous fait courir en rond.

Mes copines ne sont pas dans ma classe, et j'observe une distance sévère avec les autres filles, je ne leur fais pas confiance, certaines ont redoublé et sont plus âgées que moi, pour elles je ne suis qu'un résidu d'enfance, d'autres veulent grandir vite, elles passent leur temps à s'inciter à fumer et à se faufiler dans les toilettes avec les garçons, quand je dis que je n'en ai pas envie je suis aussitôt exclue, on me regarde comme un navet bouilli, l'accompagnement insipide du dîner.

Je crée des alliances journalières fragiles, n'engage pas de conversations, dès que la cloche sonne à la fin de l'heure je m'élance dans la cour à la recherche de mes copines, je m'assieds avec elles sur le muret que nous nous sommes approprié. Ma table, ma trousse, les toilettes où nous nous tenons la porte, le muret, l'espace que nous voulons marquer de notre humanité, transformer ce qui est inconnu, effrayant, en une propriété.

Bien qu'en réalité les propos de mes copines et ceux de mes camarades de classe ne soient jamais très différents, je vois des abîmes entre eux, des vagues immenses, et je nage en suivant le courant que je me suis choisi.

Les garçons de ma classe portent des survêtements satinés, aucun d'eux n'a le charme pur des enfants à la sortie de l'enfance, ils rient à des blagues aberrantes, grasses, et ils rient longtemps, ils ne se contentent pas d'en sourire, mais passent des heures, des jours, des mois sur la même plaisanterie, maniaques, persécuteurs, il y en a un qui sait bouger ses oreilles et en tire une grande fierté, un autre si maigre que les os de ses clavicules pointent à travers son T-shirt, un aux cheveux gras qui n'enlève jamais sa casquette ; les garçons intéressants sont à des années-lumière, toujours plus âgés, ou dans d'autres classes, à Anguillara, surtout à Anguillara, les garçons du collège ne valent rien, ils sont hors catégorie et on perd rapidement leur trace.

Ma seule, mon unique mission est d'éviter les mauvaises notes, de réviser dans le train et, l'après-midi, de montrer à ma mère que je fais ce qui est bon pour moi, éviter qu'elle soit convoquée au collège, parce que sinon elle devrait expliquer pourquoi elle s'y rend seule et puis elle devrait expliquer quel travail elle fait et puis elle devrait expliquer d'où nous venons, et moi toutes ces explications je ne veux pas les donner.

La prof de maths adore nous affubler de surnoms et j'ai écopé de pH 4,5 parce que selon elle je réponds de façon acide à ses sollicitations prétendument sympathiques ; la prof d'anglais est obsessionnelle et compulsive, si nous nous trompons sur un verbe irrégulier ou un pluriel elle nous le fait copier cent fois dans notre cahier, j'ai des pages couvertes d'adverbes, de pronoms, de formes intransitives ; celle d'italien déteste mes rédactions, selon elle je suis toujours hors sujet, et elle aime me mettre des notes juste en dessous de la moyenne, soulignées en rouge, au moindre bruit elle perd la tête, elle ferme le cahier de textes, s'en empare de ses deux mains et le fait claquer contre son bureau ; mais ma hantise c'est la prof de technologie parce que je ne suis pas assez appliquée, je ne ferme jamais un cercle, toutes mes lignes bavent, la règle tremble dans mes mains et j'ai la chemise en plastique de Mariano, ornée de ses A d'anarchie écrits ou gravés que ma mère n'a pas réussi à faire partir.

J'étudie comme une folle pour garder la moyenne en technologie avec mes notes à l'oral, j'apprends par cœur comment on construit des préfabriqués et des circuits électriques, le gros œuvre et les matériaux de construction, j'essaie de connaître les arts textiles et la céramique sur le bout des doigts, je montre mes dessins à mon père, il se moque, et sans aucune patience il tente de m'expliquer comment ils devraient être tracés à son avis, mais ni ma mère ni lui n'ont étudié ou dessiné, écrit ou interprété, et s'ils l'ont fait, la vie s'est chargée de le leur faire oublier.

Mariano prend en main les dessins que je dois faire à la maison, il passe des heures, que de toute évidence il préférerait passer ailleurs, à faire pivoter le compas et à utiliser un stylo-feutre noir; mais nous ne réussissons pas à leurrer la prof: elle me fait répéter les mêmes opérations en classe et moi qui suis gauchère, j'étale des bavures d'encre sur toutes les feuilles et je me montre incapable de tracer deux perpendiculaires.

Mais ce ne sont pas mes difficultés qui attisent la cruauté, au contraire mes lacunes me protègent, les élèves les plus brillants sont les alliés des professeurs, des traîtres, c'est autre chose que ces cannibales veulent déchiqueter, et cette chose c'est ma chair qui grandit et se déforme, s'étire, s'altère, ils recherchent avec soin la moindre trace de laideur, le moindre vêtement trop moulant, la moindre tache sur mon visage.

Personne n'échappe aux moqueries, et leur origine reste insondable, dans mon cas il suffit d'une coupe de cheveux pour déclencher la guérilla.

Aller chez le coiffeur n'a jamais été une option pour nous, ma mère a toujours coupé les cheveux de toute la famille, enfants et adultes, elle comprise, la dernière fois elle a décidé qu'il était temps de rafraîchir ma coupe, mes cheveux avaient poussé et leurs pointes étaient abîmées, alors elle les a coupés au niveau du menton, avec deux mèches beaucoup plus courtes devant, laissant mes oreilles bien visibles, lesquelles semblent maintenant encadrées par un carré roux et spongieux.

Quand j'entre dans la classe le lendemain, mes camarades remarquent aussitôt que quelque chose est allé de travers et se mettent à me charrier, ils disent que j'ai de grandes oreilles, que je ressemble à un champignon, à de la mousse, ils m'appellent le Petit Chaperon rouge et Dumbo, ils dessinent des pantins aux oreilles énormes sur ma table pendant que je suis dans la cour de récréation, ils miment des avions dans mon dos, pour me faire comprendre qu'avec mes pavillons disproportionnés, je ne vais pas tarder à m'envoler.

Comme pour ma bouche quand j'étais petite, j'examine mes oreilles dans le miroir et, les trouvant inchangées, j'accuse ma mère.

Tu m'as fait une coupe de garçon, je crie en rentrant en larmes du collège.

C'est pas vrai, ça te va très bien, se défend-elle.

J'ai l'air d'un garçon débile, j'ai pas de poitrine et même plus de cheveux.

Bien sûr que si, c'est idiot de pleurer pour des bêtises pareilles, y a des problèmes plus importants que tes cheveux dans le monde.

Pour toi, tout est toujours pire que ce que je subis.

Tu sais pas ce que ça veut dire subir, c'est ça le problème, répond-elle, je gaspillerai pas de l'argent pour un coiffeur inutile, si t'es pas contente t'as qu'à porter un serre-tête et des barrettes, et concentre-toi sur tes devoirs, le collège c'est pas un podium, rétorque Antonia avant d'aller repasser en soufflant, parce qu'en plus des tâches domestiques des autres, elle doit aussi s'occuper des siennes.

Je me précipite vers ma chambre et pousse la porte, je la trouve fermée à clé, je frappe et frappe encore, Mariano est retranché à l'intérieur avec une amie soi-disant venue pour faire ses devoirs.

Je me dis que je les déteste tous autant qu'ils sont et je m'assieds devant la porte en attendant que son amie se rhabille et qu'il se décide à ouvrir.

En réalité, mes camarades de classe se lassent assez vite de moi et de mes oreilles, sauf un.

Il s'appelle Alessandro et il est plus grand que moi, il pourrait poser son menton sur ma tête.

Il porte des lunettes à fine monture, il est bon au foot et il passe son temps à jongler dans la cour, il a des cheveux noirs bouclés, très épais, il a une nouvelle paire de baskets tous les mois, ses parents tiennent une pâtisserie où tout le quartier va se fournir.

Il décide que ces moqueries n'ont pas assez duré et il continue, chevalier solitaire dans son armure de bronze, contre moi qui suis à pied et dépourvue de lance.

Il m'appelle Oreilles, il me répète ce surnom en classe, dans les couloirs, à la récréation, au portail, dans le bus pour les sorties scolaires, il l'écrit sur mon bureau, dans mon cahier, il le crie devant tout le monde, il dit viens Oreilles, fais ça Oreilles, va-t'en là-bas Oreilles.

Au début, je m'énerve, je m'en plains à la maison et en classe, j'essaie d'en parler aux professeures, mais personne ne semble se soucier de mes petites misères, on en sourit, on hausse les épaules, ça arrive à tout le monde, ça m'arrive à moi aussi.

Alors je me dis qu'il vaut mieux l'ignorer, quand j'entends Oreilles je ne me retourne pas, quand il passe devant moi je ne le salue pas, quand je sais qu'il est quelque part je n'y vais pas, quand nous sommes interrogés ensemble je ne l'aide pas, je me fais muraille, défense, je me replie dans ma forteresse, et mon attitude attise la situation, du rire naît le ressentiment, de la plaisanterie l'offense.

Un jour nous sommes dans la cour, nous faisons notre échauffement habituel en courant en rond et il dit : Attention, Oreilles, tu vas tomber.

Il me fait un croche-pied et je bascule.

Je me retrouve le visage sur le goudron, mon menton tape et s'ouvre, le sang coule sur mon T-shirt, j'ai des gravillons noirs incrustés dans les paumes, mes genoux tremblent à cause de cette attaque que je n'avais pas vue venir, que je n'ai pas su arrêter à temps.

Il me regarde sans satisfaction, il voit le sang et a un instant d'égarement, il sent qu'il a exagéré et me tend la main pour m'aider à me relever, je ne la prends pas, je me lève toute seule et vais me rincer aux toilettes sans rien dire.

Excuse-moi, Oreilles, je ne l'ai pas fait exprès, essaie-t-il de me dire devant les toilettes, et je ne réponds pas.

Alors il tente de se racheter en m'appelant par mon vrai prénom mais je ne réponds pas quand même, je sors et malgré la douleur je reprends la course, puis je m'assieds à l'ombre pour regarder le groupe, lui compris, jouer au ballon prisonnier.

Je le vois gagner, se congratuler avec son équipe.

La prof n'a rien remarqué, elle n'a pas exprimé de regrets, elle vient faire cours d'éducation physique en jupe de tweed et en bottines, elle a toujours les ongles fuchsia et un béret sur la tête, elle passe plus de temps à fumer qu'à courir.

Le soir, je raconte à ma mère que je suis tombée toute seule, j'ai trébuché sur une des racines de pin qui percent l'asphalte.

Elle répond : j'irai leur dire de les couper.

Je lui dis : fais pas ça s'il te plaît.

Cet épisode calme Alessandro, mais pas longtemps.

Bientôt, il recommence et convainc les autres de m'appeler comme ça aussi, de faire disparaître la véritable moi pour toujours, de me créer une nouvelle identité : Oreilles, ce machin fluet et moche qui n'a pas de poitrine, qui ne sait pas embrasser ni dessiner un triangle isocèle.

Il insiste pour que je ne sois pas invitée aux fêtes organisées par des camarades de classe, il se procure le numéro de chez moi et appelle, il dit juste Oreilles et raccroche, ou il se contente de rester silencieux quand il croit que c'est ma mère ou mon frère qui a décroché.

Il fait aussi appeler d'autres personnes, des inconnus, qui font sonner le téléphone pendant des heures y compris dans la nuit, mais je ne cède pas, je ne dis rien à ma mère, car la voir s'exprimer à ma place reviendrait à reconnaître ma défaite.

Si je raconte ce qui se passe à ma mère ou à Mariano, ils interviendront sans l'ombre d'un doute et le problème sera réglé, ma mère à coups de bagarres et d'esclandres, Mariano à coups de poing devant le collège, comme par le passé, ils ont le pouvoir de faire disparaître les injustices, mais cette fois je considère les choses d'un autre œil, je sens que j'ai grandi, je veux apprendre à me défendre toute seule.

Me rendre tous les jours au collège me pèse, pas une heure ne passe sans messes basses, petits rires, canines qui pointent, je me sens vampirisée, je suis exsangue, j'ai tout le temps sommeil et envie de dormir.

Le cycle de natation commence à la piscine couverte, et la situation empire : ma mère me coud un maillot trop serré aux fesses que je dois constamment remettre en place, j'ai un bonnet de dame rose imprimé de fleurs en caoutchouc d'où dépassent des touffes de cheveux roux, des jambes squelettiques et couvertes de taches de rousseur, je suis aussi plate qu'une limande, j'ai des poils aux aisselles et sur les jambes : ma capitulation est évidente, c'est la fin de la moi enfant qui, sans exceller, réussissait à surnager.

Les motifs de brimades se multiplient, je crée moi-même mes attributs, comme mes claquettes vert acide et trop grandes, ou mon incapacité à nager le papillon, qui m'expose au risque de noyade permanent.

De retour en classe, je m'assieds à ma place comme je m'assiérais au sommet d'une tour.

À Noël, les autres filles reçoivent leurs premiers portables, gris et de la taille d'une banane, elles se font biper pour se dire qu'elles pensent les unes aux autres, elles s'envoient des messages bourrés de fautes et de jtm.

Ma tête a été éliminée de cette photographie, comme de celle de groupe prise lors d'une sortie au musée étrusque de la Villa Giulia, où nous avions vu des centaines de poteries et de tessons et de statuettes et de vitrines et quel ennui. Quand on me la donne, imprimée sur un papier brillant et rigide, à coups de ciseaux je découpe ma tête, un petit carré en haut à gauche.

*Zac* et *zac*, je la vois tomber.

Il reste ce carré, avec la tête d'Oreilles, qui n'est pas moi, c'est quelqu'un que je ne connais pas et dont je veux perdre la trace au plus vite.

Je prends ce visage et le dépose dans le cendrier de mon père, où je sais qu'il écrase ses cigarettes sans regarder, et c'est bien ce qu'il fait, après le dîner, la braise troue la photo.

Le jour où je vois du sang sur mes cuisses, je n'ai pas de réaction d'agacement ni de tremblements, ma culotte à la main et les fesses à l'air je vais voir Antonia, décidée, je lui demande ce qu'il faut faire.

Elle m'emmène à la salle de bains, sort ses serviettes hygiéniques, en déballe une et la place au fond d'une culotte propre, elle déplie les rabats, les colle, m'explique qu'à compter d'aujourd'hui je devrai accomplir ce rite pendant de nombreuses années.

Elle me montre où sont rangées les protections hygiéniques qui sont dorénavant les nôtres, m'indique les trois groupes : les plus sombres pour les premiers jours, les violettes quand j'aurai moins mal et les roses à la fin, quand il n'y aura presque plus de sang.

Si tu perds trop de sang, dis-le-moi, si t'as pas tes règles, dis-le-moi, si t'as très mal au ventre au collège, reste à la maison, si t'as une chute de tension, la tête qui tourne, va te coucher.

Lave-toi chaque fois, répète-t-elle, même si c'est impressionnant, prends toujours une douche, sers-toi toujours du bidet, lave immédiatement ta culotte et tes draps, sinon les taches partiront pas.

Mais le plus important, c'est que c'est ton affaire, c'est à toi de la gérer, méfie-toi des garçons, même quand ils disent que tu peux leur faire confiance, même quand ils ont l'air de comprendre, ils comprennent rien, mets-toi en tête que dorénavant tu peux avoir des enfants et que c'est à toi d'éviter d'en avoir.

Fais pas comme moi, à dix-sept ans j'ai eu Mariano avec un type surnommé Tony qui est encore en prison, il purge sa peine pour homicide.

Mariano est au courant ? je demande.

Non, et il a pas à le savoir. Niveau hommes inutiles, on a déjà notre lot.

Antonia jette ma culotte sale dans une bassine d'eau de javel et j'ai un élancement à l'estomac.

À partir de ce soir-là, elle commence à s'inquiéter : que Mariano et moi dormions ensemble lui apparaît inconvenant, elle doit arranger ça.

Elle s'équipe, tend un fil d'un bout à l'autre de notre chambre, coud plusieurs draps entre eux et les suspend entre mon lit et le sien, comme ça, je pourrai me déshabiller derrière et déambuler à l'abri des regards.

C'est quoi cette blague ? commente mon frère en rentrant.

Ta sœur a besoin d'intimité, répond-elle.

Ainsi se creuse une tranchée entre la moi enfant qui peut l'écouter parler dans son sommeil et la moi femme qui doit arrêter de le faire, nos jeux séparés, nos vêtements différents, les posters accrochés de mon côté, les drapeaux politiques du sien, nos lits aux draps et taies dépareillés, ombres chinoises, je le vois apparaître et disparaître derrière le tissu, on dirait une marionnette.

De fait, mon corps change et tout le monde s'en soucie à part moi, mon père a des élans de jalousie et d'appréhension inédits, qui me parle, qui me téléphone, qui sont mes amis, mes ennemis.

Il a pris l'habitude de feuilleter mes cahiers et mon agenda quand il arrive à les attraper, il s'angoisse à l'idée que je sois démunie, sans père pour me protéger.

Sa crainte ne s'était jamais manifestée jusque-là, mais depuis que je perds ma mue comme un serpent, il demande avec insistance à Mariano de me garder à l'œil, il répète en permanence : où est ta sœur, va voir ce que fait ta sœur, où va ta sœur.

Mariano répond qu'il n'est pas baby-sitter et ils se mettent à crier.

Querelles et malédictions sont monnaie courante à l'heure des repas, mais la pire dispute est celle pour la raquette.

Le cycle de natation au collège s'est achevé, les cours de tennis vont commencer et je n'ai toujours pas de raquette, car nous n'en avons pas trouvé d'occasion et ça coûte trop cher d'en acquérir une.

Ma mère, qui m'a vue me rembrunir ces derniers temps, insiste pour en acheter une et met de côté de l'argent réservé à d'autres postes de dépense, comme les cigarettes de mon père et de mon frère, les factures d'électricité, de téléphone, les produits ménagers, la couleur pour ses cheveux.

Ça sert à rien les cours de tennis. C'est de l'argent jeté aux chiottes, s'échauffe mon père au dîner devant ses carottes bouillies et son morceau de fromage.

Massimo, la question c'est pas les cours, tous les collégiens y vont, elle en a besoin, répond ma mère en posant son verre d'eau d'un geste sec qui le fait déborder.

Il a raison, c'est quoi cette histoire ? Elle a même pas treize ans, elle y jouera deux fois, mon frère revient à la charge en prenant le parti de Massimo, étrangement.

Maintenant que je suis femme, ils se souviennent qu'ils sont hommes et créent un nouvel axe d'alliance inattendu.

J'ai pas dû être assez claire, je vous demande pas la permission, je vous informe que j'économise de l'argent pour la raquette et que chacun d'entre nous fera des sacrifices pour l'acheter, répond ma mère avec un regard acéré.

Tu vas faire pareil avec tout le monde ? On va tous avoir notre raquette ? J'en veux une moi aussi, alors, s'enflamme Mariano, un bout de pain à la bouche.

N'essaie pas de me faire du chantage, t'auras rien, ta sœur traverse une période difficile, moi en tant que mère je le sais et toi en tant que frère tu devrais le comprendre, mais non, t'es toujours en train de traîner dans ton coin, d'aller à tes réunions, de trafiquer, tu crois qu'on voit rien, qu'on comprend pas ?

Période difficile pour quoi ? Parce qu'elle a des boutons et un cul plat ? C'est ça qui est difficile, tu crois ? T'es qu'une hypocrite.

C'est grâce à moi que vous mangez, sans moi vous êtes rien, ma mère se lève et fait claquer son assiette sur la table, elle la casse, les carottes giclent dans tous les sens, la nappe à carreaux est tachée, les jumeaux pleurent.

Moi je suis cire et bougie, éteinte, en équilibre sur mon candélabre.

Pourtant, une semaine après j'ai ma raquette de tennis et eux ne se parlent plus, comme d'habitude, Antonia les a privés de quelque chose et ce quelque chose ce sont ses mots et ses attentions.

Les cours de tennis commencent et je me fais un devoir de les suivre avec attention, je range ma raquette dans sa housse avec des gestes délicats, c'est un des premiers objets neufs que je possède, je m'en sens responsable.

Après chaque cours, en rentrant à la maison je raconte à Antonia ce que j'ai appris, le service et comment fléchir les genoux, les balles que j'ai réussi à rattraper, les tours en courant sur la terre battue.

Je n'aime pas le tennis, mais j'ai une vénération pour ma raquette, je la couve du regard, elle m'a valu d'entendre

Mariano se montrer injuste et ma mère le condamner, je dois savoir en prendre soin.

Jouer au tennis en salle me réussit incontestablement mieux que de nager dans la piscine, mon jogging n'est pas beau mais il est neutre, il ne se fait pas remarquer par sa bizarrerie, il n'est pas rapiécé ni à fleurs, ma raquette est un premier prix mais elle brille et elle est propre, je me déplace fièrement avec ma housse à l'épaule, et je la sors à la gare, je la montre à mes amies : elle est neuve, je répète, elle est toute neuve.

Elles, elles ont des téléphones portables et des perles à leurs oreilles percées, mais moi je m'en fiche, j'ai ma raquette.

Jusqu'au jour où on me la casse.

Mon indifférence à l'égard d'Alessandro a augmenté de pair avec sa lâcheté, son visage s'empourpre de colère chaque fois que je ne regarde pas dans sa direction, il se sent inefficace, il dégraisse une surface déjà propre.

Alors il se fait malin et, pareil à un moustique, il pique là où il sait qu'il trouvera la peau, il prend un sécateur chez lui, le glisse dans son sac à dos et, pendant que je me rince le visage, il coupe les cordes de ma raquette comme on taillerait des veines.

Il crée un trou en plein milieu, qui la rend inutilisable, il cache le sécateur, repose ma raquette sur le banc où je l'ai laissée, ignoré par nos professeurs distraits et nos camarades complices, il retourne sur le court.

Je la retrouve mutilée, à côté du sac où je mets mon T-shirt propre et une culotte de rechange, ses cordes coupées lui ont fait perdre de la vigueur, elle est molle, elle pendouille, un objet ovale pourvu d'un manche inutile, sans défense.

Je vois Alessandro faire un sourire obstiné et éclatant dans ma direction, et j'ai la certitude que c'est lui le coupable.

Les matchs et les entraînements reprennent mais je ne peux plus jouer, je reste assise sur la touche, je me sens foudroyée, privée d'énergie, dans ma tête les pensées se bousculent, le coût de la réparation, le temps que je mettrai à avouer à ma mère, son regard méprisant parce que je n'ai pas su protéger ma raquette.

À la fin des deux heures, je me lève et m'approche d'Alessandro.

On peut parler ? je demande.

De quoi, Oreilles ?

De ma raquette.

Non.

C'est toi qui as fait ça ? Je la lui montre, cassée, fracassée, trouée, et il hausse les épaules.

Le reste du groupe sort, la prof en profite pour nous dire de ramasser les plots, vu que nous sommes les derniers.

C'est toi qui as fait ça, je répète, ignorant la consigne.

Nous ne sommes plus que tous les deux.

Ça se pourrait, dit-il en souriant.

Pour lui c'est une facétie, un tour sans importance, comme s'il m'avait pincé le ventre, poussée sur une balançoire, tiré les cheveux.

Moi je pense à lui, à la montre qu'il a au poignet et qui coûte trois raquettes comme la mienne, à ses boucles coiffées au gel, au scooter qui l'attend pour ses quatorze ans, à ses T-shirts avec des logos, à ses lunettes de marque, aux délicieux sabayons préparés par sa mère, au glaçage rose bonbon et puis à la nappe à carreaux de chez moi, à l'assiette cassée, aux carottes, aux produits ménagers premier prix, à Mariano qui me déteste à présent, qui ne me voit plus qu'à travers le drap, à l'Allemande qui m'interdisait de rester avec les poissons, aux grilles volées par les fascistes, à Antonia qui mime une seringue s'enfonçant dans son bras, au carton où les jumeaux devaient dormir, à mon père en soins intensifs privé de l'usage de ses jambes, et je commence à frapper.

Je m'empare du manche de ma raquette à deux mains, je la brandis et l'abats sur son genou, une fois, deux fois, trois fois, cinq fois, à la septième il tombe par terre en hurlant.

Du sang coule de sa blessure, absorbé par la terre couleur brique, il essaie de se relever, n'y arrive pas, je jette la raquette tachée de sang et je sais que si j'avais parlé à la prof elle l'aurait fait réparer, elle aurait convoqué ses parents et ils se seraient excusés, mais ce qui compte maintenant n'est pas ce que je sais.

Je le laisse là avec son genou cassé et vais à son sac, je l'ouvre et prends sa raquette, la glisse dans ma housse, je ne lui dis pas que c'est un échange équitable, je n'exige pas ses excuses ni sa rédemption.

Il m'insulte, crie et râle, je sors, je descends quatre à quatre les marches qui conduisent hors du gymnase et ne ralentis pas dans la rue, devant la station-service, sur la place de la gare, la raquette à l'épaule je m'assieds sur le banc et j'attends le train, 13 h 23 direction Viterbe Porta Romana, je vois Carlotta, qui me demande comment ça va.

Je lui réponds : le train a cinq minutes de retard.

Et ce n'est peut-être pas à cause des roses cueillies dans les jardins publics, des livres rendus en retard à la bibliothèque, des repas mâchés la bouche ouverte, des bandes d'arrêt d'urgence utilisées pour doubler, des disputes avec les enfants pour des chewing-gums aux fruits, des mensonges et des mauvaises intentions, mais que c'est ainsi, en réalité, que l'on devient une femme méchante.

4

## LE MONDE EST UNE PISCINE TROP FROIDE

Quand j'étais petite, le carré de béton que ma mère avait rendu salubre pour Mariano et moi était notre seul terrain de jeux. Notre école élémentaire n'était pourvue ni de jardin ni de terrain de foot, on passait la récréation dans les couloirs parce qu'un pin était tombé dans la cour, la zone avait été délimitée par des rubans en plastique blanc et rouge pour signaler aux enfants qu'il était interdit de s'approcher, mais personne ne l'avait jamais déplacé. Quand les rubans se déchiraient, quelqu'un les renouait. Pendant cinq ans, j'ai vu de la fenêtre de ma salle de classe le tronc de cet arbre surchargé d'aiguilles et de pommes de pin, aux racines pourries à cause du béton, dormir couché dans la cour, comme pour nous indiquer que son sommeil était le signe de nos erreurs.

Les squares à proximité de chez nous étaient jonchés de seringues et, même pendant la journée, des femmes et des hommes s'asseyaient sur les bancs, les bras tendus, une seringue encore plantée dans leur veine, ils avaient oublié de l'enlever, et personne ne se chargeait de le faire à leur place.

Quand Antonia en voyait un, elle s'approchait, disait : quelqu'un ne pourrait pas lui enlever sa piquouse du bras, s'il vous plaît, quelqu'un, et j'avais envie de pleurer de rage. Ces gens-là allaient l'agresser, la forcer à prendre leur fardeau, la mutiler, ils me faisaient peur et je n'avais aucune compassion pour eux.

Ma mère avait établi une règle selon laquelle nos jeux devaient se dérouler à la maison, entre Mariano et moi, et personne d'autre. Il n'y avait ni balançoires ni toboggans, ni places où rencontrer les autres enfants à vélo.

Antonia avait peur qu'en sortant nous jouions à ces jeux qu'elle avait connus quand elle était petite, dans ces endroits qui n'étaient pas faits pour l'enfance mais pour la décadence.

Une fois, elle m'a raconté sa jeunesse dans le quartier où elle était née, le jour où des affiches avaient été collées pour annoncer que les travaux pour la piscine publique avaient débuté, qu'il y aurait des cours de natation pour les habitants du quartier, des tarifs préférentiels pour les personnes âgées et les enfants. La mairie promettait infrastructures, nouvelles lignes de bus, ramassage des ordures, lutte contre le trafic de drogue nocturne.

Les travaux pour la piscine avaient commencé, on avait creusé, les tractopelles étaient venues, suivies des bétonneuses, les ingénieurs et leurs plans d'urbanisme étaient venus, le maire et le conseiller municipal aussi, tout le monde était venu voir ce que personne n'achèverait.

La piscine avait été construite mais jamais inaugurée, on avait fait couler le ciment, les bassins avaient été isolés avec de la résine, on avait installé les plongeoirs, mais l'eau, on n'en avait jamais vu la couleur.

Au fil des ans, la piscine municipale était devenue l'ombre d'elle-même, objet de farce et de risée, elle devait incarner la renaissance du quartier, elle avait marqué sa capitulation.

Les gens avaient commencé à la remplir de déchets et de meubles inutilisés, matelas, fauteuils éventrés, carreaux de salle de bains cassés, tuyauterie, pas de chlore mais de l'insecticide, pas de bouées mais des rats et des cafards.

Pourtant, les enfants allaient quand même jouer dans ce déploiement de rebuts, dans cette puanteur de laisser-aller, d'oubli. Parce qu'ils n'avaient pas d'autre endroit où se retrouver, pas de squares, pas de places, et hors de question d'aller à l'église. Ma mère et ses amies se donnaient rendez-vous là, elles se disaient : on se retrouve à la piscine.

Et la piscine était le purin des promesses non tenues, les garçons s'asseyaient sur le plongeoir, les pieds ballants au-dessus des monceaux de maladies.

On jouait à cache-cache dans les carcasses de ce qui aurait dû être le vestiaire, on fumait cachés derrière la grande banderole où il y avait encore écrit : PROCHAINEMENT – OUVERTURE DE LA PISCINE MUNICIPALE.

L'heure, le lieu, tout était indiqué, mais personne ne l'avait jamais ouverte. La peinture s'était craquelée à cause de la pluie, les mosaïques avaient sauté. L'entreprise qui avait remporté l'appel d'offres avait fait faillite, une enquête avait été ouverte, puis suspendue, les pièces en vue du procès étaient entassées avec d'autres pièces en vue d'autres procès, dans la pile de l'inefficacité, des cadavres à enterrer.

Ma mère m'a avoué que depuis lors elle avait cessé d'y croire, quand on racontait qu'on réhabiliterait le quartier, qu'on aiderait les gens à la rue, qu'on donnerait des logements aux familles sans travail, qu'on construirait un nouveau terrain de jeux, une nouvelle ligne de tram, qu'on changerait la direction du service logement, elle avait ri.

Antonia avait arrêté d'attendre que les choses soient faites, elle les avait faites elle-même. Ses enfants ne joueraient pas dans les flaques de ce mirage perdu, s'il fallait nettoyer elle nettoierait, s'il fallait interdire elle interdirait, s'il fallait circonscrire elle circonscrirait.

Quand ma mère découvre que les forains montent des manèges sur la place devant chez nous à Anguillara, elle y voit la preuve des choix judicieux qu'elle a faits, parce qu'elle a peut-être refoulé combien les jeux des adolescents peuvent être terribles. Elle a peut-être oublié qu'aux fêtes foraines, pour gagner un poisson rouge, un éléphant en peluche, le lot le plus convoité, il faut bien viser et tirer.

Les forains viennent ici une fois par an, pendant les vacances de Pâques, ils restent deux semaines, sur un côté de la place ils installent d'étranges nacelles argentées qui montent et descendent, leur pointe est rouge et elles ressemblent à des fusées, ce sont surtout les enfants qui y vont, ils y traînent leurs parents et tendent leur doigt vers le ciel, imaginant que ce mouvement mécanique et répétitif représente l'expérience du vol et de l'inconnu.

Il y a systématiquement les chaises volantes, suspendues par des chaînes à un cercle rotatif, qui tournent de plus en plus vite et de plus en plus haut, l'enjeu des chaises volantes consiste à pousser la chaise de la personne assise devant soi assez fort pour qu'elle puisse s'emparer du pompon, généralement accroché à une baguette. Elles sont un jeu innocent pour les enfants quand elles tournent lentement ou un concours de perfidie quand elles sont prises d'assaut par les adolescents que nous sommes, ou du moins que nous voudrions être, nous n'avons que douze ans, nous sommes dans un entre-deux, nous méprisons les fusées mais nous n'avons ni scooters ni argent pour acheter des cigarettes.

Trois attractions sont pour nous objet de passion.

La première est la machine à coups de poing, où est accroché un punching-ball, plus on frappe fort, plus on marque de points, les garçons passent des heures, des journées entières à se défier à qui fera le meilleur score, certains prennent de l'élan, d'autres se mettent en position de garde, les sourcils froncés : celui qui n'arrive pas à faire bouger le punching-ball est un loser, les autres le rabaisseront. Nous les filles, nous nous mettons en cercle autour d'eux et observons leurs victoires ou leurs défaites, nous les encourageons ou ricanons, nous nous moquons de leur virilité imberbe et asexuée, les enjoignons à être plus virils. Celui qui cogne le plus fort est considéré avec respect, il devient seigneur, déambule le torse bombé. Nous les filles, nous ne sommes pas autorisées à essayer, de toute façon nous n'en avons pas envie, une femme qui joue des poings et meurtrit perd de la grâce, elle ne se rend pas désirable, celles d'entre nous qui s'approchent de la machine à coups de poing le font en gloussant, elles décochent un coup délicat et ne gagnent pas un point, nos coups ne valent pas mieux que ceux des nourrissons.

La deuxième est la préférée de Carlotta, il s'agit des autos-tamponneuses. Au milieu de la place qui est juste sous mon balcon, les forains montent une piste noire couverte, sur laquelle circulent des voitures à deux places au volant de cuir élimé, chacune a un numéro dessiné sur le flanc et l'enjeu consiste à se rentrer dedans entre conducteurs, car les voitures sont entourées d'épais pare-chocs en caoutchouc qui amortissent les impacts. Cependant, se rentrer dedans pour le plaisir ne nous suffit pas, alors on part en chasse, les garçons se repèrent de loin et font de grands détours, ils cherchent les voitures à heurter avec violence, chaque collision est un affrontement, quand ils se touchent ils s'insultent. Ce n'est pas pour cela que Carlotta aime les autos-tamponneuses, divertissement enfantin en soi, que nous avons colonisé, le rendant impraticable pour les plus jeunes, mais parce que le gérant du manège a inventé une nouvelle modalité amusante : le jeu des bisous.

En plein milieu du tour, il actionne une sirène, toutes les voitures s'arrêtent, un numéro est appelé, la personne assise dans la voiture en question doit se lever et donner un baiser à la personne de son choix, laquelle gagne un jeton et peut faire le tour suivant gratuitement. Cette histoire de bisous à gagner galvanise Carlotta, qui choisit toujours Agata comme coéquipière car elle reçoit plus de bisous que moi, qui suis transparente. La seule possibilité que mon numéro soit appelé me perturbe, me fait transpirer des doigts, je ne saurais pas quoi faire, ni qui approcher. Évidemment que certains garçons me plaisent, qu'il y en a certains par qui je voudrais être choisie, moi, devant les autres, surtout un. Il s'appelle Andrea, il est élancé et a une frange droite sur le front, il parle beaucoup moins en dialecte que les autres, il porte souvent des T-shirts colorés, il a les yeux ronds, il a pas mal de succès parce qu'il est débrouillard, si on l'insulte il répond, si on lui demande son avis il ne botte pas en touche, mais il n'est pas agressif, ce n'est jamais lui qui provoque les disputes.

Tremblante, je l'imagine sortir de sa voiture pour venir me voir quand son numéro est appelé, ce qui n'arrive jamais, quand ça tombe sur lui il laisse son copain se lever et reste assis, je ne sais pas où il regarde, s'il me regarde ou pas, s'il pense à autre chose, et à qui il pense, de quoi il rit quand il échange des commentaires à voix basse avec son copain.

Carlotta aime se lever et choisir qui embrasser, elle le fait avec un naturel que je déteste, l'angoisse de l'attente ne lui fait jamais perdre ses moyens, elle semble préparée à tous les obstacles, à toutes les croissances, même si les garçons n'ont pas l'air spécialement heureux d'être la cible de ses regards, il y a quelque chose en elle, peut-être dans son visage, dans ses sourcils mal dessinés, dans ses hanches qui s'élargissent, qu'ils n'apprécient pas.

La joie avec laquelle elle fait don de son amour dont personne ne veut m'embarrasse, je détourne la tête quand elle se lève et tout ce que je sais faire pour me défendre des baisers non donnés et non reçus consiste à enchaîner les tours de piste au volant de mon bolide pour choisir à qui m'en prendre, accélérer et tamponner, toujours plus fort, au point de provoquer des chocs qui projettent les corps en avant, plient les cous, courbent les dos. Je tire plus de satisfaction à voir leurs regards égarés quand une fille leur rentre dedans qu'à voir leurs regards flattés quand une fille se lève pour les embrasser. Je porte mon sweat trop large, la capuche rabattue couvre mes cheveux, mes oreilles et la moitié de mon front, assise au volant je suis comme eux.

Pourquoi tu es en colère ? me demande Agata à la fin du tour, elle a gagné quatre jetons, elle pourrait passer le reste de la soirée là, moi j'ai dépensé tout l'argent que Mariano m'a donné ce matin, je n'en ai pas d'autre et je vais rester sur le bord pour regarder, parmi les malchanceux.

Je ne suis pas en colère, c'est juste que le manège s'appelle autos-tamponneuses, pas autos-dragueuses, je lui réponds.

Ma voix est tendue, stridente, une voix qui n'était peut-être pas la mienne auparavant, mais qui a colonisé ma carotide depuis que j'ai remporté la bataille de la raquette sur Alessandro.

Depuis ce jour, mon camarade de classe a cessé de m'adresser la parole, il n'a pas eu le courage de dire que c'était une fille qui l'avait frappé, les professeurs ont enquêté, ses parents se sont indignés, ils ont demandé des dommages et intérêts, ils ont menacé de porter plainte contre le collège, leur fils avait dû aller aux urgences, il ne pourrait plus jouer au foot.

Tu veux tirer ? demande Andrea, et je regarde autour de moi pour voir à qui il parle, je ne réponds pas.

Tu veux tirer ? demande-t-il à nouveau et il sort de l'argent de la poche de son jean, c'est à moi qu'il parle.

La troisième attraction qui nous fascine est le stand de tir : des canettes vides de Coca, Sprite, Fanta sont empilées contre un mur, toutes déjà cabossées, on te donne un pistolet ou un fusil à billes, plus tu fais tomber de canettes plus tu peux gagner gros. Avec trois canettes rien, avec dix tu gagnes une figurine, une grenouille, une souris, une girafe, avec trente une fausse bouteille de champagne remplie de chocolats, et si tu les fais toutes tomber, on te donne une peluche géante, c'est un ours rose de deux mètres de haut, il a un ruban rouge autour du cou et les yeux noirs de Méduse.

Je n'y ai jamais joué, ça me paraît un jeu idiot fait pour plumer les gens, la plupart des canettes sont certainement collées au mur, on doit pouvoir en faire tomber trente, pas plus, j'ai vu des personnes essayer et aucune réussir à gagner plus qu'une poignée de chocolats, qu'elles sont allées manger assises sur les murets avant de revenir, leur jean taché de chocolat et de tabac.

Je jette un œil à Andrea et dis : d'accord, essayons.

Il paie la première tentative et commence à tirer, il ne tient pas bien le pistolet, il vise trop vite, on voit qu'il ne sait pas ce qu'est une arme, que tout au plus il s'assied sur le tapis du salon et invite ses amis à mourir dans des jeux vidéo. Moi je me dis que les vrais pistolets ne doivent pas être empoignés comme des carottes, des brocolis ou des aubergines, comme s'ils étaient inertes, mais en ayant la cible bien en tête.

Je le regarde toucher quelques canettes, certaines ne font qu'osciller, d'autres ne bougent même pas, elles restent presque toutes en place et nos amis nous rejoignent, Carlotta et Agata l'encouragent aussi, car même si nous ne nous sommes pas présentés, maintenant nous nous connaissons, il suffit de s'adresser la parole, de s'approcher, ici un rien suffit pour devenir troupeau.

Puis Andrea dit que c'est mon tour, il pose de l'argent sur le stand et je vois une lueur de défi dans ses yeux, je suppose que ce qui se présentait comme une gentillesse est devenu un prétexte pour se moquer de moi. Vu qu'aux autos-tamponneuses, je lui suis rentrée dedans comme le font les amours à sens unique, avec cette faim d'être comprises, accueillies, maintenant je dois subir.

Je m'empare du pistolet et la dame du stand me dit à combien de coups j'ai droit, si je veux continuer il me faudra payer plus, mais je devrai recommencer du début. Une seule récompense par tour.

Je hoche la tête, les gens se sont éloignés, tout le monde se fiche de voir la gamine aux cheveux mal coupés par sa mère et qui porte les vêtements de son frère anarchiste tirer et rater son coup, peut-être que je pourrais les faire rire, mais si c'est moi qui régale même les rires ne valent rien.

Quand, au collège, la prof d'italien a vu Alessandro entrer en classe avec ses béquilles, elle a murmuré, les yeux pleins de larmes et une main devant la bouche : des choses pareilles ne devraient pas arriver.

Je serre le pistolet factice, le lève lentement et, au moment où je ferme un œil pour viser, je ne sens ni frissons ni accélération de mon cœur, je voudrais crier : regardez-moi, maintenant je peux jouer moi aussi.

Puis je commence à tirer et les canettes à tomber, on entend le cliquetis du métal et des billes, cinq canettes tombent l'une après l'autre, je m'arrête, baisse mon bras. Je ne sais pas comment j'ai fait pour les toucher, j'ai seulement senti mon bras se tendre, mon doigt appuyer sur la détente, mes yeux se concentrer sur la cible, c'est comme si je chantais pour la première fois et découvrais que j'avais une voix de rossignol.

Andrea scrute la scène, il tente une plaisanterie sur la chance, sur le fait qu'il doit y avoir du vent, il rit.

Je lève de nouveau le pistolet, je vise la sixième canette et je tire, j'en fais tomber cinq autres et je recharge. La dame du stand de tir, aux cheveux gras et à la robe rose gardénia très décolletée, a un sourire fatigué et fait un commentaire dans un dialecte qui n'est pas le nôtre et que je n'essaie pas de comprendre.

Certains ont le sens de l'équilibre et peuvent tenir sur un pied comme les flamants roses, certains ont le sens du rythme quand ils dansent et entendent le tempo de la batterie, certains ont le sens du calcul et n'ont pas besoin de feuilles ou de calculatrice pour faire des additions ou des soustractions, moi j'ai le sens du tir et j'ai les jambes rêches, un sweat trop grand et la tête vide d'un avenir que j'ignore.

Le seul fait qu'une récompense soit en jeu, que l'on puisse gagner, fait la différence pour moi, peut-être pas pour les autres, mais pour moi qui voudrais accumuler des biens, qui voudrais des tas de chaussures, des tas de rouges à lèvres, des tas d'élastiques à cheveux, cet énorme animal rose aux oreilles et au museau rond a la saveur du mérite et du gain.

Je braque le pistolet, je vois nettement les canettes, une, deux, trois, je continue; petite, je ne suis jamais montée sur un carrousel et je voulais m'habiller comme une princesse, poser une couronne sur ma tête, tenir un sceptre, mais les tours de manège sont payants, les couronnes sont payantes, les pantoufles de vair sont payantes.

Il ne reste plus qu'un tir, je me dis qu'ils sont maintenant nombreux derrière moi, j'ai attiré une attention à la fois injustifiée et morbide. Ils disent: c'est une gamine, elle n'a même pas de muscles dans les bras, elle n'a même pas d'argent pour s'acheter des culottes.

Je vais faire comme ces sprinters qui s'écroulent à quelques pas de la ligne d'arrivée, je serai la perdante de la photo-finish, le cheval qui court et se casse la jambe au dernier virage, le jockey désarçonné, le footballeur qui rate son penalty, je resterai au pied du podium. On perd de peu, on perd par émotion, par distraction, par humanité.

Je tire le dernier coup, la canette de Coca oscille et je m'aperçois que le jeu n'était pas truqué: elles sont toutes tombées. Je pose le pistolet sur le stand.

Mes copines poussent un cri, elles se disent qu'elles sont enfin les amies d'une héroïne, pas du laideron qu'on laisse seule dans les autos-tamponneuses, celle que tout le monde appelle Oreilles au collège, celle qui porte des T-shirts aussi fluo que des surligneurs, achetés d'occasion au marché.

Mais je n'arrive pas à être heureuse, il y a une moi encore immobile, gelée, qui est en train de tirer.

Je lève les yeux vers la femme des canettes, qui me regarde.

Je veux la récompense, lui dis-je en écartant les bras. Je suis prête à accueillir le monde, l'univers entier.

Elle se tourne et fait péniblement sortir l'ours de deux mètres de haut du stand, elle disparaît derrière lui, elle ne sait pas comment me le donner, je ne sais pas comment le recevoir, il fait presque le double de ma taille, c'est une personne, un colosse. Elle le pose par terre devant moi et dit : félicitations.

Elle dit cela sans joie, mais troublée par la scène à laquelle elle vient d'assister, elle se demande si j'ai triché et comment, qui a tiré à ma place. Je me demande moi aussi si je dois me retourner pour vérifier.

Mais je finis par lever les yeux sur le tas de poils que j'ai devant moi, peut-être que je devrais le serrer dans mes bras, le baptiser, peut-être que je devrais le laisser là, dire qu'il ne m'intéresse pas.

Merci pour l'argent, dis-je à Andrea, qui n'a pas les paramètres pour décider s'il doit être surpris ou effaré.

Ça s'appelle la chance du débutant, essaie-t-il de répondre en fixant l'ours, il craint qu'il lui tombe dessus, il voudrait rire parce que j'ai remporté un lot absurde qu'il ne convoitait pas, mais pour une raison ou une autre personne n'a envie de rire.

Je ne sais pas quoi dire d'autre et je vois Mariano sortir sur la place à ma recherche, il est déjà neuf heures du soir, l'heure à laquelle les enfants vont se coucher.

C'est quoi, ça ? demande mon frère.

Un ours, je réponds, et j'ajoute : aide-moi à le monter à la maison.

Mariano regarde les adolescents attroupés comme il regarderait des plantes et des cailloux, sans poser plus de questions il le prend par la tête, moi par les pattes et, ainsi, nous le montons à l'appartement, le faisons passer par la porte en le poussant et le traînons jusque dans notre chambre, où il sera impossible de le cacher.

La radio est allumée, ma mère écoute de la musique, elle chante du Patty Pravo à mon père, qui fume à côté du balcon, ils ne savent pas qu'il y a un ours rose dans la pièce à côté.

Cependant, le lendemain, ma mère le découvre, installé là où le drap sépare ma moitié de chambre de celle de Mariano, et elle le regarde, demande d'où il sort.

Je l'ai gagné, j'explique.

Comment tu l'as gagné ?

À la fête foraine, c'était la récompense à un jeu.

Dans quelle sorte de jeu ils donnent des trucs pareils en récompense ?

Au jeu où on tire.

Elle reste silencieuse, puis elle prend feu, sa mâchoire se contracte, ses yeux se boutonnent.

Ramène-le là-bas illico.

Non, je l'ai gagné.

Je te crois pas et de toute façon t'en as pas besoin.

Tout le monde en a besoin.

Non, personne en a besoin, c'est un ours rose. Monde tordu, monde maudit où on fait tirer les enfants pour leur faire gagner des peluches.

Je lui crie qu'elle ne me le prendra pas et lui claque la porte au nez, je veux faire trembler l'appartement, elle continue de crier que ça ne se fait pas de tirer pour s'amuser, ça ne se fait pas de tirer tout court. Mais je ne l'écoute pas, je regarde ma récompense, grande et inexpressive, on dirait un sphinx.

C'est l'été 2001, j'ai fini le collège, j'ai laissé derrière moi la prof de maths qui aime nous affubler de noms de sorcière, j'ai oublié les courts de tennis, les maillots de piscine trop serrés aux fesses, je garde ma raquette cachée dans mon placard, je n'ai pas fait amende honorable pour mes erreurs, je ne sais toujours pas tracer des lignes droites ou des cercles au compas, je n'ai pas conscience de ce qui se passe dans le monde, je vis dans les limbes entre mes échecs et mes revanches imprévisibles.

Mon enfance toute de dessins animés, d'héroïnes en jupettes, de marionnettes dansantes, de publicités pour des biscuits, de clips sur MTV dont je n'ai découvert l'existence qu'à travers les écrans des autres, des images d'abord aperçues du coin de l'œil puis, quand ma mère m'a enfin autorisée à aller quelques après-midi chez mes amies, en passant des heures captivée devant tous ces interdits, alors que mes copines bavardaient sans y prêter attention, habituées à cette compagnie de top-models, de nombrils à l'air et de microphones allumés, mon enfance n'est plus qu'un souvenir.

Toujours est-il que j'ai treize ans*, je n'ai pas encore donné mon premier baiser et nous sommes en juillet, la fin du mois approche et une énième bataille se déroule sous notre toit : ma mère brandit son bouclier, Mariano son épée affilée, je suis au milieu du salon et le duel va commencer.

Les copains de ma classe y vont en train, explique mon frère.

Hors de question que tu y ailles, tu as dix-sept ans, répond ma mère, les jumeaux sont assis par terre, ils jouent à qui ramassera le plus de poussière.

Oh que si j'irai, c'est un rassemblement mondial, le train part de Rome Termini tôt le matin…

Tu prendras ni ce train ni aucun autre, c'est la dernière fois que je te le dis.

Tu t'en fiches de ce qu'ils nous font ? Ils financent de fausses guerres, ils pensent qu'à l'argent, à leurs investissements. Tu t'en fiches des banques, de l'argent qu'on leur doit ? Toi ? Alors que t'as même pas un logement à toi…

T'utilises des mots que tu comprends même pas, qu'est-ce que t'en sais, toi, des guerres, des multinationales et des logements ? Toi, tout ce que t'as à faire, c'est étudier, travailler, pas te faire arrêter.

Tu comprends pas.

Non, c'est toi qui comprends pas que t'as dix-sept ans et que t'iras pas à Gênes, tu resteras ici, où je peux t'avoir à l'œil et où je peux t'entendre, tu resteras là où j'ai décidé que tu serais.

C'est pas toi qui veux toujours sauver la terre entière, qui fais grève, qui refuses la soumission ?

* En Italie, le collège dure trois ans et le lycée cinq ans. (Toutes les notes sont de la traductrice.)

Je suis plus âgée que toi et j'en ai vu plus que toi, je sais ce que je fais, pas toi, t'es qu'un gamin.

J'irai quand même, tu peux pas m'enfermer ici.

Mon père essaie d'intervenir : Antonia, nous aussi on est allés à nos manifestations, nous aussi on a battu le pavé, les jeunes ont besoin d'aller à l'affrontement, d'être en première ligne.

Ah oui, ils en ont besoin ? Regarde-nous, toi cul-de-jatte et moi qui fais le ménage et torche le cul des autres. Ils ont besoin d'étudier, c'est la seule chose qui serve. La politique, c'est fini.

La politique, c'est fini pour vous, rétorque Mariano.

Et moi j'ai ma tête de quand les événements défilent devant moi comme des trains de marchandises, je n'ai pas la moindre idée de la raison pour laquelle ils se disputent, j'ai envie de me boucher les oreilles et de me mettre à crier, je suis hostile à cette famille, à ses défauts, à ses tourments.

Mariano dit à ma mère que c'est une ratée, il articule bien RA-TÉE pour que le message soit clair.

Quelques jours après, il fait semblant d'aller chez un copain et au lieu de ça il prend le train puis le métro jusqu'à la gare Rome Termini et il monte à bord d'un train à destination de Gênes.

Nous n'avons pas de téléphones portables, pas de télévision, pas d'ordinateur, nous sommes dépourvus d'équipements, de moyens de communication, murés dans le passé d'un monde lancé au grand galop qui nous dépasse, nous écrase sous ses sabots d'airain.

Ma mère téléphone à ses amis depuis le fixe et se renseigne, elle téléphone aux mères, aux pères, aux professeurs en vacances, elle demande à tout le monde qui lui a donné l'argent pour le billet de train, qui lui a dit de quelle voie il partait, avec qui il voyage, où il dormira.

Antonia allume la radio à l'heure des informations, elle écoute les nouvelles assise à la table de la cuisine, la radio collée contre sa joue, comme si elle ne voulait pas s'en séparer, on dirait l'ombre d'une fillette terrée dans la cave d'un immeuble visé par des bombardements.

Il rentrera demain, Antonia, tu verras, dit mon père le bourru, l'indifférent, le nihiliste.

Tais-toi, lui crie-t-elle, rebelle, sa voix est aiguë, elle traverse les murs. Qu'est-ce qui t'a pris de parler de manifestations, de luttes, c'est toi qui lui as dit d'y aller, c'est ta faute.

Leurs cris se superposent, la voix de la radio en arrière-fond grésille, elle dit que la situation a basculé, que le cortège s'est transformé, maintenant le chaos et la peur règnent, la police charge, la voix dit que certains sont tombés, que d'autres s'enfuient, la voix dit black bloc, familles, squats, la voix donne des détails confus et à un moment donné elle dit qu'un jeune homme est mort, puis elle répète black bloc, encore et encore, puis extincteur, mes parents se hurlent dessus que cette fois c'est la bonne, ils se séparent, ils ne veulent plus entendre parler l'un de l'autre, toi là-bas, moi ici, fais-toi soigner, prends des antidépresseurs, t'es qu'un pauvre handicapé, toi une furie.

Je suis dévorée par l'angoisse, cela ne m'arrive qu'entre ces murs, où je cultive mes névroses, nous n'avons aucune nouvelle de Mariano et j'ai l'impression qu'il a déjà disparu, englouti par les mouvements des galaxies.

Ma mère remplit un sac à dos et crie qu'elle va récupérer son fils, où qu'il soit, aucun policier, aucune réunion des puissants de ce monde, aucun corps d'armée ne pourra l'en empêcher.

On est des merdes, crie-t-elle à mon père avant de lui jeter à la figure un verre de vin à moitié plein.

Il atterrit sur son coude, qu'il a relevé pour se protéger le visage, elle n'est plus que fureur et ravage, rien ne l'arrêtera. Sourde et aveugle aux yeux écarquillés des jumeaux, indifférente au regard que, plantée à côté du radiateur éteint, je porte sur la scène. Je la vois dans une bulle d'eau limpide, réfractée, différente.

Antonia va à Gênes pour de bon, Antonia récupère son fils pour de bon, Antonia le ramène à la maison pour de bon, cela lui demande du temps, elle y emploie de l'énergie, elle traverse des endroits que j'ignore, elle parle avec des gens que je ne connais pas, elle ne raconte pas comment elle s'est débrouillée, elle ne relate pas ces jours-là.

L'appartement qui l'attend est devenu une faille, une plaie lancinante, un abcès ouvert, un scalpel a séparé des lambeaux de peau.

J'ai soigné le bras de mon père, qui fixait en silence les carreaux derrière l'évier, j'ai préparé des boulettes et assaisonné la salade, j'ai couché les jumeaux, j'ai attendu la fin de la nuit assise sur les toilettes, parce que quand je suis anxieuse j'ai tout le temps envie de faire pipi, j'ai dormi deux heures enlacée au lavabo. Puis le lendemain, j'ai tout recommencé pareil, et le surlendemain aussi. Tirer sur des cibles, je sais faire, casser des rotules à la raquette aussi, ma famille est mon anesthésique, contre elle je suis incapable de réagir.

Mariano revient avec une tête de rescapé des tranchées, ma mère l'invite à prendre ses affaires, et à faire vite.

Antonia dit : une peur pareille j'en veux plus, tu mérites pas d'être mon fils, tu mérites rien.

Mon père et moi ne sommes pas sûrs d'avoir compris ce qui se passe, nous pensions que le tourbillon des événements s'était arrêté, nous croyions que c'était l'heure de suturer.

Maintenant, tu fiches le camp avec tes affaires et tu vas chez ta grand-mère à Ostie, moi j'en ai ma claque de toi, ma mère continue à pourchasser Mariano de sa voix et sort ses T-shirts, ses chaussettes, ses bonnets en laine, ses filtres de cigarettes des tiroirs, sous le regard mort de mon énorme peluche rose.

L'ours se délecte de cette scène de débâcle et semble sourire, savoir comment nous finirons.

Puisque t'es si mûr, puisque t'es si doué, comporte-toi en homme.

Je sais que Mariano voudrait se jeter à ses pieds et lui demander pardon, hurler excuse-moi, je le sais parce que je vois ses yeux frémir, ardents d'angoisse, sans elle nous ne sommes rien, sans elle que deviendrons-nous, mais il ne le fait pas, il ne joint pas ses mains, il ne lui donne pas raison, il ne lui dit pas que c'est vrai : Gênes, c'était trop pour lui.

Mon père va et vient avec son fauteuil, le coude bandé, le visage ruisselant de sueur, il fond dans la chaleur de cette fin juillet, il répète : Antonia, c'est n'importe quoi.

Mais Antonia ne l'écoute pas, elle nous signifie que nous ne sommes pas dans un parlement bicaméral, il n'y a pas d'équilibre entre les parties, ici c'est son empire.

Massimo voit Mariano prendre les sacs qu'elle a remplis pour lui, emporter son avenir sous son bras. Après des années de mots orduriers, de regards assassins, de répliques cinglantes, après des années de ce gamin tient tout de toi, de ce gosse insupportable, de cette petite teigne, il semble souffrir de sa sortie de scène.

T'en va pas, Maria', dit Massimo, avec l'air égaré des matins brumeux.

Antonia l'ignore et accompagne mon frère à la porte.

Mon frère nous jette un bref regard : moi, mon père, les jumeaux.

La frustration de mon père se manifeste dans la manière dont il serre les roues de son fauteuil, sachant bien qu'il ne peut pas se lever pour intervenir : il assiste impuissant à la décision de ma mère.

La porte fait clic, mon frère s'en va, le rideau des vengeances et des distances tombe sur nous.

Les jours suivants, je demande à mes amies si elles ont vu aux infos ce qui se passait à Gênes, elles me répondent que non, il y avait *Dawson* à la télé, il semblerait que Joey en pince pour Pacey.

Je souris, je dis bien sûr, comme si j'étais une truite, un corégone.

Juillet s'achève, en août je file sur la selle d'un vélo, mais c'est quelqu'un d'autre qui pédale.

Seuls de rares privilégiés ont un scooter, nous, nous nous déplaçons avec les vélos reçus pour les anniversaires. Je ne sais pas en faire, je n'en ai jamais eu un, alors j'ai trouvé un garçon, il s'appelle Federico, il est plus petit que moi, il a un visage symétrique, qui par galanterie passe tous les après-midi en bas de chez moi et m'embarque sur sa selle, puis pédale en danseuse jusqu'à l'endroit qu'avec les autres, les non-voyageurs, les exilés des collèges de Rome et des alentours, nous avons choisi pour passer nos vacances.

L'endroit en question, nous l'appelons la place mais en réalité il s'agit d'une intersection dans le quartier de Residenza Claudia, une zone pavillonnaire entre la gare ferroviaire et la route du lac de Martignano.

Cette place n'a aucun charme, il n'y a qu'un réverbère au pied duquel on peut s'asseoir et des allées où l'on peut faire des roues arrière, pas de cafés, de kiosques à journaux, de salles de billard, notre point de ralliement ne se trouve pas à proximité du lac, mais dans la partie nouvelle d'Anguillara.

Dans le coin, les centres d'intérêt sont rares : la piscine d'un hôtel dont l'entrée est payante, où se déroulent les cours de natation et de water-polo en hiver, des champs cultivés et des terrains débordant de foin, et puis la maison abandonnée, un pavillon inhabité depuis des années.

D'après Agata et Carlotta, Federico est amoureux de moi, il éprouve cet amour qui te fait pousser sur tes jambes en montée, pour moi il sacrifierait ses amitiés et sa stabilité, mais je ne ressens pour lui que de la gratitude et je me tiens à distance, je pose mes mains sur sa taille sans la serrer et, quand nous arrivons à la place, je lui parle peu et sans enthousiasme.

Federico est un ami d'Andrea qui, avec quelques autres, a choisi la place comme lieu de garnison et de rassemblement, ils viennent avec de quoi fumer et passent des heures à palabrer sur le classement du dernier championnat de foot, si l'un d'eux a apporté un ballon ils se font quelques passes, mais leur activité favorite consiste à visiter la maison abandonnée.

Je n'ai encore aucune connaissance de ma sexualité, je me suis frottée quelquefois contre mon oreiller pour des raisons que je n'ai pas comprises moi-même, des constellations d'images aperçues dans les magazines de Mariano, des bribes de conversation interceptées dans la rue, des affiches publicitaires. Mon imaginaire est frêle, et mon expérience se résume à avoir vu d'un œil indifférent la nudité sans valeur de mes frères. Ça fait des années que mes parents ont arrêté de coucher ensemble, et aucun de nous ne souhaite poser de questions à ce sujet. À présent, ils sont moins proches que jamais, mais ils sont partisans de leur chagrin commun, à la fois identique et opposé.

La seule qui ait les idées plus claires sur la question est Carlotta, qui se confie à Agata et moi sur les avances et les propositions que les garçons du coin lui ont faites en écarquillant des yeux pleins d'un triomphe que je trouve écœurant et nauséabond.

Agata et moi vivons notre ignorance comme une honte, nous sommes en retard sur les événements, nous n'avons pas le vocabulaire, nous ne comprenons pas les avances, nous flottons dans la fin de l'enfance avec nos corps plats, sans poitrine et sans fesses, nous sommes des fantoches.

Agata s'intéresse plus que moi aux récits de Carlotta, qui nous parle de Francesco, de Vincenzo, de Lorenzo, chaque jour un nouveau prénom vient s'ajouter à sa collection de faits expérimentés et vécus.

Dans ces circonstances, je peux tout au plus avouer mon intérêt pour Andrea, qui reste le seul à susciter frissons et emballements chez moi. Depuis le jour de la fête foraine, plusieurs mois ont passé, je n'ai parlé de la mise au ban de Mariano à personne, ni à lui ni à mes amies, je n'ai jamais fait mention de la guerre froide qui se déroule entre les murs de mon appartement. Andrea semble avoir à mon égard un respect qui se mue souvent en distance, ce n'est pas à moi qu'il demande des cigarettes ou un peu d'argent, ce n'est pas moi qu'il prend sur son vélo, ce n'est pas moi qui l'accompagne dans les champs ou qui écrase avec lui des pignons de pin avec des cailloux, comme si c'étaient des vers.

Rapidement, des rumeurs commencent à circuler sur le compte de Carlotta, des accusations, des mensonges, des murmures. Les prénoms de ceux avec qui elle a partagé son corps, ceux des attouchements, des mains entre les cuisses, des braguettes ouvertes, des mets-toi à genoux se sont multipliés, de deux ils ont dû passer à vingt, trente, on dirait que tous les garçons d'ici l'ont vue nue, à chacun elle a donné du plaisir, pour chacun elle a été une satisfaction.

Un des soirs où Agata et moi restons dormir chez Carlotta, serrées à trois dans son lit une place et demie, nous écoutons son compte rendu minutieux d'intimités qui nous sont étrangères.

Quand nous lui demandons comment on fait, elle répond : c'est facile, tu t'assois derrière lui, tu passes une main sur le devant et tu le touches.

Alors j'ouvre les yeux, je vois les posters aux murs, les chanteurs pop, les acteurs, le *Titanic* qui a coulé et Jack qui ne s'en est pas tiré, et je me dis que nous non plus nous ne nous en tirerons pas.

Carlotta insiste, je devrais faire des avances à Andrea, ils ne refusent jamais quand on leur propose de les toucher et je réponds que je n'y arrive pas. En réalité, je n'en ai pas envie, mais je ne sais pas comment l'expliquer.

Si tu es assise derrière eux, ils ne te regardent pas en face, je fais remarquer, et mon commentaire reste en suspens.

Un des après-midi qui suivent, Agata et moi sommes assises au pied du réverbère de la place, nous attendons Carlotta pendant des heures, elle devait nous rejoindre à quatre heures, mais il est six heures et elle n'est toujours pas là. Federico nous prévient qu'elle est allée dans la maison abandonnée avec cinq garçons, on ne sait pas quand ils en ressortiront.

Agata dit : arrête.

Moi, je continue de me sentir inapte au jugement et à cette peine. Nous devrions nous lever et rejoindre Carlotta dans la maison, toucher, lécher, satisfaire nous aussi, mais nous ne bougeons pas, je me sens en béton et ne désire que la solitude, mes refoulements.

Quand Carlotta revient de la maison et que, peu à peu, émergent les cinq garçons, certains que nous connaissons, d'autres non, elle affiche un sourire satisfait mais tordu, le sourire d'un comique à la fin de son spectacle, prêt à pleurer en coulisses parce que le public n'a pas assez applaudi.

Sa sensation initiale de succès, qui lui avait permis de se sentir appréciée et estimée, commence à s'estomper, prend de nouvelles nuances.

Je me lève et me dirige vers la maison abandonnée où je ne suis jamais entrée, je veux voir ce qu'elle contient, quelles révélations sur notre croissance, quels rites initiatiques, quels oracles futurs.

Je me retrouve dans un banal pavillon à deux étages, découvre des sanitaires arrachés, une puanteur d'égouts, des préservatifs usagés par terre, ainsi que quelques bouteilles de bière et des paquets de cigarettes vides, des mégots, de la peinture, quelqu'un a dessiné sur le mur, écrit des prénoms, je vois celui de Carlotta à côté d'un petit cœur, rouge.

Les murs de la maison résonnent d'incompréhensions et de corps comprimés, d'exigences et d'échecs, de poitrines naissantes et de cellulite nouvelle en haut des cuisses, de shorts taille basse moches sur ce ventre flasque : tu as déjà treize ans, fais un régime, arrête les glaces et les bonbons, mange le moins possible, disparais.

La semaine d'après, le mois d'août est fini, et nous voilà inquiets au sujet de l'été qui ne reviendra pas.

Le lycée, des cours, des camarades, des choix nous attendent.

Nous décidons d'aller tous ensemble à la piscine de l'hôtel pour fêter nos derniers jours en bande et passer la journée à sauter depuis les plongeoirs, agacer les baigneurs accompagnés de jeunes enfants, déguster des Magnum assis en tailleur au soleil. Federico me voit fouiller frénétiquement mon sac à main vide et a la délicate attention de me payer l'entrée, je le remercie d'une voix sourde, j'aurais préféré que quelqu'un d'autre le fasse, une de mes amies, par exemple.

Je porte un maillot deux pièces prêté par Agata, je me sens exposée au scandale public, j'erre avec ma serviette serrée contre ma poitrine et je reste à l'ombre, ce qui ne m'empêche pas de devenir rouge pastèque au bout de quelques minutes. Je vois Andrea me faire signe de le suivre, il veut me pousser dans la piscine, mais je secoue la tête.

Depuis plusieurs nuits, je dors très mal, tordue, les genoux fléchis, le cou tassé dans les épaules, les mâchoires serrées, même si j'ai laissé les draps qui coupent notre chambre en deux, de l'autre côté mon frère n'est plus là. Quand je l'ai appelé de la cabine téléphonique, il m'a dit : à Ostie, il fait très chaud.

À la maison, nos corps sont froids, nous nous déplaçons d'une pièce à l'autre comme des bonshommes de neige, raides, et je ne veux pas partager cette léthargie, je la garde enfermée à double tour dans cet espace confiné qu'est ma mémoire familiale.

Je me perds dans mes pensées et me retrouve au soleil, l'ombre a tourné et m'a abandonnée, je vois les autres s'éclabousser dans l'eau, courir le long du bassin, plonger, alors je me baigne moi aussi parce que la canicule brûle ma peau, mais je ressors aussitôt, le chlore me rappelle le collège et tout ce à quoi je préférerais ne pas penser, je récupère prestement ma serviette.

Je regarde autour de moi, je n'arrive pas à trouver Carlotta et je demande à Agata où elle est passée, Agata me dit qu'elle est allée se doucher, elle voulait rentrer chez elle, alors je demande à Federico s'il pense rentrer lui aussi, parce que je me sens affaiblie, écrasée par le soleil et par mon impuissance, il me répond d'accord allons-y, il m'attendra devant la piscine.

Je rassemble mes affaires, le shampoing à l'eucalyptus que j'ai dérobé à mon père, je tiens le flacon dans la main gauche et ma brosse dans l'autre, des gouttelettes tombent à chacun de mes pas, je laisse des traces, j'entre dans les vestiaires et dis : Carlotta ?

J'entends l'eau d'une douche couler.

Je t'ai apporté du shampoing, j'ajoute.

Puis le silence se fait, la douche se tait, deux personnes murmurent, et je suis dans le couloir des choses que je ne sais pas faire, de mon incapacité à me donner, à caresser, de mon incapacité à jouir.

La porte de la douche s'ouvre et Andrea apparaît le premier, je le vois sortir sans me regarder, il arrange son maillot et saisit sa serviette, il la noue autour de sa taille. Nous sommes dans les vestiaires des filles, et j'ai toujours ma brosse à la main, l'odeur d'eucalyptus.

Carlotta sort à son tour, de la même douche, elle retient le haut de son maillot d'une main et dit : je suis là.

Je reste immobile, Andrea aussi, nous sommes un triangle isocèle de perturbations. J'aimerais ne pas avoir suivi mon instinct d'aller chercher Carlotta, je sais parfaitement quand la roue du fauteuil de mon père s'est coincée sous la table, quand un des jumeaux s'est fait pipi dessus, j'ai un sixième sens pour ce qui ne tourne pas rond.

Je ne réponds pas à son je suis là, mais telle que je suis, avec mes cheveux roux mouillés, mes claquettes bleues à scratchs, mes pieds trop anguleux, je fais marche arrière et quitte les vestiaires, la piscine, je n'ai pas lâché mon shampoing, ma brosse, je vais vers l'avenue, Federico me voit et me demande ce qui s'est passé, il est prêt à me ramener et je ne réponds pas.

J'ai subi un affront et j'élabore dans mes entrailles la bonne manière de réagir, de braquer le pistolet sur la cible. Elle savait que j'étais amoureuse, elle savait mon incapacité, mes silences, mes incompréhensions, elle m'a écoutée affirmer des sentiments que je croyais définitifs, si je ne m'étais pas levée, si je n'étais pas allée aux douches, elle ne me l'aurait jamais avoué, elle commettait un crime dans mon dos.

Cette première trahison m'agresse et je la retiens au bord de mes cils, je ne la transforme pas en larmes, je la broie, comme si j'usais d'une presse industrielle, de tenailles, mon dégoût ardent écrase la trahison. Je marche à toute allure vers la maison, je rentre humide, toujours la brosse, toujours l'eucalyptus, toujours le *tchac tchac* de mes claquettes.

Mes parents sont de part et d'autre de la table, ils se fixent, se lancent des imprécations et des malédictions par la force de leurs pensées, je suis encore mouillée et en équilibre précaire, le soleil m'a cogné sur la tête, tout tourne autour de moi, je fais deux pas et dérape, m'écroule par terre.

Quelques jours après à New York, les tours jumelles s'écroulent elles aussi.

## 5

## MÉLOLOGUE

L'ÉTÉ S'ACHÈVE et ma mère découvre les quatre livres que j'ai empruntés à la bibliothèque, deux d'entre eux sont dans la salle de bains, les deux autres sur ma table de chevet.

Je la vois debout, appuyée contre la machine à laver, en train d'en feuilleter un, tournant les pages avec hostilité dans un sens puis dans l'autre, le livre a une couverture rose vif, les lettres vertes sont en relief, il s'intitule *Cette maison est un désastre*.

Qui est cette Linda Romsey ? demande-t-elle, elle prononce mal son nom, elle le répète à trois reprises et le prononce mal à chaque fois, elle me tourne le dos, je suis sur le pas de la porte, en pyjama, pieds nus.

Je ne sais pas, la femme qui a écrit ce livre, je réponds, et j'entends mon ventre gargouiller.

C'est qui, celle-là ? Qu'est-ce qu'elle écrit ? Ma mère agite le livre en le tenant par le dos, elle le secoue comme si elle voulait faire tomber quelque chose caché à l'intérieur, un mystère sur la personne que je suis, la raison de mon être au monde.

Mes amies le lisent…

À quoi ils te servent, ces livres ? Le ton de sa voix monte, elle se tourne.

T'as passé ton été à perdre ton temps, c'est tout ce que t'as fait. Tu veux aller au lycée classique* ? Tu sais ce que ça représentait pour moi, d'aller au lycée classique, pour moi le lycée c'était même pas en rêve, j'ai tout appris toute seule, je voyais les autres filles avec leur sac à dos et moi je trimais déjà chez une vieille dame, je lavais son escalier, quelques années après je suis tombée enceinte, j'ai avorté, puis re-enceinte, puis Mariano est né, cette maison est un désastre ? Je t'ai fait prendre la carte de la bibliothèque pour que tu fasses de bonnes lectures. Au lycée classique, tu vas leur parler de cette Linda machin que personne connaît, de ce livre rose bonbon, t'as quel âge, huit ans ? T'as demandé conseil à la bibliothécaire, comme je t'avais dit ?

Oui, mais elle m'a donné des livres difficiles…

Alors t'es comme ça, quand c'est difficile tu baisses les bras. Tu fais comme tout le monde, tu fais des choses qui servent à rien.

Maman, c'est un livre pour passer le temps, dis-je en montrant l'ouvrage qu'elle tient encore dans sa main.

On laisse pas ses livres à côté des chiottes, c'est pas les magazines de chez le coiffeur. Le temps passe, ma petite, le temps a déjà passé et t'as rien lu. Tu veux étudier le latin, tu veux étudier le grec ? Cette maison est un désastre ?

D'un geste vigoureux, ma mère pose le livre sur la machine à laver, seulement parce que c'est un livre de la

* En Italie, il existe différents types de lycées, où l'enseignement est généraliste, mais avec des disciplines dominantes : lycée scientifique, artistique… Le lycée classique, où l'accent est mis sur les matières littéraires ainsi que sur le grec et le latin, jouit d'une réputation de formation d'excellence.

bibliothèque et pas un livre à nous, sinon, je le sais, elle l'aurait réduit en pièces, elle aurait avalé ses pages, elle s'en serait servi comme essuie-tout. Elle se tourne vers moi et je ne vois dans son regard aucune remise de peine.

À partir de maintenant, tu me montreras les livres que tu prends à la bibliothèque. Tu veux aller au lycée classique avec tes copines ? Alors mets-toi au travail. Les études, c'est un privilège. On te laissera pas rester vautrée à rien faire, ou on étudie ou on n'est personne. T'as compris ? Tu veux être personne ?

Je reste silencieuse, je pense au visage rond de la bibliothécaire, à sa petite frange grasse et de travers, qu'elle ne lave pas assez souvent, à ses ongles rongés, à ses bagues colorées, la bleue au pouce, aux livres qu'elle va chercher dans la réserve et remonte, va chercher et remonte, à la liste qu'elle m'a donnée quand je lui ai demandé conseil, parce que ma mère voulait que je lise des livres sérieux, de vrais livres, qui font frissonner, qui font pleurer.

J'en ai vu un à la maison, il y a pas longtemps… d'une écrivaine anglaise, comment elle s'appelle, déjà ? continue ma mère, imperturbable.

Jane Austen, je réponds, et je sens mes pieds bouillir, plongés dans une flaque ardente, trempés dans la soupe de nos mots.

Il était difficile, celui-là ? Sûrement pas tant que ça s'ils en ont fait un film, crie-t-elle, et mon livre ressemble à un cadavre, quelque chose de mort et de monstrueux, elle écrase la couverture de ses doigts, trace ses erreurs.

Tu l'as pas lu, je me défends.

Moi ça compte pas, je travaille tout le temps, tu sais ce que ça veut dire, travailler ? J'ai pas l'impression, tu te plains, la voilà ton activité. T'es qu'une épine dans le pied.

Je redeviens passive, muette, dans mon silence rôdent les livres que je ne lirai peut-être jamais, je me demande pourquoi elle s'acharne, ce qu'elle attend de moi, quels sont ses projets et projections, je me demande s'ils ont à voir avec l'absence de mon frère, si mon insignifiance s'est révélée au grand jour, si elle veut à tout prix me rembourrer comme un soutien-gorge, me farcir comme une caille, me doubler comme un manteau.

Tu m'écoutes ?

Oui, je t'écoute.

Tu fais une tête de poisson mort, et son regard me transperce du ventre aux reins.

Si t'as moins de huit sur dix de moyenne à ce lycée que t'as choisi, je t'interdis de sortir de la maison, je t'enferme, tes manuels scolaires vont nous coûter les yeux de la tête à ton père et moi, t'as intérêt à me donner satisfaction.

Oui.

Si tu comprends pas, on lira ensemble, je t'aiderai pour les devoirs, il faut qu'on y arrive, il faut absolument qu'on y arrive, sa voix tremble pendant qu'elle ouvre la porte à hublot et récupère les vêtements mouillés, les sort de cette machine qu'elle n'a pas fini de payer. Ma mère déteste mélanger le linge noir et le linge de couleur, mais elle déteste aussi gaspiller de l'eau, elle ferme le robinet pendant que je me lave les dents, elle s'énerve quand je passe plus de dix minutes sous la douche.

Ce “on” me cerne comme une prison, personne ne m'a demandé si je voulais habiter dans ce “on”.

J'ai choisi un lycée pour riches, c'est un acte punitif, une incision profonde, une strangulation. J'ai choisi un établissement d'excellence, où l'on enseigne les langues mortes que personne n'utilise et je me dis que je l'ai fait pour mes copines, elles vont aller là-bas et moi aussi, mais la vérité c'est que j'abrite quelque chose de minuscule, un gland, un insecte, et cette chose c'est la voix de ma mère, à qui je dois démontrer que je suis quelqu'un.

Je suis régentée par ce "on", qui rôde, invisible, et construit pour moi des plans sur la comète et des marécages.

Le jour de la rentrée, je découvre que dans les établissements des riches aussi les murs s'effritent, les racines écorchent le goudron des cours et les gymnases puent la vieille sueur.

Le bâtiment est un parallélépipède trapu de trois étages de haut, rouge brique, entouré de quelques pins raides et dégarnis, de places de parking, d'un terrain de foot ; dedans, au sous-sol, se trouvent le terrain de volley, les espaliers, le cheval d'arçons déchiré, les anneaux qui pendouillent du plafond comme des jambons et des saucissons. Les classes les plus chanceuses occupent les salles au dernier étage et regardent les garçons jouer au foot par les fenêtres, les plus malheureuses le sous-sol à côté de l'amphithéâtre où il fait plus froid et où les murs sont en placo, un coup de poing suffirait à les trouer, tout sent la mousse et le moisi, le soleil n'y pénètre que par erreur et de biais.

C'est là que je commence ma première année : dans la cave, comme un rongeur ou une blatte.

Dans ce lycée, je trouve rapidement de nouvelles inaptitudes à exhiber, je me fais remarquer à cause de mon souffle court, de mon aversion pour les échanges de balle et les smashes, je porte des chaussettes en éponge trop grandes et des joggings usés aux genoux. J'ai toujours froid, sommeil, soif de reconnaissance, besoin que personne ne m'oublie, envie de me présenter et de répéter : je suis là, je suis là, je suis là parmi vous.

Les murs d'enceinte et les salles de cours sont couverts de graffitis, d'insultes visant les profs les plus redoutés, de déclarations d'amour effacées, de numéros de téléphone dérobés, la façade est ornée des coquilles et des taches des œufs jetés dessus à la fin de l'année précédente.

Mon lycée se trouve aussi sur la via Cassia, mais plus loin, pour m'y rendre, en plus du train, je dois aussi prendre un bus, le 201, son terminus est à l'entrée sud d'une zone résidentielle, celle de l'Olgiata, le royaume des courts de tennis et des terrains de golf, des *domus* dignes des forums impériaux, des gouvernantes et des jardiniers, des gardiens aux portails : l'extrême banlieue très fortunée.

Je dois me lever à six heures du matin pour être en classe à huit heures vingt, je prends à peine un petit déjeuner, j'avale du lait et deux biscuits, j'ai le ventre noué, les trains sont de pire en pire, ce sont des wagons à bestiaux, les gens respirent contre les portes automatiques, n'ont pas la place pour éternuer, s'insultent à chaque cahot, et moi, une fois descendue, je dois souvent sprinter, mon sac ballottant sur mon dos, car le 201 arrive déjà à l'autre bout du parking.

Le bus contient peu de places assises, il passe à côté de mon ancien collège, qui me paraît maintenant tout petit, sec et rabougri, une plante à la fin de l'hiver ; puis il le dépasse et continue très lentement son parcours, sur certaines portions on ne peut pas rouler à plus de trente à l'heure à cause des feux tricolores et, sur d'autres, la route se dégage soudain et le trafic s'écoule avec fluidité comme du sang dans de larges artères.

Mais parfois cela ne suffit pas, certains jours nous accumulons tant de retard que nous sommes obligés de descendre devant la déviation qui conduit au périphérique et de finir le trajet à pied. Alors je slalome entre les gaz d'échappement des files de voitures, une fois je remarque sur le parcours la présence d'un petit autel, c'est Agata qui me le montre, il est entouré d'une barrière, au milieu il y a un bouquet de fleurs en plastique et deux photos encadrées dans de la tôle rouillée, quelqu'un nous dit que la vie de deux adolescentes en scooter s'est achevée ici, il y a des années de ça elles se sont écrasées contre le poteau d'éclairage, je me dis que c'est le présage d'une souffrance de devoir les croiser sans les connaître pendant les cinq prochaines années et de m'imaginer là moi aussi, une photo sur le bord de la route, sur laquelle s'écoule un fleuve d'indifférence et de hâte d'arriver à destination.

Agata et moi sommes dans la même classe, Carlotta a finalement changé d'avis, elle a préféré aller au lycée en province plutôt qu'à Rome, elle est scolarisée au lycée classique de Bracciano, à côté de celui où allait Mariano.

Après l'épisode de la piscine, je ne me suis pas expliquée avec elle, entre nous est tombée une grêle de silence, quand on la mentionne je dis des méchancetés et crache sur son prénom comme si c'était une araignée ou une fourmi, comme si ça pouvait la noyer. Comme je sais très bien que chacun de mes mots méprisants lui sera répété, je les charge de gravier et d'aiguilles, je ne me dérobe pas devant l'insulte, devant sa destruction.

Quand elle me salue je détourne la tête, quand elle passe je sautille sur place à la manière des boxeurs, de quelqu'un qui aurait les poings qui le démangent. Carlotta tente à plusieurs reprises de s'approcher, de se faufiler dans les lézardes de mon mur, mais elle est aussitôt balayée, elle est de la chaux qui s'effrite, je la rejette, la vomis par terre.

Je ne me renseigne pas sur ses fréquentations, ses amitiés, ses notes au lycée, j'ignore ses récits, je m'énerve quand elle se plaint, j'exulte quand elle est en difficulté, je considère chacune de ses syllabes comme un boniment, un désir maladroit de se mettre en valeur, de revenir, alors que je veux la refouler dans l'antre de sa honte, je la vois encore et encore sortir de la douche, sa serviette à la main, je sens l'odeur d'eucalyptus, les fibres de ma brosse pressées contre la paume de ma main.

Être dans la classe d'Agata me donne l'avantage de l'avoir exclue, elle ne pourra plus parler avec nous de tout un monde qui dorénavant nous appartient, dans les rares occasions où nous serons ensemble elle restera dans l'arrière-pays de nos bavardages et de nos récits et je ferai comme si un fantôme se trouvait à mes côtés, j'insisterai sur ce qui ne la concerne plus, je relaterai des anecdotes du lycée de plus en plus précises, décrirai des détails colossaux. Je ferai mine de ne parler qu'à Agata mais je le ferai d'une voix enjouée, sur un ton qui n'est pas le mien, j'inventerai des trésors, je vanterai l'opulence des autres, soulignant sa distance, ce que Carlotta ne sera jamais, mais nous si, parce qu'en fréquentant l'argent on respire son odeur, le luxe est contagieux, me dis-je et lui dis-je sans la regarder.

La vérité, c'est que dès que je mets un pied dans le bus, je me sens écrasée par une atmosphère oppressante, les filles portent des parfums capiteux de femmes se rendant au bureau, en hiver les garçons sont couverts de doudounes en plumes d'oie et de bonnets en laine dont on ne peut pas rater la marque, ils se ressemblent tellement que je ne saurais pas les distinguer. Ces adolescents viennent de l'Olgiata et des Rughe, deux quartiers du nord de Rome où il n'y a que des villas à trois étages, avec jardins à l'avant et à l'arrière, piscines et plongeoirs, tapis persans, dressings de la taille d'un salon, ils se reconnaissent au premier regard, ils ne prennent pas longtemps le bus avec nous, juste le temps d'avoir l'âge de conduire un scooter puis une voiture sans permis, ces véhicules miniatures qui font le même bruit que des tracteurs mais que l'on peut conduire avant ses dix-huit ans. Moi sans vélo, eux au volant, nous nous regarderons bientôt depuis des univers parallèles, séparés par la Voie lactée.

Même Agata, qui n'a jamais manqué de rien et qui a toujours pu se permettre des caprices impensables pour moi, est à la traîne derrière ce défilé de vêtements à usage unique.

Nous, nous osons à peine rêver de tennis Nike ou Adidas neuves, eux pour leur anniversaire ils font du shopping dans la via Condotti* et ils arrivent au lycée avec des chaussures Prada et des sacs à main Gucci, où les filles rangent leurs cahiers et leurs stylos, nous, nous avons les mêmes sacs à dos qu'au collège.

Quand nous sommes allées à la papeterie pour acheter les fournitures scolaires, j'ai essayé de proposer à ma mère de prendre un agenda Smemoranda noir, elle a regardé le prix et m'a dit qu'avec deux petits cahiers nous ferions

* Rue commerçante de Rome connue pour ses enseignes de luxe.

nous-mêmes mon agenda, comme chaque année. Il suffisait de couper les pages en deux, d'écrire la date et le jour, de laisser des lignes pour les devoirs.

Alors, plantée devant le rayon des cartes d'anniversaire couvertes de strass et de chiots à la truffe humide, je lui ai presque hurlé dessus que je voulais un vrai agenda, pas un cahier avec les jours écrits à la main, pas un calendrier, pas une énième escroquerie, pour toute réponse elle m'a fait un croc-en-jambe en décochant un coup de genou dans le creux du mien et, m'ignorant, elle a pris les cahiers qu'elle voulait, les stylos qu'elle voulait, la trousse qu'elle voulait, rose pastel et trop longue.

Mon nouvel établissement me rejette immédiatement, comme une sauce qui a tourné, un surgelé qui a fondu, et c'est précisément pourquoi je reste et m'accroche, avec mon sac à dos informe et mon cahier à la place d'un agenda, j'érige une barricade et je combats, quand je vois des champs de bataille je pars à l'assaut.

Mes cheveux roux ont repoussé, longs et symétriques, ils rendent mon visage plus aigu, je veille à garder mes oreilles bien cachées, à l'abri, je n'ose pas me faire de queue-de-cheval ou de chignon, je n'ai pas de poitrine, pas de fesses, mais je suis mince et je commence à porter les rares vêtements moulants que j'ai, je montre à tout le monde mes côtes et mes poignets fins, je mets du mascara en cachette dans le train et, devant le miroir, j'ai l'impression d'être sortie de ma coquille, je dois être prête à devenir la meilleure version de moi-même, oublier la mauvaise image que j'ai eue auprès des autres.

Une seule chose peut te sauver quand tu n'as pas d'argent, c'est la beauté, je me répète en me brossant les cheveux plus souvent, en tirant sur le coin de mon œil pour me mettre du crayon et rendre mon regard plus profond, en faire un objet d'intérêt. Je n'ai pas grand-chose, mais cela me suffira à ne pas ressembler à ma mère, la négligée, l'ouvrière, la femme de ménage, celle qui enfile un tailleur en lin acheté au marché afin de se faire passer pour ce qu'elle n'est pas. Moi je dois arrêter dès que possible d'être une fillette défectueuse pour me transformer en femme à même d'être aimée. Ce changement me démange, je me jette la tête la première dans la compétition morbide des corps et des regards.

Une semaine après la rentrée, je dis à Federico que nous devons nous embrasser, j'ai besoin de ce baptême, il n'y aura pas d'autres séances ni applaudissements, nous n'irons pas dans la maison abandonnée, nous ne ferons plus de trajets à vélo ensemble, pour moi c'est un pavé de cabillaud, je le garde au congélateur et je sais qu'il pourra toujours me dépanner si je n'ai rien à manger pour le dîner.

Le baiser n'est pas une réussite, on dirait un mâchonnement et un ruminement plus qu'un signe de tendresse, de la salive coule aux coins de nos bouches et il est plus petit que moi, ses cheveux puent le gel, sa gentillesse est un obstacle.

La chose a lieu derrière le muret de la place, ni cachée ni visible, sous les pins dont les chenilles processionnaires sont tombées. Federico me demande si nous nous reverrons et je m'essuie la bouche du dos de la main, je ne veux pas qu'il reste trace de cette demande d'aide implicite.

Je réponds : non, je serai trop occupée, et je lui tourne le dos.

Ma salle de classe souterraine nous fait ressembler, nous autres lycéens, à des créatures nocturnes, comme des papillons de nuit nous battons des paupières pour rester réveillés.

Agata et moi sommes assises côte à côte vers le milieu de la classe, devant il y a les trop sérieux, au fond ceux qui ne veulent pas entendre parler de livres, aucun d'eux, j'en suis convaincue, ne subit la même pression que moi : ne pas descendre en dessous d'une certaine moyenne, ne pas réveiller le dragon à trois queues qui loge dans la poitrine de ma mère.

Les garçons sont peu nombreux et presque tous moches, je répète en permanence à Agata que dans les autres classes il y a au moins un type acceptable et dans la nôtre pas l'ombre d'un : il y en a un aux cheveux fins et rares qui rougit chaque fois qu'il ouvre la bouche, un autre petit et trapu au visage trop large, un autre aux cheveux huileux et à la peau couverte de grains de beauté, un autre aux dents de devant tordues et au nez en patate. Ils me répugnent, je voudrais les enterrer, les disperser au vent. Un seul d'entre eux s'en tire, mais il est infréquentable pour d'autres raisons, il s'appelle Samuele et il a déjà redoublé deux fois, c'est l'unique redoublant de la classe, il n'a pas encore l'âge de la fin de l'obligation scolaire, alors il s'obstine à redoubler avec nonchalance. Il a un visage enfantin, des lèvres pleines, des yeux à la fois doux et menaçants, il porte souvent des joggings et des tennis usées, mais les détails révèlent son identité de fils de bonne famille, ses montres, ses bracelets, ses chaînes, certes ses baskets sont abîmées, mais il en a une nouvelle paire chaque semaine, il les use en jouant au foot l'après-midi. Il vient au lycée sans sac à dos, il arrive toujours en retard, il s'assied au premier rang et dort, ou alors il apporte le journal ou des livres de son choix qui n'ont rien à voir avec le programme et les feuillette en silence. Il suscite crainte et timidité chez nous autres novices maladroits et grotesques. En classe, il se roule souvent des cigarettes ou effrite son shit pour se fumer un joint à la récré, le reste du temps il nous ignore comme si nous étions des crapauds et lui un prince, il file dans la cour à chaque sonnerie pour retrouver ses anciens camarades ou ceux des dernières années, des délégués de classe qui iront bientôt à l'université.

Il me fiche la trouille, m'avoue Agata un matin.

Il faut dire que Samuele est arrivé à la deuxième heure en empestant l'alcool parce qu'il a bu deux bières de bon matin, il porte un sweat jaune, il a les yeux bouffis, en réponse au prof d'anglais qui lui demande s'il a fait ses devoirs, il marmonne : la lune est tombée cette nuit, le monde touche à sa fin.

Nous autres restons muets, dans un silence religieux et vibrant.

Les cours de latin et de grec sont douloureux, la prof inflexible nous domine de toute sa puissance, elle n'a même pas besoin d'élever la voix, ses regards désapprobateurs tombent sur nous comme la nuit, elle peut nous anéantir en prononçant un nom de famille. Même Samuele la respecte, quand c'est l'heure de son cours il somnole sans déranger, elle l'ignore, entre le pot de fougère dans un coin et lui, aucune différence.

Les premiers mois, nous sommes étourdis par ces langues que nous ne comprenons pas et ne voulons pas comprendre, nous nous répétons les déclinaisons et les temps comme des automates et des poupées, à la maison, dans le train, dans la cuisine, avant après pendant les cours, nous nous trimballons avec nos dictionnaires sous le bras, chacun pèse des tonnes, comme un sac de farine, une bouteille d'huile.

Mes dictionnaires de grec et de latin sont vieux et crasseux, nous les avons achetés d'occasion grâce à une amie de ma mère, leurs pages sont jaunies et leurs marges remplies par les annotations illisibles d'autres lycéens, il m'est donc impossible d'y écrire au crayon les conjugaisons à utiliser pendant les devoirs sur table, les jours des versions de grec tant redoutées.

Qu'est-ce que je fais ici, je me demande en feuilletant encore et encore ce dictionnaire, même en Grèce ils ont oublié cette langue ancienne.

Aux premiers devoirs j'ai à peine la moyenne, je n'ose pas montrer à ma mère ces copies corrigées au stylo rouge, je les cache et imite sa signature dans le carnet, si pour les autres un six sur dix est une raison de se réjouir, pour moi c'est une catastrophe.

Depuis que Mariano est à Ostie, Antonia se concentre tout entière sur moi, elle m'assigne les tâches et responsabilités qu'autrefois je partageais avec mon frère : vaisselle, cuisine, repassage, faire les lits des jumeaux, c'est un ballet permanent pour l'aider à ceci et cela.

Finis ce que tu as à faire à la maison et va faire tes devoirs, c'est sa rengaine quotidienne.

Je ne sors plus, j'ai rarement l'occasion de voir du monde, j'ai déjà oublié le goût de Federico, Andrea c'est tabou et rideau.

Elle me traque – moi renard, elle fusil –, un jour à mon retour du lycée je trouve dans la cuisine un dictionnaire neuf et ma mère souriante.

Elle dit qu'elle a demandé à Mme Festa, chez qui elle fait le ménage, quel cadeau offrir à une jeune fille qui lit, et celle-ci lui a répondu avec une férocité scrupuleuse : un dictionnaire.

Comme ça tu pourras comparer le latin et le grec, étudier les langues, si j'avais eu cette chance moi, c'est drôlement bien, non ? Tous les mots, vraiment tous…

Antonia ouvre le dictionnaire de la langue italienne au hasard, chausse ses lunettes sur le bout de son nez, elle dit : *mélologue*, qui vient de *melos* et *logos*, t'as compris ? C'est ce que t'apprends au lycée. Un texte accompagné de musique, tiens, lis.

Elle me fourre le dictionnaire dans les bras et continue de sourire, un rêve fait briller ses yeux, alors je regarde l'endroit où elle pointe son index et répète : *mélologue*, je lis toute la définition à voix haute.

Je me retrouve engluée dans la joie de ma mère, après des mois de visage rembruni et de bribes de mots, je ne peux pas être responsable de sa tristesse, alors je feuillette et choisis un autre mot et, ainsi, nous restons en suspens dans ce temps qui est celui de ce que nous apprenons pour la première fois. À chaque mot que je prononce à haute voix, elle s'anime et le répète, elle essaie de se l'approprier, avec son inflexion dialectale dont elle n'arrive pas à se défaire. Une force dynamique me pousse à rechercher sa satisfaction, m'éloignant d'autant de la mienne.

À compter du moment où elle m'offre ce présent, mon temps se densifie, mes révisions deviennent compulsives, destructrices, je n'arrête jamais, je ne crois pas être plus intelligente que les autres, au contraire, je mise tout sur l'application, je pars avec fougue à la conquête des notes, de six à six et demi, de six et demi à sept, de sept et demi à huit, quand la prof de grec me rend une copie où il y a écrit neuf, je bondis sur mes pieds.

Les autres me regardent en silence puis se mettent à ricaner, mais ça m'est égal, pendant les cours et les devoirs sur table je les vois jouer sur leurs portables sous leurs bureaux et s'échanger des petits mots, lorgner les copies des autres, alors que dans ma tête la phrase d'Antonia rebondit comme une balle de ping-pong : alors t'es comme ça, quand c'est difficile tu baisses les bras.

Je ne signale pas cette note non plus à ma mère, parce qu'une seule note ne compte pas plus qu'une canette touchée du premier coup, je dois continuer à tirer jusqu'à ce qu'elles tombent toutes, aller la voir et lui montrer que je ne remporte pas seulement des récompenses inutiles, des ours en peluche rose géants, des bonbons caoutchouteux, des chocolats, je suis un motif de fierté, je ne baisse pas les bras.

Au troisième devoir où j'obtiens une bonne note, dans des matières différentes, même en maths, mes camarades remarquent mes aptitudes et ne savent pas trop comment réagir, parce que je ne suis pas assez repoussante pour être considérée comme une bûcheuse à stigmatiser, ni assez riche et désinvolte pour être convoitée et approchée.

Ils essaient donc de me demander de l'aide avant les interrogations, réclament des résumés et des conseils, tendent leurs mains vers ma feuille pendant les contrôles et copient, moi j'essaie d'aider Agata qui est à la traîne mais qui est appliquée, et ceux qui à mon avis ont des difficultés et ne profitent pas de moi. Mais le jour où, alors que la prof d'italien vient de sortir, Samuele s'approche de ma table et m'arrache ma copie des mains pour voir les réponses que j'ai données aux questions ouvertes, je ne subis pas sans réagir, je me lève d'un bond et la reprends : rassieds-toi, je lui dis, et j'ai le regard fixe, la voix ferme.

Il me toise, sec comme une trique, il plisse les yeux, inaccoutumé à s'entendre dire non.

*T'es qu'une clocharde, une bûcheuse, toutes tes fringues sont rapiécées*, me lance-t-il en dialecte pour étaler ma misère, en faire une accusation, bien souligner auprès de tout le monde que je suis la seule fille de pauvres dans cette classe, mettre en évidence mon statut d'invitée, d'intruse, de miraculée.

Je ne réponds pas parce que la prof est de retour, et Agata me touche le bras pour me réconforter, elle s'attend à ce que je m'effondre en larmes sans retenue, mais je repousse sa main et lisse soigneusement ma copie froissée, je la caresse en long et en large en regardant le dos de Samuele.

Ma mère a une corbeille remplie de pièces de tissu, de coupons d'étoffe qu'elle coud sur nos vêtements pour renforcer nos pantalons, arranger les poches trouées, les coutures usées, masquer les brûlures ou les taches tenaces sur nos T-shirts.

À la récréation, il sort le premier et je le suis, il emprunte l'escalier et moi aussi, je monte deux étages sur ses talons, puis jusqu'en haut, je le regarde disparaître sur le toit-terrasse où nous n'avons pas le droit d'aller.

Je sors sur le toit, le soleil de Rome, glaciale et sereine, me frappe fort, il y a d'autres garçons avec lui, tous plus âgés que moi.

C'est là qu'il s'aperçoit de ma présence et de mes cheveux roux.

Qu'est-ce que tu veux ? Il se tourne, sa cigarette éteinte à la bouche, avec un regard nerveux et moqueur.

Et comme cela m'est déjà arrivé par le passé, les images des efforts et des disputes défilent dans ma tête, celles de mes désespoirs et de mes ambitions, ce qu'on ne respecte ni ne comprend jamais chez moi, la bibliothèque et les menaces, page sur page de page à page, les sourires de ma mère qui répète : *mélologue*, de *melos* et *logos*, musique et mots, la frange de Tiziana la bibliothécaire, la liste des livres sans lesquels tu n'es rien, tout ce que j'ai dû lire en laissant à d'autres les lectures pour se balader, se distraire, rigoler, les heures de révisions et les cris de mon père et de ma mère qui se bagarrent, les livres sur mes genoux dans le train et aux toilettes, le soleil qui se couche sans que je sois sortie et mes notes qui montent, descendent, me jugent. Mes pensées font enfler une soif de guerre et de vengeance, le temps où j'étais sans défense est révolu, depuis j'ai compris beaucoup de choses : je sais tirer, je sais frapper, je sais maltraiter, je sais embrasser.

Je referme ma main et, avec la force frénétique de mon corps fragile aux os saillants et l'audace de ceux qui doivent toujours se battre, je lui décoche un coup de poing en plein visage, il atterrit sur son œil droit. Samuele recule de quelques pas, porte une main à son œil blessé, me regarde de l'autre l'air désorienté, malgré sa demi-cécité il essaie de voir s'il y a quelqu'un d'autre derrière moi : mais non, je suis seule.

Le *clochard* c'est toi, tu as compris ? Le *clochard* c'est toi qui sais même pas écrire en italien. Tu crois que tu fais peur à qui ? Fils à papa, je crie et je crache, ma salive tombe sur ses baskets.

Je ne sais pas si ma force a suffi à le blesser, mes articulations sont douloureuses, elles brûlent, mes tendons et ma chair tremblent, mes cils sont humides de fureur, de la rage qui est montée en moi, il a fallu que je l'expulse pour qu'elle retourne dans le monde.

Ma rage est couchée sur la terrasse, elle prend le soleil et fait des mimiques, elle rampe entre les ombres et passe sa tête par-dessus les épaules des lycéens, ma colère est crue, vive, elle a un visage, des cheveux et des mains, elle porte un jean usé aux genoux et sur son épaule un sac en cuir dont une couture a lâché, elle se distingue par son irrationalité, par ses vêtements mal assortis. Ma fureur est disproportionnée, elle a de très longues jambes, des oreilles minuscules et dociles, des pieds courts et poilus.

Quand elle est là, d'habitude, je rentre à la maison, pas celle d'Anguillara, mais ma vraie maison, le dessin que nous faisions avec Mariano sur le béton quand nous étions petits, la M-A-I-S-O-N, et je m'assieds dedans, entre les lignes que nous avons tracées.

Je suis assise sur le muret en tuf et en béton qui entoure le terrain de foot, la prof de sport a dit que j'étais bancale et que j'avais la résistance d'un mollusque, l'équilibre d'un légume ou d'une jeune pousse. Elle m'a obligée à faire trois fois le tour du lycée et j'ai eu la sensation de n'avoir reçu que cela de leur part : l'ordre de courir en rond, sans jamais atteindre une destination, un lieu sûr.

Les garçons de l'autre classe jouent au foot, certains apportent de chez eux leurs chaussures à crampons, d'autres entrent sur le terrain en jean et en pull, ils s'amusent avec désinvolture à envoyer la balle très haut au milieu du terrain, pour que la lumière la rende éblouissante, impossible à esquiver, un roc qui tombe du ciel.

T'es folle ou quoi ? Samuele s'assied à côté de moi, les mains dans les poches, je ne réponds pas.

Tout le monde n'est pas comme moi, tôt ou tard tu vas avoir des ennuis, ajoute-t-il, et son œil un peu rouge ne semble pas avoir beaucoup souffert de mon agression : je suis vexée de ne pas l'avoir amoché.

Tu sais pas ce que c'est, les ennuis, lui dis-je après quelques minutes de réflexion.

Il me regarde, il n'a l'air ni accusateur ni énervé, plutôt l'expression du manipulateur qui sait ses manigances découvertes. Un garçon qui apporte des livres de chez lui pour lire en classe ne peut pas être un imbécile, un indifférent, il n'a jamais eu besoin de mon devoir d'italien, c'était sa manière d'attirer l'attention.

Il s'appelle comment, lui ? je lui demande en voyant qu'il n'ajoute rien, je lui montre un garçon aux cheveux un peu longs aux pointes travaillées.

Je sais pas, me répond-il, et il sort une cigarette, la serre entre son pouce et son index comme s'il voulait la casser.

Si, tu le sais, je t'ai vu lui parler.

Quoi, tu m'espionnes ?

Non, c'est lui que j'espionne.

Samuele se lève du muret et referme ses doigts autour de sa cigarette : alors t'as qu'à lui demander directement comment il s'appelle.

Quand il s'éloigne je ne le suis pas, je ne m'excuse pas, je ne veux pas déposer les armes devant mes excès.

Le garçon s'appelle Luciano, j'ai déjà demandé son prénom à d'autres personnes, ainsi que son adresse, je connais la plaque de son scooter, j'ai découvert qu'il a une grande maison de trois étages avec deux jardins, que sa mère s'habille en Vuitton et son père roule dans une grosse Mercedes, je sais que plus tard il sera promoteur immobilier comme son père et qu'à ses anniversaires il recevra des bijoux, je sais qu'il a du succès au lycée, même auprès des filles plus âgées que lui, elles lui écrivent des petits mots qu'elles glissent dans son sac, pendant la récréation elles dessinent son prénom avec des cœurs et des flèches sur le tableau, elles le harcèlent pour qu'il enregistre leur numéro de téléphone et leur prête un peu attention, je me lève du muret et m'approche du grillage qui entoure le terrain, je le regarde rire et marcher. Je me dis : quelle démarche peuvent avoir les gens riches sinon celle des bardes et des chevaliers, des soldats.

Quelques jours après, toujours à la récré, je dis à Agata : attends-moi au distributeur de café, j'ai quelque chose à faire, et je me faufile parmi les lycéens entassés dans le hall, je sors dans le jardin et vois Luciano assis sur un muret, il ne fume pas, il boit avidement un jus d'abricot, je m'approche et le regarde devant ses amis, je dis salut et je me présente, comme si nous étions à une conférence, à un bal masqué, je m'efforce de maintenir ma température constante, j'évite les ricanements, les allusions.

Luciano tient sa brique de jus de fruit, elle est verte, dessus deux abricots dessinés se font une accolade et déclarent qu'ils ne contiennent pas de sucres ajoutés, il a les yeux rusés de ceux qui flairent le gibier, il me serre la main, sa poigne est franche mais pas cordiale.

Nous échangeons quelques mots, pour l'occasion j'ai enfilé une jupe noire qui était à ma mère et qui tient sur mes hanches grâce à un élastique caché parce qu'elle est trop grande pour moi, des collants noirs enroulés au niveau de ma taille, des tennis achetées le lundi précédent au marché et un gros pull gris, lequel tranche avec mon visage diaphane, mes taches de rousseur sont des impuretés, mes cheveux semblent faux.

Alors on se fait un cinéma un de ces quatre, dis-je non pas sur un ton interrogatif mais comme pour confirmer quelque chose qui est déjà en train de se passer et il me répond d'accord, il me demande si j'ai un numéro de téléphone et je réponds non, pas de portable, juste un fixe chez moi, je suis traversée par un sentiment de honte qui enflamme la zone de mon estomac, remonte dans ma gorge, mais je retiens mon souffle, ravale mon humiliation comme de la poussière d'amiante.

Luciano réprime un sourire, mais il enregistre le numéro de chez moi dans son portable, il me fait répéter mon prénom parce qu'il l'a déjà oublié, et je pense à la photo-finish que je vais devoir remporter sur ma mère pour répondre la première chaque fois que le téléphone sonnera afin d'éviter qu'elle me demande qui c'est où il habite qu'est-ce qu'il fait que font ses parents, comme si notre famille à nous pouvait se targuer d'être la garantie d'un produit de qualité.

Je prends congé sans ajouter grand-chose, je ne sais pas quelles excuses j'inventerai pour aller au cinéma, comment j'irai, avec quel argent je paierai l'entrée, je ne sais pas à qui confier que je ne suis jamais allée au cinéma, à part à celui en plein air gratuit installé sur la place l'été pour voir *Mamma Roma* – le film préféré d'Antonia qui m'avait tapé sur les nerfs, je m'étais endormie au milieu de la séance cédant à l'ennui –, je ne sais pas à qui avouer que nous n'avons pas la télévision et que nous ne vivons que de feuilletons radiophoniques, de romans-feuilletons dans les magazines et de livres, d'objets moribonds prêts pour leur chant du cygne.

En rentrant dans le bâtiment, j'entends qu'on m'appelle d'en haut, je lève la tête et vois Samuele penché au-dessus de la terrasse comme s'il voulait se jeter dans le vide, je demande ce qu'il y a et il ne répond pas, il recule derrière la rambarde et disparaît, son ombre ne plane plus sur moi.

Cet après-midi-là je confie à Agata que je suis amoureuse, c'est un mensonge mais c'est agréable de mentir sur l'amour, dire que je sais ce que c'est me fait me sentir valable, élément d'un cosmos ordonné, je lui demande d'un ton péremptoire de ne pas le répéter à Carlotta, et j'ajoute : elle, elle ne connaît rien à l'amour.

Nous échangeons peu avec nos autres camarades de classe, nous ne nous intéressons qu'à deux d'entre elles qui habitent à Cesano, elles prennent le train avec nous et partagent donc avec nous des espaces et du temps, lentement nous commençons à les percevoir comme de possibles confidentes. L'une d'elles s'appelle Marta et obtient des notes brillantes avec une facilité déconcertante, ce qui provoque chez moi irritation et aigreur, on dirait qu'à la différence de moi elle n'a pas besoin de faire d'efforts pour récolter les lauriers ; l'autre s'appelle Ramona, c'est la fille d'un militaire et elle est d'origine napolitaine, au lycée on se moque souvent de son accent, mais elle a une qualité qui m'est totalement étrangère : elle sait rire d'à peu près tout sauf du sang. Une fois, en cours, elle s'est coupé un doigt avec une feuille, elle a regardé sa phalange et elle s'est évanouie.

Je leur fais part à elles aussi de mon premier émoi sentimental, décrété sur le papier et scruté au microscope, artificiel, comme une prothèse à la place d'un membre emporté par une grenade.

À compter de ce jour-là, je les tiens informées de la situation avec Luciano, selon elles il y a peu de chances qu'il donne suite, mais j'attends sans le solliciter à nouveau, et un après-midi, alors que je révise la géographie, j'entends le téléphone sonner et je m'élance pour répondre, pressentant sa voix. Luciano me dit que samedi il y a un film policier qu'il voudrait voir, il n'a pas l'air de beaucoup se soucier de mes goûts.

Je réponds que moi aussi je voulais le voir, bien que ce soit la première fois que j'en entende parler, et nous nous donnons rendez-vous au cinéma Ciak sur la via Cassia, il me faudra prendre deux bus et un train pour y aller, mais il n'a pas besoin de le savoir, je ne crois pas que faire connaissance soit au programme de notre rendez-vous, je devrai jouer un personnage avec lui, sourire, enfantine, acquiescer, j'aime ta maison, j'aime ta mère, j'aime ta voiture, j'aime comme tu m'embrasses, j'aime ton corps, j'aime ce film, c'était exactement celui que je voulais voir, comment tu as fait pour deviner ?

Avec la complicité de Marta, je dis à ma mère que je vais faire mes devoirs chez elle à Cesano et je prends le train juste après le déjeuner, j'ai demandé de l'argent à mon père et je lui ai révélé que j'allais au cinéma, j'ai préféré jouer la carte de la confiance pour qu'il se sente partie prenante de ma vie, mais j'ai omis de mentionner la présence d'un garçon parce que chaque fois qu'il entend parler d'hommes, surtout depuis qu'il ne peut plus compter sur la surveillance rapprochée de mon frère, il s'angoisse et se contorsionne, il prend une pose de martyr. Entre ma mère et lui les joutes, les pensées acerbes, les empoignades, les silences conspirateurs se poursuivent.

Aidée par ces secrets, je me dirige vers mon premier rendez-vous et j'assiste, impassible, à un film d'où pas même le héros ne sort vivant, un défilé de corps réduits en bouillie et de têtes coupées, du sang qui gicle comme si c'était de la javel, des animaux battus, des maisons incendiées ; je ne sais pas si Luciano a décidé de me faire passer un test ni s'il attend de moi que j'enfile le costume de la jeune provinciale sensible ou l'armure de la fille de prolétaires et de gens du peuple, dans le doute, je souris à la fin du film et dis : on devrait s'embrasser.

Et c'est ce que nous faisons tandis que la lumière se rallume, les seuls mots que nous avons échangés jusque-là sont : salut comment ça va. Quand il aventure une main au-delà de son siège pour la glisser entre mes cuisses, je me lève lentement et déclare qu'on se reverra, peut-être.

En un clin d'œil je suis dehors, dans la rue, je me dirige vers l'arrêt de bus qui est devant la tombe de Néron, couverte de graffitis et cernée de canettes de bière, je la couve d'un regard déterminé et amical, c'est l'endroit où selon la légende repose l'homme qui mit le feu à Rome.

À Noël, mon frère décide de ne pas se présenter au déjeuner, mamie vient seule, elle prend deux trains depuis Ostie, avec deux plats de lasagnes aux champignons et au jambon sur les genoux, elle entre à la maison et déclare qu'il faut tout retaper, il y a de la moisissure à côté de la hotte dans la cuisine et les joints des carreaux ne sont pas blancs, les gosses font un raffut pas croyable et ils sont maigrelets, on dirait des gressins, des réverbères.

Nous mangeons avec la radio allumée, les gens prient une bougie à la main devant le cratère laissé au World Trade Center – dit la radio – et notre silence n'est ébréché que par le numéro des jumeaux, les petits bruits qu'ils font avec leur bouche, les claquements de leurs doigts enfantins, bien vite étouffés et refoulés par les regards de ma mère. Un givre de consternation fige Massimo, depuis que Mariano et lui sont séparés ils ne font que s'appeler mon fils et mon père, ce qui déroute Antonia et me donne l'impression d'être arrivée à l'épilogue d'un livre sans en avoir compris la fin.

La place vide de Mariano est occupée par notre mal-être, les loupiotes accrochées au balcon sont la seule décoration que nous arborons, et Antonia a décrété que nous avions dépensé trop d'argent en livres, dictionnaires, habits et papier toilette, il n'y aura pas de cadeaux cette année, de toute façon, je la cite, nous n'avons besoin de rien.

Personne n'a jamais raconté la fable du père Noël aux jumeaux, ni à Mariano et moi, personne n'a jamais caché de cadeaux dans les placards ou sous les lits, personne ne s'est jamais levé à minuit pour se rendre au salon à pas de loup et entasser des présents emballés dans du papier brillant enrubanné.

Le père Noël est une farce qui n'a rien à voir avec le Christ, c'est une invention, telle est la théorie d'Antonia, dont elle s'enorgueillit depuis que j'ai cinq ans.

À l'école j'ai toujours fait semblant d'y croire, tirant mon imagination des récits des autres enfants, pendant qu'ils vivaient comme une déchirure la découverte que la magie n'est rien d'autre que de l'humanité, je construisais des imaginaires en polystyrène, je me démenais pour feindre la fiction.

Après le déjeuner, je traverse la rue pour aller à la cabine téléphonique et glisse des pièces dans la fente. Ça sonne, j'espère qu'il répondra, je l'imagine seul à la maison, avec un paquet de chips industrielles, assis sur le canapé couleur lie-de-vin de mamie, immobile, les yeux rivés sur la fenêtre ou sur le laurier-rose du jardin de l'immeuble.

Allô ? Maria', c'est moi. Ah, joyeux Noël. Joyeux Noël, qu'est-ce que tu fais ? Rien, je dormais. Pourquoi t'es pas venu ? Antonia en aurait fait des tonnes et j'en ai marre d'elle. T'en as marre de moi aussi ? Non. Papa est en forme ? Non, en fauteuil. Tu deviens aussi dure que de la pierre. Et toi aussi loin que Pluton. Pourquoi t'as appelé ? J'ai quelque chose à te demander. Vas-y. Quand les garçons se font toucher, ils veulent qu'on soit derrière eux ? C'est quoi cette question ? Une question, réponds. Derrière eux pour quoi faire ? Pour se faire toucher, de derrière leur dos, c'est comme ça que ça se passe ou non ? Non, ça se passe pas comme ça, quelqu'un t'a forcée ? Non, personne, je te demandais juste par curiosité.

Le temps imparti par mes pièces de monnaie s'achève, et nos vœux de Noël aussi. Je n'ai pas eu le temps ni l'occasion de lui dire qu'il me manque, qu'à part lui personne ne sait rien de moi, personne ne monte l'escalier de l'immeuble avec moi en portant un ours rose de deux mètres de haut, personne n'accomplit des gestes inutiles et, par là même, sacrés.

Je rentre, enfermée dans mes pensées, déjà loin du *pandoro** acheté en promotion moins dix pour cent et de mon père qui a ouvert le sachet et versé le sucre glace dedans,

* Gâteau typique de Noël.

maintenant il le secoue comme des maracas, il produit le son sourd des sacs d'ordures jetés au milieu de la rue.

Après le cinéma, Luciano et moi avons continué de nous courtiser à base de regards et de quelques rapprochements, nos coups de téléphone sont devenus notre rendez-vous du soir, mais je dois toujours lui demander de rappeler, parce qu'au bout de cinq minutes ma mère me fait signe de raccrocher et puis elle mime l'argent, l'argent qui s'en va, l'argent, l'argent, l'argent perdu.

Ce que nous nous racontons patauge, nous répétons souvent les mêmes choses, ses cours particuliers d'anglais, ses victoires et ses défaites au foot, est-ce qu'il ira ou non au stade avec son père, est-ce que j'ai pensé à lui, évidemment – dis-je –, j'ai beaucoup pensé à lui, je répète beaucoup chaque fois qu'il demande combien j'ai pensé à lui, parce qu'au-delà de beaucoup je ne sais pas quantifier, qu'y a-t-il après beaucoup, énormément ? L'infini ? L'univers ? J'ai l'univers pensé à toi, je lui dis en arrachant les petites peaux autour de mes ongles.

Avec lui je ne touche pas la corde rugueuse de ma vie domestique, je ne pose pas de questions existentielles ou gênantes, je virevolte dans les listes des objets qu'il a et moi pas, et il me semble presque que je les possède avec lui, parce que notre lien ténu, fruste et officieux pourrait signifier ma participation, selon le principe des vases communicants à un moment donné son opulence débordera et c'est moi qui la récupérerai, moi le petit vase en dessous qui lève la tête, la bouche ouverte.

Samuele a tenu à préciser que Luciano et lui ne sont pas amis, que Luciano n'est pas fréquentable, il s'est approché de moi à la fin du cours de latin et a murmuré son opinion que je ne lui avais pas demandée. J'ai haussé les épaules.

Et alors ? j'ai répondu en rangeant mes stylos dans ma longue trousse rose.

Je vois rarement Luciano en dehors du lycée, parfois j'arrive à faire un saut au café d'en face, où il passe des heures à mâchonner de la réglisse et à commenter les matchs de foot, ceux déjà joués et ceux à venir, et j'acquiesce, distraite. Cependant, grâce à l'excuse des devoirs chez Marta, je conquiers quelques après-midi et, le premier d'entre eux, je vais chez Luciano.

Nous prenons le bus ensemble et je sens, collés à mes vêtements et à mon sac, les regards liquides et frémissants des autres filles qui commencent à remarquer notre proximité et n'arrivent pas à comprendre ce qui peut pousser quelqu'un comme Luciano à sortir avec une fille comme moi, la mollassonne, la mignonne mais pas trop, qui pourrait bien avoir des poux et des collants troués.

La villa où il habite est entourée d'une haie de lauriers, c'est la première haie de ma vie, pas la première dans l'ordre chronologique, mais la première à laquelle je donne une valeur symbolique, jusque-là je n'ai jamais pensé que j'en voulais une, mais maintenant tout ce à quoi j'aspire est une haie, pouvoir ériger de hautes frontières, délimiter et protéger des regards.

La chambre de Luciano est au sous-sol, mais d'un côté elle donne sur la partie basse du jardin, elle n'a donc rien à voir avec les sous-sols que je connais, ces recoins sombres à l'air vicié des vieux immeubles, ici, dans ce lieu qu'ils appellent la taverne, Luciano a une salle de bains privative et un grand salon où trône un vrai billard, sa chambre fait trois fois la taille de la mienne et je découvre sa collection de pulls bleus Ralph Lauren, qu'il me montre avec émotion.

Nous commençons rapidement à nous embrasser, ses parents ne sont pas là, et quand ils rentrent ils ne sont pas inquisiteurs, ils ne se soucient pas de sa présence, c'est comme s'il était déjà adulte et vivait seul, comme s'il pouvait être avocat et partir d'un instant à l'autre en croisière sur l'Atlantique, aller visiter le pôle Nord.

Je ne lui ai jamais demandé s'il fréquentait d'autres filles, je n'ai jamais demandé à être placée ou classée, dessinée avec un contour bien net, je ne me suis pas renseignée sur la musique qu'il écoute, sur ses chewing-gums préférés – à la menthe ou aux fruits ? –, je sais seulement qu'il n'a que des pulls identiques, qu'il aime les films où les gentils se font étrangler comme les méchants et qu'il sait bien se coiffer, il se donne du mal pour obtenir ces pointes retournées vers le haut.

Je le sens faire des tentatives inédites et maladroites de frotti-frotta et d'attouchements, je m'écarte, je décrète que c'est moi qui le toucherai, ses mains ne m'intéressent pas, il ne répond ni oui ni non.

Mais d'abord tourne-toi, j'ajoute, je ne veux pas te regarder en face.

Qu'est-ce que tu veux dire ? demande-t-il, mais je n'ai pas oublié : méfie-toi des garçons même quand ils disent que tu peux leur faire confiance, même quand ils ont l'air de comprendre, ils comprennent rien.

Je veux dire que tu n'as qu'à regarder dehors, ton jardin est plus beau que moi.

Il obtempère, je me concentre sur sa nuque, lui sur les buissons hérissés de petites roses jaunes.

Comment fait-on pour ramener le déluge chez soi ? Les autres ne le savent pas, moi si.

En janvier, je trouve Antonia penchée au-dessus de la table de la cuisine, elle ne s'est même pas assise, elle a les coudes plantés dans la nappe, elle feuillette mon agenda, c'est-à-dire les cahiers liés entre eux par des élastiques dans lesquels elle a écrit les jours et les dates, et elle est arrêtée sur une page, elle la scrute avec des yeux d'ogre, noirs et immenses.

C'est quoi, ça ? demande-t-elle et elle pointe la page du doigt, elle presse sur ce carré de papier, elle pousse, pousse, elle voudrait le percer.

Je ne sais pas, je m'approche et regarde à mon tour, je vois qu'elle a trouvé des dessins, c'est Luciano qui les a faits dans mon agenda, il me l'a pris quand j'étais chez lui et a annoncé en riant qu'il allait l'embellir.

J'entends la pluie crépiter sur le balcon, l'eau est prête à entrer, à inonder la cuisine et la salle de bains, les lits et les placards.

Qui a fait ça ? demande Antonia en se penchant un peu plus, on dirait une baleine décidée à me transformer en plancton et en petit poisson.

Un copain…

C'est des croix celtiques, il y a des croix celtiques dans ton agenda, sa voix s'est envolée dans les aigus, intense, mon agenda est entre ses mains et par deux fois elle le fait claquer sur la table, elle voudrait le réduire en confettis, je suis sur le point de me noyer. Mes pieds sont froids dans mes chaussettes en laine, les radiateurs me paraissent loin, la température est descendue en dessous de zéro.

Demain, je vais au lycée avec toi, crie-t-elle, si fort que j'ai l'impression que le balcon et l'immeuble entiers vont s'effondrer, j'entends le *clic* de la porte de leur chambre : mon père s'est enfermé à l'intérieur.

Essaie pas de dire un mot, essaie pas de rire, essaie pas de filer, viens là, ma mère me prend par le coude et rouvre le cahier, elle écrase mon visage contre les dessins de Luciano, comme si j'étais un chien qui a pissé à un endroit interdit.

Le lendemain matin, elle dit qu'elle n'ira pas au travail, elle enfile son chapeau en laine vert et ses gants bleus, sa polychromie disgracieuse, que nous avons partagée dans mon enfance et qui me fait maintenant horreur, elle m'accompagne dans le train et au lycée, sur son visage le dégoût, sur le mien la consternation de ne pas pouvoir arrêter le cours des événements.

Dès que je franchis le portail du lycée, je sens sa main s'emparer de mon coude et me guider, je garde les yeux rivés sur les lézardes du bitume, sur les trous et sur les aiguilles de pin en espérant que l'Apocalypse arrive et qu'elle nous balaie avant que ma mère s'en charge.

D'un pas martial, Antonia me traîne à l'étage où se trouve le bureau de la proviseure et fait le planton devant la porte en attendant d'être reçue, cette fois encore elle n'a pas de rendez-vous, cette fois encore elle est décidée à ne pas s'en aller tant qu'on ne lui aura pas ouvert la porte.

Nous nous asseyons en face de la proviseure, qui est une petite femme aux cheveux courts et noirs, ses lunettes de vue sont rondes et le cordon qui les retient est en perles, son parfum délicat sent les fleurs et la cardamome, il croise le fer avec la sueur de charpentier et les vergetures de ma mère.

Antonia ouvre mon agenda et le montre à la proviseure.

Un élève a dessiné ça dans le cahier de ma fille.

La proviseure regarde et fait un sourire gêné, elle se tord les doigts et essaie de minimiser en disant que les jeunes voient des phrases sur les murs et ne comprennent pas bien, ils entendent des chants de supporters au stade, ou lisent des graffitis dans les autobus, ce n'est que de l'ignorance, de l'incompréhension qui disparaîtra avec le temps.

Madame, je n'ai pas fait d'études et je ne me permettrais pas de vous dire ce qu'il faut apprendre à ma fille, je ne reviendrai jamais ici vous dire ce que vous devez faire ou non, mais j'exige qu'elle soit protégée. Ce garçon doit être convoqué, et ses parents aussi, ça c'est pas des dessins.

Bien sûr… Je dirai aux professeurs de leur expliquer, de leur parler, mais vous vous rendez bien compte que cela mettra votre fille dans une position inconfortable… je connais les lycéens, ce n'est jamais une bonne chose qu'ils s'accusent les uns les autres.

C'est moi qui l'accuse, c'est moi qui suis dans une position difficile, vous comprenez ? J'exige les excuses de ce garçon, de ses parents, et les vôtres aussi.

La chaise de ma mère craque quand elle se lève, je reste assise, locataire d'un cauchemar, mes mains sont humides, les mondes que je tiens obstinément cloisonnés sont en train de se mélanger.

Ce ne sont que des dessins, voudrais-je lui dire, ce ne sont que des ronds et des lignes, ce ne sont que des pages quadrillées qu'on peut arracher, mais pas une syllabe ne sort de ma bouche, je nage dans l'eau stérile de ma défaite.

## 6

## L'ÉTÉ, JE MEURS UN PEU

C'ÉTAIT LE MOIS de mai quand mon père s'est cassé en deux, il est tombé d'un échafaudage alors qu'il portait deux seaux de chaux, un dans chaque main, un autre ouvrier a trébuché sur une poulie et lui a atterri dessus, mon père a perdu l'équilibre et la barre en fer qui aurait dû le protéger a cédé, il a lâché les seaux mais n'a pas eu le temps de se rattraper et quand il est tombé mon père savait que son travail n'était pas déclaré, il n'était pas couvert en cas d'accident, il n'avait pas de treizième mois, il devait aller réclamer à voix basse l'enveloppe qu'on lui donnait un mois sur deux, il devait insister et rappeler son existence, rappeler qu'il se levait à cinq heures du matin comme les autres pour aller sur le chantier, il savait qu'il ne pouvait compter ni sur un syndicat, ni sur une protection, ni sur une plainte.

C'était le mois de mai et mon père gisait sur le dos comme un scarabée, il agitait pour la dernière fois ses jambes dans une convulsion qui annonçait leur capitulation.

Un ami à lui est venu frapper désespérément à la porte de notre sous-sol parce qu'il n'avait pas de numéro auquel nous appeler, la facture n'était pas à notre nom, le téléphone avait été coupé, et évidemment à la radio personne ne parlait de mon père qui était tombé, qui ne pouvait plus marcher, de mon père presque mort, il a frappé jusqu'à ce que ma mère ouvre la porte, et alors il a dit : Anto', Massimo est tombé.

Mais l'ami en question devait retourner au travail, et ma mère est sortie dans la rue avec ses tongs jaunes et une grande chemise que mon père portait à la maison, à la recherche de quelqu'un qui puisse nous emmener en voiture, elle n'a trouvé personne et elle est rentrée, elle a enfilé un pantalon, attaché ses cheveux avec une pince, elle a fourré un jumeau dans les bras de chacun de nous et crié : tenez-les bien, compris ? Tenez-les.

Mariano et moi l'avons suivie, voûtés et pleins d'incertitude et d'accablement, nous avons attendu à l'arrêt le premier bus qui n'arrivait pas, nous avons attendu, encore et encore, pendant qu'Antonia faisait les cent pas sans paraître nous voir, ses pensées tourbillonnaient et restaient en suspens, comme des draps claquant au vent. Le premier bus est passé et nous nous sommes entassés sur deux places, mais nous étions cinq et les jumeaux pleuraient puis se calmaient puis nous regardaient puis se remettaient à pleurer en chœur, et Mariano et moi n'osions pas demander ce qui s'était passé et pourquoi, nous tenions nos frères serrés contre nous, au risque de les étouffer.

Le troisième bus était une étuve, les vitres ne s'ouvraient pas, ça faisait déjà plus d'une heure que nous étions partis de la maison et ma mère a crié au chauffeur qu'on suffoquait : y a pas d'air, au fond ! Il ne s'est pas arrêté, n'a pas vérifié, et les gens en tenues légères, estivales, nous ont jeté des regards malveillants.

Cet hôpital, je ne veux plus jamais y mettre les pieds, son nom suffit à me faire détourner la tête comme si à sa place se trouvait maintenant un cratère, les vestiges d'un cataclysme, aux urgences on nous a fait patienter dans la salle d'attente, ma peau dégoulinait contre la peau de Maicol, son visage était différent du mien et de celui de ma mère, et je l'ai envié parce que si papa mourait il avait encore une chance de lui ressembler. Mariano avait compris lui aussi qu'on était là pour Massimo et il tapait des pieds contre le mur, il portait son frère dans ses bras comme un fardeau et un fléau.

Arrête ce manège avec tes pieds, lui a lancé sèchement ma mère, puis elle a parlé avec les infirmières et les médecins, elle a demandé et disparu derrière une porte, nous plantant là, nous quatre au bord du gouffre, prêts à nous y jeter.

Les gens se déplaçaient en pantoufles et robe de chambre, sortaient des ascenseurs sur des civières, quelqu'un a dit un code rouge est arrivé, un homme tombé de je ne sais où, sans doute un pauvre diable qui était maçon, et j'ai enregistré l'expression, je l'ai enregistrée et je l'ai fait passer d'une synapse à l'autre comme si c'était du fiel sur ma langue. Pauvre diable.

Quand Antonia est revenue, j'ai remarqué les auréoles de sueur sous ses aisselles et une ride sur son front, entre ses sourcils, je ne l'avais jamais vue aussi profonde, auparavant elle ne formait pas ce sillon, cette vallée.

Ma mère nous a rassemblés et nous a touché les bras avec ses grandes mains, avec ses mains qui ne tremblaient jamais, elle n'a pas pleuré, ne s'est pas plainte, n'a pas crié, n'a pas injurié Dieu et le cosmos, Antonia n'avait même pas trente ans et son mari même pas quarante, elle a seulement dit : papa ne peut plus marcher, j'ai besoin que vous m'écoutiez bien, d'accord ? Vous m'écoutez bien ?

Mariano et moi avons acquiescé, nous étions faits de miettes, nous étions des enfants, nous n'avions ni jouets ni maison, mais nous écoutions bien.

Il faut qu'on soit très forts, très forts, a répété Antonia, elle a repris les jumeaux dans ses bras et s'est assise sur une chaise en plastique vert, au milieu des proches d'autres personnes amenées là ou venues sur leurs pieds, elle a sorti ses seins et a allaité les jumeaux, qui tétaient du lait et du désinfectant, du lait et de la maladie.

Votre père travaille pas sur un chantier, vous m'écoutez bien ? Il travaille pas, si on vous le demande, il travaille pas, il reste à la maison, il est tombé dans l'escalier. Répétez.

Nous sommes restés muets, les yeux fixés sur ses seins, sa chemise, sa sueur, ses cheveux roux.

Répétez, a-t-elle sifflé sur un ton plus bas, et elle nous a regardés dans les yeux, d'abord moi puis Mariano.

Papa a pas de travail, il est tombé dans l'escalier.

Papa a pas de travail, il est tombé dans l'escalier.

Elle a hoché la tête, satisfaite par l'interprétation et l'intonation, et nous a obligés à nous rasseoir et à rester immobiles.

C'est pas mon papa, m'a murmuré Mariano à l'oreille, comme pour chasser l'angoisse.

Ours dit : le premier qui saute du ponton a gagné. Mais il ne précise pas quoi.

Les scooters sont garés à côté des marches de la jetée, sur la place, là où j'ai rencontré le lac pour la première fois, et le lac est toujours là, même eau noire, même odeur de plumes mouillées.

Ours n'est pas le vrai prénom de ce garçon, mais c'est comme ça qu'il se fait appeler, il a deux ans de plus que moi et c'est la seule personne que je connais qui ait un tatouage au milieu de la poitrine, la tête d'un ours avec la gueule ouverte, il raconte que quand il était petit il a rêvé que l'animal le dévorait : il commençait par le bout de ses pieds en grignotant son gros orteil.

Marta pose ses coudes sur le guidon du scooter et secoue la tête, elle ne veut pas sauter, elle a les cheveux très lisses et un gros grain de beauté sur la narine gauche, c'est la fin de l'année scolaire et elle est partie pour avoir dix de conduite, une note sans doute plus adaptée pour une momie ou une fresque murale.

Je m'engage sur le ponton, mes tongs noires font *tchac tchac* et mes pieds font *sgouisk* parce que je transpire, il fait déjà très chaud mais ce n'est que le début de la saison, l'eau est encore presque printanière.

Le Grec a enlevé son T-shirt, il ne porte que son short de bain, il laisse ses chaussures sur son scooter avec son casque, monte les marches et dit : j'ai déjà fait ça au moins dix fois.

Mais c'est un bobard, j'ai compris que le Grec ne raconte que des bobards, son surnom, le pays où il affirme être né, le métier de son père.

Je vois le Grec passer devant moi, il a la peau mate, presque café au lait, et il se plaint parce que la jetée est très chaude, il se brûle les pieds.

Je me tourne vers les scooters et je les vois toutes rassemblées : Marta, Dafne, Ramona et Iris, elles n'envisagent même pas de venir avec moi, de remporter une récompense dont tout le monde ignore la teneur.

Ours est arrivé au bord du ponton, il crie : t'as la trouille ? Il s'adresse à moi sur le même ton que si j'étais un copain à lui.

Non, et toi ?

Je retire mon T-shirt et mon short en jean, il ne reste sur mon corps qu'un maillot une pièce noir, celui que je veux porter tout l'été, sans jamais m'en lasser, pour sentir le lycra sécher sur mon ventre après chaque baignade.

Ours a les yeux rouges et brillants, comme ceux de mon frère, il n'est pas très grand et il a la boule à zéro depuis quelques mois, Marta m'a raconté qu'il a dû se faire opérer de la tête, il avait tout le temps mal, un jour quelque chose avait sans doute explosé à l'intérieur, comme les pop-corns, comme au cinéma.

Il rit sans me répondre, il s'assied sur la rambarde, il veut atteindre le premier les poteaux d'où on saute, mais le Grec le talonne et essaie de le devancer. À sa façon incertaine d'enjamber la rambarde, je doute qu'il s'apprête à sauter pour la onzième fois.

Fais attention à toi, crie Iris en s'avançant de quelques pas, alors elle et moi nous regardons, je ne sais pas si je dois me sentir flattée ou perplexe, cette attention me déconcerte, elle ajoute : ne dérape pas.

Nous avons fait connaissance récemment, tous les membres de la bande ignoraient l'existence des autres jusqu'au début du mois, quand le 1er mai Marta m'a invitée à passer la journée au lac avec son cousin Ours et d'autres amis. Les autres amis étaient le Grec, Dafne, Ramona et Iris qui, quand elle a appris que j'avais lu *Orgueil et Préjugés*, a dit : moi aussi.

Sa réponse m'a perturbée, pendant un moment j'ai cru qu'elle mentait, qu'elle voulait se moquer de moi. Jusque-là ces livres avaient été une punition et une revanche pour moi, ils m'avaient exclue des références et des bavardages des filles de mon âge parce que je ne regardais pas les séries qu'elles regardaient, je ne jouais pas aux jeux vidéo qui les divertissaient, je ne lisais pas les livres qu'elles lisaient.

Avant que les garçons aient accompli leur prouesse, je suis déjà debout sur la rambarde, je me penche, je pose un pied puis l'autre sur le poteau d'amarrage du bateau qui fait le tour du lac. Mes cheveux roux agités par le vent fouettent mon visage.

Je sens l'impulsion partir de mes chevilles, les algues flottent à la surface de l'eau – elles dessinent des formes géographiques, on pourrait les prendre pour des continents –, je m'apprête à sauter et je vois la bande approcher, Ramona me dit en dialecte : te viande pas. Je plonge, l'eau glacée plante ses aiguilles dans mes cuisses fines et mon menton, je touche le fond sous le ponton avec mes talons, je sens des cailloux gluants et des tessons émoussés, il fait noir et il n'y a rien, j'ouvre les yeux et aperçois les ombres troubles des longues algues, je remonte à la surface, puis un autre plongeon brise le silence qui s'était instauré entre le lac et moi : c'est Ours, qui réémerge peu après.

Le Grec est resté assis sur la rambarde, avec son orgueil tapi entre ses omoplates et l'air défait de celui qui a perdu à la course, ça fait des mois qu'il essaie de se faire remarquer par Iris et qu'il la couvre d'attentions, jusque-là il n'a récolté que quelques poignées de main et des déclarations d'amitié enthousiastes.

Tu as gagné, déclare Ours en souriant, et il se met à faire la planche, il a brouillé les géométries lacustres, sa tête luisante et sa cicatrice étincellent.

J'ai gagné quoi ?

Rien.

J'agite mes pieds et mes jambes sans coordination, et me dirige vers la rive comme un chien mouillé.

Je sors transie de froid et avance sur les cailloux parmi les déchets en regardant où je pose les pieds, car j'ai la terreur – inculquée par Antonia – de marcher sur une seringue.

Qu'est-ce que tu fiches là-bas ? Ours sort de l'eau et se sèche, il me tend une serviette et regarde le Grec toujours assis là où nous l'avons laissé.

J'arrive, dit-il, mais il ne bouge pas.

Alors Ours remonte sur le ponton et le rejoint, il l'aide doucement à réenjamber la rambarde et le reconduit sur le béton, il lui donne une tape dans le dos et l'encourage : tu sauteras la prochaine fois, y a pas le feu.

Le Grec acquiesce, les yeux rivés au sol, je me dis qu'Ours est gentil, humain, et je me demande : que se passe-t-il si on jette en même temps dans un lac quelqu'un de gentil et quelqu'un de méchant, est-ce qu'il y a contamination, disparition, mélange et absorption ?

Je reste pieds nus sur l'asphalte sombre, puis je me décide à aller récupérer mes claquettes et mes vêtements, que j'ai laissés à l'endroit où j'ai plongé.

Tu n'as pas réfléchi une seconde et tu t'es jetée, dit Iris derrière moi, ses cheveux noirs dégradés ondoyant au vent, de même que sa robe jaune à carreaux avec des rubans sur les bretelles.

Il faut bien que quelqu'un le fasse.

Quoi ?

Se jeter.

Je la vois sourire et m'attendre au milieu de la jetée.

Ça te dit que je te montre mon lapin nain ? Il s'appelle Laurie, tu sais comme…

T'aurais dû l'appeler Darcy, ton lapin, Laurie c'est juste le type à qui Jo a dit que jamais de la vie elle l'épouserait, je lui réponds, exhibant des connaissances qui semblent maintenant justifiées, qui semblent avoir trouvé un lieu de vie.

Les scooters démarrent, j'essore mes cheveux et enfile le casque qu'Ours me tend, c'est un casque bol et il ballotte sur mes tempes, il est couvert d'autocollants bariolés.

Iris fait le même geste en montant derrière le Grec.

Je sais faire une bonne crème pâtissière, me crie-t-elle, et elle rit malgré ma réponse peu amène, les scooters partent avec le vrombissement typique des pots d'échappement trafiqués.

Et moi je me dis que la crème pâtissière n'a rien, mais alors rien à voir avec les lapins.

Luciano est mon petit ami d'apparat, ma pépite et mon coffret, mon précieux oripeau, la broche de pierres chatoyantes qui étincelle sur le revers de ma veste.

Ma mère déteste entendre son prénom, elle tord la bouche, comme cinglée par un coup de fouet.

Pour clore l'épisode calamiteux des croix celtiques, j'ai dû déclarer qu'il y avait un problème, et que le problème c'était ma mère.

Tu sais, Lucia', ma mère a des tas de lubies, elle a grandi comme une branche tordue, elle souffre de crises de parano aiguës, elle ne sait pas faire la différence entre ce qui a du sens et ce qui est superflu, elle s'habille comme un homme et c'est elle qui paie les factures, aie pitié d'elle, comprends-la, il suffit que tu lui demandes pardon pour que cette histoire soit enterrée.

Le jour où j'ai décidé que le problème ce n'était pas les dessins de Luciano mais Antonia, j'ai sorti pour l'occasion un chemisier rouge et un serre-tête brillant qu'Agata m'avait offert à Noël, je me suis assise sur le muret les bras croisés, l'air grave de celle qui observe les lueurs d'un conflit armé, je l'ai regardé dans les yeux et, du doigt, je me suis touché la tempe, j'ai fait pivoter mon index plusieurs fois, comme si je remontais une boîte à musique, pour lui laisser entendre que les phobies de ma mère n'existaient que dans sa caboche.

Après les excuses de Luciano, il m'a été interdit de lui adresser la parole, une interdiction que j'ai méthodiquement enfreinte en utilisant le portable de mes copines au lycée, en me faufilant dans les couloirs derrière l'amphithéâtre pour lui parler et lui remettre des lettres écrites sur des feuilles à carreaux, au dos de mes brouillons de maths. J'ai dessiné des cœurs pour lui, des anges aux petites ailes asymétriques, des phrases d'un amour de formica et de plexiglass. Plus on répète son amour – je t'aime –, plus il se consume, c'est de la cire qui dégouline, tombe et tache le sol.

Les cours sont finis et je suis restée à huit et demi sur dix de moyenne, quand ma mère a vu mon bulletin elle a commenté qu'ils auraient pu faire l'effort de me mettre neuf, j'ai montré du doigt ma note en italien, qui était un neuf, et elle a pris une expression fermée, réprimant sa joie sous ses frémissements.

Lors des dernières rencontres parents-professeurs avant le conseil de classe, ma prof d'italien a voulu convoquer mes parents, et seule Antonia s'est présentée, la prof lui a tendu une de mes rédactions, elle lui a dit qu'elle m'avait mis dix mais qu'elle était inquiète parce que dans la rédaction je parlais d'une fontaine avec des poissons, la fontaine de la cour d'un immeuble, et ma main tournait, tournait, et ma bouche était muette et, des fenêtres de l'immeuble, les gens me criaient : petite effrontée, et moi de mes doigts d'enfant je serrais les poissons un à un, je faisais jaillir leurs yeux de leur corps lisse, j'arrachais leurs queues et raclais leurs écailles. La professeure a dit à ma mère que la rédaction était bien écrite, que j'employais un vocabulaire qu'aucun autre élève ne connaissait, mais qu'il y avait quelque chose, quelque chose qui me tourmentait.

De retour à la maison, ma mère me l'a demandé sans atermoiements : quelque chose te tourmente ? Dis-le-moi.

Non, rien.

Je me suis défendue, reprenant possession de cette rédaction où j'avais définitivement mis au pilori la jeune moi, l'enfance sans défense des jeux salubres, cette époque où je ne savais pas frapper et où j'attendais qu'Antonia me défende, où je courais la voir ou voir Mariano pour les informer des atteintes subies par ma petite personne garnie de mie de pain.

Mais peut-être que j'aurais dû hurler : c'est toi, c'est toi qui me tourmentes, et puis le monde entier, et puis ce que je n'ai pas, à commencer par la télé, les séries sur Italia Uno, des mèches blondes, les figurines de footballeurs, une Game

Boy, une PlayStation, *Tomb Raider*, tous les livres que tu m'as interdits, des chaussures Lelli Kelly avec la semelle qui s'allume, des Chupa Chups à sucer tous les après-midi sans t'entendre dire que je vais perdre mes dents, les taffes tirées sur des cigarettes sans craindre de finir évanouie sur un banc, les cours de natation, de volley, de théâtre, le portable qui sonne tout le temps, inlassable, les anniversaires au McDo, le sac à main Guess assorti à mes chaussures, des milliards, des myriades de baskets Nike et Adidas, les maillots Sundek et les T-shirts Winnie l'ourson, les compilations du Festivalbar*, les CD de Britney Spears, les sorties l'après-midi dans les discothèques pour mineurs, une voiture sans permis, un scooter avec un néon dessous, des chewing-gums Big Babol à mâcher en classe, du shit à effriter dans la paume de ma main, les yeux brillants de mon frère, tout m'a tourmentée, tout, même les poissons qui continuent de se taire quand les gens m'accusent.

Dans ces conditions, le neuf en italien apparaît comme une blessure : ma fille écrit bien, mais elle écrit des atrocités, elle gaspille de beaux mots pour des mesquineries.

Les cours se terminent et Luciano part avec sa famille en Sardaigne, où ils ont une maison à la mer et un bateau, l'idée de m'inviter ne l'effleure même pas, depuis que nous sortons ensemble je n'ai jamais reçu un cadeau de sa part, et il n'a pas l'air de vouloir partager sa vie de luxe avec moi, il me tient bien circonscrite entre les murs du lycée et des sorties dans le quartier, m'avoir nue dans sa chambre lui convient très bien, mais je ne suis pas là pour lier connaissance avec ses copains.

* Festival de chanson italienne.

À notre repas de classe avant les vacances, je commande juste une pizza margherita parce que c'est la moins chère, je bois de l'eau gazeuse, je porte ce serre-tête qui me donne un air de catéchiste et un sweat large de basketteuse, à un moment donné Samuele débarque avec ses deux copains qui ne le quittent jamais, il a bu et titube jusqu'à notre table, il se met à applaudir devant les profs et fait une révérence en caracolant au milieu de la pièce, il les remercie de l'avoir encore fait redoubler.

Tout le monde reste immobile, comme peint sur le tableau des congés et des au revoir, les mains posées sur la nappe en papier, les jambes croisées sous la table, nos profs se pétrifient, statues à la gloire des salaires médiocres et des collègues arrogants.

Alors je me lève et fais le tour de la table, je m'approche de Samuele, le prends par le bras, l'accompagne vers la sortie, il se laisse guider en bafouillant.

Rentre chez toi, lui dis-je en le lâchant devant le restaurant, et je regarde ses amis, ce sont les mêmes que sur le toit-terrasse du lycée.

T'as rien fichu de l'année, viens pas faire ton cinéma maintenant, lui dis-je encore, son visage est pâle, son front moite, ses lèvres gargouillent.

T'as quoi à l'intérieur de toi, des pierres ? essaie-t-il de demander, puis il se plie en deux et vomit devant moi, à côté d'une bouche d'égout, je vois les rigoles de ses sucs gastriques ruisseler sur le bitume, les reliefs d'un repas au fast-food.

Je pivote sur mes talons et reviens à l'intérieur, je ne laisserai personne me gâcher la soirée, j'ai eu les notes que je méritais, j'ai un petit copain riche, j'ai l'été devant moi, et pour les gens de mon âge, l'été c'est la messe, l'église, la berge de la rivière après la baignade, la bouffée d'air après un trajet les vitres fermées, c'est le village qui se pare de ses habits de fête.

Je me rassieds à côté d'Agata.

Qu'est-ce qu'il s'est passé ? me demande-t-elle, craintive.

Il a vomi, je réponds en coupant une part de ma pizza, qui a refroidi.

Il m'impressionne mais il me fait aussi un peu de peine… dit-elle à voix basse.

Ma pizza est froide, maintenant, je conclus en ruminant un bout de mozzarella qui a la consistance de la chaux, puis – *tac, tac* – je pose bruyamment mes couverts dans l'assiette.

Il s'appelle Batman.

Qui ?

Mon lapin.

Tu avais dit Laurie.

Il a un nouveau nom, de toute façon il ne voit pas la différence.

Devant chez Iris, il y a un petit potager entouré d'un grillage vert pétrole, dedans : de la salade, des tomates, des choux, des brocolis et un lapin qui s'appelle Batman parce qu'il est noir et qu'il combat le crime, il écrase sous son ventre les limaces qui essaient de porter atteinte aux choux.

Iris est la première personne que je rencontre à Anguillara dont le domicile est semblable au mien, nous habitons à deux kilomètres de distance et sa famille n'habite pas dans un HLM, mais son appartement ressemble au nôtre : cuisine, salle de bains, deux chambres, un petit salon.

Nos tongs sont couvertes de terre et Iris cherche Batman au milieu des bambous que son grand-père utilise comme tuteurs pour ses tomates San Marzano.

Là, avant, il y avait un perroquet qui s'appelait Crête, me confie-t-elle en me montrant une cage vide tout en hauteur.

Je ne demande pas ce que le volatile est devenu, mais je dérobe une fraise encore verte, j'en suce l'acidité jusqu'à la moelle.

Je dois inventer tous les jours une nouvelle manière de me rendre au lac.

Récemment, le fils des gens chez qui ma mère travaille a abandonné son vélo, j'en ai donc hérité et j'apprends à en faire devant chez moi, je suis déjà tombée deux fois et j'ai les genoux égratignés comme un gosse, pour le moment je ne peux pas encore m'en servir comme moyen de transport, alors je me rabats sur le bus-navette qui va jusqu'aux berges du lac, ou je fais deux kilomètres à pied pour aller chez Iris et là, à l'abri des regards de nos parents, Ours et le Grec viennent nous chercher en scooter, même si on n'a pas le droit de monter à deux, ou bien la grand-mère de Marta nous embarque tous à bord de sa Fiat Punto jaune poivron.

Iris partage sa chambre avec sa sœur, elles ont accroché au mur quelques photos de quand elles étaient petites et des fanions du Lazio – l'équipe favorite de leur famille –, Iris m'a montré sa bibliothèque avec modestie parce qu'elle ne possède pas encore beaucoup de livres, la plupart de ceux qu'elle lit viennent de la bibliothèque, mais elle tient à me faire la liste de tous ceux qu'elle a lus et fichés, car elle a un cahier où elle note les titres qu'elle lit et s'ils lui plaisent, elle ne me l'a pas encore montré, mais elle a éveillé chez moi un incroyable désir de rattrapage, parce que moi je n'ai pas de cahier à cet effet et je n'ai jamais pensé à consigner mes lectures, j'ai déjà oublié beaucoup de romans que j'ai lus et j'en ai encore des millions à lire.

Je me les figure comme un peloton d'exécution : tôt ou tard, les livres non lus ouvriront le feu sur moi.

Depuis qu'Agata est partie passer deux mois en Angleterre étudier la langue à cause de sa mauvaise moyenne en anglais, on peut dire qu'Iris est mon amie du quotidien. Je continue obstinément à ne pas m'enquérir de la destinée de Carlotta, quand on me demande de ses nouvelles je réponds avec emphase et gestes théâtraux : Carlotta qui ?

Depuis juin, mes horaires et ceux d'Iris sont réglés comme du papier à musique : on se retrouve vers dix heures, on va au lac jusqu'à cinq heures, on rentre, on dîne – car chez moi comme chez elle on n'a pas le droit de disparaître toute la journée – puis, du vendredi au dimanche on ressort, jusqu'à dix heures maximum, passé cette heure Antonia appelle la police, elle ne fait pas semblant, elle l'appelle vraiment et son ami carabinier vient me chercher pour me ramener à la maison après avoir demandé à la ronde : où est la fille d'Antonia la rousse ?

Iris me tend Batman, qui a des oreilles charnues et une tache blanche sur le museau, son pelage noir est luisant et ses dents aiguisées me paraissent voraces.

Il ne mord pas, me rassure Iris en lisant mes pensées sur mon visage.

Alors je passe mes doigts sur ses poils lisses de gardien de la nuit, ses yeux jaunes ressemblent à des citrons jetés dans une cuvette.

Un quart d'heure après, nous entendons les klaxons des scooters et récupérons les sacs à dos où nous avons fourré serviettes, crèmes solaires et classiques : de mon côté je fais mine depuis des semaines d'être passionnée par *L'Idiot* de Dostoïevski, du sien elle tourne avidement les pages de *Martin Eden* de Jack London en poussant de fréquents soupirs et il lui arrive parfois de me demander le sens de quelques mots parmi les plus compliqués. Je ne lui ai pas encore avoué l'existence de mon dictionnaire – je le lis en permanence et j'ai commencé à le souligner, vu que c'est le seul objet en papier qui m'appartienne et que je n'ai pas à le rendre, j'ai entouré certains mots en rouge : timoré, crépusculaire, anthropomorphisme – mais elle a dû comprendre que je me débrouillais avec les mots et leur signification.

Le mois de juin se poursuit ce jour-là aussi entre serviettes étalées sur une plage dure et noire, plongeons la tête la première depuis les épaules des copains, glaces Miko dégustées à la table d'un bar d'été, sur des chaises en plastique sombre à l'ombre des parasols Coca-Cola, mes coups de soleil qui me font ressembler à un veau, mes lunettes de soleil dérobées à mon père qui glissent sur mon nez et tombent par terre quand j'éternue, mes cheveux roux que je n'attache jamais même quand j'ai le cou moite pour éviter de montrer mes oreilles éléphantesques et simiesques, mes taches de rousseur enragées, qui parsèment mes jambes et mes bras. Parfois, Ours emprunte un stylo au bar et les relie, cherchant des motifs sur mon épiderme : il fait affleurer des chauves-souris, des étoiles de mer, des moulins à vent composés de taches de son et de grains de beauté.

Mais mon passe-temps préféré reste la lutte dans l'eau. Quand nous ne sommes pas occupés à jouer au volley avec un ballon de plage ou à nous exercer à faire l'équilibre et des roulades, je fais grimper Iris sur mes épaules et, de la sorte, une femme sur l'autre, nous défions tous les adversaires du secteur, dupliquant nos forces et nos mouvements, élevant au carré notre soif de guerre et de victoire.

Quand il y a un concours à celui qui retiendra le plus longtemps son souffle sous l'eau, je suis toujours la première à relever le défi, je croise les jambes, ferme les yeux, et j'expulse violemment mon oxygène jusqu'à ce que je me retrouve assise au fond du lac, et là je commence à compter, je m'entraîne à ne pas capituler, j'agite les mains pour rester en bas et ne pas refaire surface, jusqu'à ce que la tête me tourne.

Iris n'aime pas me voir couler, en règle générale elle reste dans les parages, scrutant l'eau au-dessus de moi, quand elle ne voit plus de bulles elle remue ses mains dans l'eau pour créer de petits tourbillons et me prévenir qu'elle va intervenir, puis, comme une chatte avec ses chatons nouveau-nés, elle m'attrape par les cheveux et me ramène au monde.

À midi, nous mangeons des hot-dogs avec des tranches de fromage fondues, des sandwichs thon-tomate, ou pour Iris du pain blanc-mayonnaise, puis nous nous trouvons un coin à l'ombre pour nos lectures et échangeons sur les aventures et mésaventures de nos romans. Pouvoir en parler avec elle et faire grandir notre connaissance grâce à mes lectures donne de la valeur aux heures – à jamais perdues – que je passe sur ces pages : j'en supporte certaines, j'en souffre d'autres, et puis il y a celles que je voudrais arracher pour allumer le feu.

J'ai déjà déclaré plusieurs fois à Iris mon agacement à l'égard du prince Mychkine, dont les manières candides et l'humeur blanche m'exaspèrent, à tel point que si je le rencontrais, je le giflerais.

Je hais les innocents, dis-je à voix haute, et Iris éclate de rire.

Dafne nous a avoué que sa mère ne la laisse pas lire ce genre de livres parce qu'ils ne sont pas éducatifs et que nous sommes trop ignorantes et imprudentes pour les posséder, elle préfère faire apprendre à sa fille les versets de la Bible et lui faire passer des journées entières à nettoyer les plages ou les forêts avec les scouts. Et alors j'ai compris qu'il existait dans le monde des génitrices pires que la mienne.

Un samedi soir plein d'ennui et de lassitude, nous sommes comme toujours sur la place de la jetée lorsque Ours disparaît avec le Grec en scooter. Nous les filles, nous restons assises sur le muret à regarder les passants, à décider qui saluer ou non, à commenter le passé et l'avenir probable de ceux qui comme nous habitent cette petite ville. Comme Iris est très douée pour imiter les gens et leur donner des surnoms, nous pouvons nous confier les sales coups et l'intimité des autres dans notre propre code de gestes et de déformations.

Il est presque dix heures et nous n'avons toujours pas vu les garçons revenir, le couvre-feu va débuter, je fais des allées et venues les bras croisés, affichant l'air sinistre d'un commandant de légion.

Puis nous les voyons débarquer sur la place à bord d'une voiture au gaz qui pue et dont seul un phare fonctionne, ils l'ont volée au voisin du Grec et la conduisent sans avoir le permis, avec leurs visages imberbes et leurs ceintures détachées, ils prennent le virage en épingle, les roues crissent, puis ils s'arrêtent devant nous. Alors Ours ouvre les portières et monte le son du vieux poste radio branché sur Radio Vatican, qui même le samedi soir diffuse des prières, de l'abnégation.

Sur la place, les mots du Christ se mêlent aux cris et aux rires.

Ours monte sur le capot et bénit la foule les bras écartés, avec bonté et sagesse il crie à la modeste assistance : vous ne vous libérerez jamais de moi.

Radio Vatican est en vérité une fidèle compagne des habitants d'ici, non qu'ils soient particulièrement croyants ou dévots, mais parce que ses relais se trouvent à quelques kilomètres de nos habitations et avec leurs ondes on entend la radio dès qu'on décroche l'interphone, le téléphone fixe ou même quand on ouvre le réfrigérateur. Alors, grâce à la lumière artificielle qui éclaire les aliments, on est inondés par la volonté divine, et on contemple tout à la fois : le saucisson, la laitue et le royaume des cieux.

Iris et moi sommes prises d'un fou rire, fort, gras, et, bien que de coutume je sois assez peu encline à rire, je pleure et je sens mon ventre se contracter devant le comique de la scène : la laideur de cette voiture rouillée, l'odeur de pourriture qui s'échappe de son pot d'échappement, la silhouette d'Ours qui ressemble à un saint patron, la musique house remplacée par le rosaire pour les familles.

Le Grec réussit à nous convaincre de faire un tour, alors nous faisons un tour : vitres baissées, bras sur la portière, nous chantons *Almeno tu nell'universo*, nous égrenons insultes, gros mots et blasphèmes, et Radio Vatican souhaite une bonne nuit aux fidèles. Dafne a viré à l'écarlate, la peine s'est plantée entre ses sourcils, et la voiture toussote et cale sans cesse parce que le Grec ne sait pas vraiment la conduire.

Et nous, nous rions, nous rions de notre toute-puissance.

Les routes en dehors d'Anguillara sont obscures, nous passons en trombe devant une pizzeria, je dis à Ours de ralentir, il prend le virage à fond, l'eau du lac est reflet, lame de couteau, elle coupe les maisons en deux.

Je porte des chaussures en plastique noir, elles sont brillantes et me détruisent les pieds, je sens le casque couvert d'autocollants ballotter, ce sont mes premières chaussures à talon, elles ont une lanière à la cheville, la boucle m'entaille la peau.

C'est ma soirée de gala, mon entrée dans la société, je suis sur mon trente et un pour aller à la discothèque du coin, j'ai convaincu ma mère que je passais une innocente soirée pyjama chez Marta, elle a mis du temps à accepter, préoccupée par ces nouvelles amitiés dont elle ne sait presque rien, et mon père n'a été capable que de nous affliger d'un : si Mariano était là…

Nous dépassons le club de voile et filons sur la ligne droite, le moteur a été débridé, il monte à une vitesse supérieure à la vitesse autorisée, nous nous sommes fait arrêter hier alors que nous roulions à contresens, moi sans casque, Ours tout sourire, le carabinier m'a reconnue, il a dit : si je ne vous emmène pas au poste, c'est bien pour ta mère, et j'ai eu envie de lui sauter à la gorge.

Ours bifurque entre les pavillons sans mettre de clignotant, au bout de la route je le vois, langue de charbon, odeur d'algues limoneuses et sable épais : le lac.

Nous empruntons la route qui le longe, écartons les jambes dans la bouffée d'air chaud qui nous accueille, les établissements balnéaires sont fermés, le dinosaure jaune et la tortue gonflables sont comme toujours accrochés par le cou devant le kiosque à journaux, je les appelle les pendus.

Ours zigzague dans la file de voitures, la route est à sens unique, les bars sur le bord du lac se remplissent, les places de parking se font rares, il pose ses baskets à terre et souffle, nous sommes coincés entre une voiture rouge et une jardinière. J'aperçois déjà les lumières de la discothèque qui s'agitent dans le ciel, ceux qui passent à pied à côté de nous se sont garés avant l'embranchement avec la route principale.

On a perdu les autres, dis-je à Ours, et je pince la peau en dessous de son casque, il meugle.

On sent l'odeur des chevaux du centre équestre sur la route parallèle, le sable est toujours humide et le bitume tiède, il y a deux ans la discothèque où nous allons était un kiosque qui vendait des granités, maintenant au milieu il y a une énorme pagode japonaise, laquée et très brillante. Je ne l'ai toujours vue que de jour et j'ai rêvé de ses propriétés enchanteresses, de son pouvoir de séduction, elle abrite forcément des fées et des sorciers.

Nous réussissons enfin à nous faufiler et nous nous garons sur le gravier au bord de la route, il y a la queue pour entrer dans la boîte.

Tous les garçons portent une chemise, dis-je à Ours.

Il lisse son T-shirt blanc et se met dans la queue, nous retrouvons Marta accompagnée de Ramona, Dafne a dû rester chez elle, sa mère n'a pas gobé l'histoire de la fête gentillette entre sages lycéennes en vacances.

Ça sert à rien une chemise, répond Ours et il se fraie un passage entre ses connaissances, il dit bonjour, serre des mains, sa gentillesse huile les réticences, lui confère la prestance d'un trentenaire en complet à rayures.

Nous nous pressons contre lui, l'entrée est gratuite pour les filles, nous faisons semblant d'avoir au moins dix-sept ans, nous sommes de jeunes proies, nous avons le cœur sur les amygdales, le rideau qui nous sépare de la boîte de nuit est notre seuil, au-delà des métamorphoses incroyables auront nécessairement lieu, nous deviendrons amazones, guerrières et princesses.

À l'intérieur nous retrouvons presque immédiatement Iris, elle a un verre en plastique à la main, un de ceux en forme de flûte qu'ils donnent dans le carré VIP, un chemisier blanc avec un lacet à la naissance du cou, des sandales avec des fausses pierres sur les chevilles, les cheveux récemment teints par la coiffeuse de sa mère.

Je m'approche d'elle et remarque que le nœud de son chemisier s'est desserré, on voit son soutien-gorge, je le lui refais avec des gestes précis, elle m'adresse un sourire émoussé par l'alcool, me dit: merci.

Main, nœud, sourire. Merci.

Il y a du monde, nous nous écrasons entre les gens pour atteindre le bar, rouge, noir et orné de dragons dorés, j'ai un haut-le-cœur et commande un mojito, je n'en ai jamais bu, mais ça me met mal à l'aise de commander une limonade, j'aspire à la paille tout le sucre de canne dans le fond, le citron vert a un goût agressif et Iris dit quelque chose que je n'écoute pas, nous sommes au bord d'un étang artificiel où trois carpes rouges ont été jetées.

J'essaie de ne pas perdre le reste du groupe, je suis leurs dos des yeux, je vois Ours saluer le Grec et plusieurs de leurs amis, je vois Marta et Ramona, qui ressemblent à des réverbères sur une route de campagne, isolées et sinistres, perdues au milieu des cris, nous ne sommes pas précisément sous les feux de la rampe.

Puis quelqu'un me touche l'épaule et voilà qu'Andrea est derrière moi, corbeau et hibou, ma tête m'élance, comme quand j'ai de la fièvre ou que je reste trop longtemps au soleil, il a toujours son visage propre et agréable, ses yeux vifs, il porte une chemise bordeaux boutonnée jusqu'en haut, il essaie de me demander des nouvelles, de savoir avec qui je suis venue et pourquoi, puis il s'enquiert : quelqu'un a jeté une pierre sur le pare-brise de la voiture de mon père, tu sais qui c'est ?

Son parfum est épicé, il sent le bois et l'amande, je vois son regard errer au-dessus de ma tête, comme s'il cherchait autre chose et n'arrivait pas à se concentrer, Iris l'observe d'un air perplexe et dit, avec acrimonie : ce n'est pas nos affaires, on nous attend, et elle me tire par le poignet.

Andrea ne lui prête pas plus d'attention qu'à une ombre, il l'ignore, puis tout va très vite, je suis Iris, il continue de balayer la pièce des yeux et grimace, comme s'il avait vu un rat passer au triple galop, et quelqu'un dit : tu veux ma photo ?

Alors je me tourne et vois un garçon aux grandes oreilles, cheveux en brosse rasés sur les tempes, petits yeux rapprochés, chemise bleu clair au col rigide qu'il n'a pas rentrée dans son jean, il a un tatouage au poignet et marche les jambes écartées, comme s'il chevauchait une jument, ou un tracteur.

Tu veux ma photo ? répète-t-il, et Andrea lui répond poliment qu'il ne le regardait pas.

Je fixe le visage de ce garçon, je ne me souviens pas de son prénom, il pousse Andrea sans crier gare, son regard est blanc, Iris et moi sommes de cristal, traversées par la lumière des événements.

Andrea dit : c'est toi qui as jeté cette pierre sur le pare-brise ?

Le garçon répond que non et se met à rire.

Qu'est-ce que qui te fait rigoler, alors ? Andrea avance et se fait de nouveau bousculer.

Iris marmonne un arrêtez, mais ils ne l'écoutent pas, les gens nous regardent, attendent un spectacle avec feux d'artifice comme à la Fête du poisson, alors je m'approche du garçon et lui touche le coude : c'est bon, arrêtez.

Il me regarde attentivement et répond : je sais qui tu es.

Peu après, nous sommes devant la boîte, Iris est restée à l'intérieur, elle a dit qu'elle allait chercher Ours et le Grec, Andrea et le garçon vont engager le combat et, quand on s'affronte, il faut le faire ailleurs, se donner rendez-vous pour dégainer les épées, s'ils avaient un gant aucun doute qu'ils se le jetteraient avec une insolence sournoise.

Je n'ai pas pu m'empêcher de les suivre, car je flaire les ennuis, la curiosité, la bagarre, ma première nuit de débutante est déjà sur le point de s'achever, le scénario était faiblard, les lumières stroboscopiques clignotent en arrière-plan, le mojito me secoue la bile et me dégoûte.

Ils se menacent, le dialecte du garçon devient incompréhensible, il lance des insultes qui me sont inconnues, Andrea et lui se bousculent, en trois poussées Andrea est déjà sur la plage, le garçon le fait reculer vers l'eau.

Je crie : stop.

Andrea me regarde avec des yeux d'astronaute, on entend le lac clapoter sur le rivage, un vent léger s'est levé, la surface de l'eau frémit doucement, la couche formée par les crèmes solaires ne permettra jamais aux poissons de nager jusqu'à la grève.

C'était toi, Cristia', accuse encore Andrea.

Les joues du garçon qui s'appelle Cristiano sont rouges et sa chemise est déboutonnée jusqu'au milieu de la poitrine, il a l'air de quelqu'un qui a bu et qui sent le monde s'abattre sur son crâne comme la foudre, venir le déranger : dégage, intime-t-il à Andrea qui bondit en avant. Je m'interpose.

Personne n'en a rien à secouer de ton pare-brise, crétin, je crie à Andrea en le poussant violemment.

Cristiano sourit comme si c'était un début, une fenêtre ouverte sur un beau paysage.

Carlotta regarde son lit, les draps sont ceux de son enfance, puis elle prend le sachet, il est transparent, adapté pour emballer du pain, une miche d'un kilo au moins.

Sa chambre est modulable, elle contient un lit pont une place et demie, un bureau assorti couleur rose savonnette, dessus il y a ses manuels scolaires, un rouleau de scotch et des ciseaux, les ciseaux sont là au cas où elle se raviserait.

Carlotta ouvre le placard et regarde ses robes, elle en a beaucoup mais elle doit en choisir une. Elle caresse celle en velours vert, inadaptée pour la saison, puis celle à fleurs tape-à-l'œil, trop exubérante pour l'occasion, elle palpe celle du fond, celle de sa communion, blanche à volants, une robe de mariée enfant.

Finalement, elle décide de garder la même tenue : un legging noir qui met ses hanches en valeur, un T-shirt large avec le S de Superman, elle enlève ses chaussettes, ses orteils sont vernis de rouge, il lui semble que cela s'accorde bien avec le reste, avec ce qui est sur le point d'arriver.

Elle s'assied sur le lit, regarde ses chaussettes qu'elle a jetées dans un coin, s'empare de son portable et relit les derniers messages reçus, tous du même expéditeur, ils contiennent tous les mêmes mots, ces mots se répètent souvent mais l'expéditeur, lui, a changé au cours du temps, son numéro n'est pas enregistré dans ses contacts car elle ignore de qui il s'agit.

Elle a les pupilles dilatées, les paupières gonflées, et c'est comme si elle voyait double : deux bureaux, deux étagères, deux rouleaux de scotch, deux Carlotta. L'une d'elles est assise sur son lit et l'autre la scrute, debout à côté de la fenêtre, la seconde Carlotta la juge, elle déteste ses cheveux, sa poitrine, son sexe, sa peau.

Sa tête est pleine de sauts et d'accrocs, de nœuds et d'écheveaux. Les cachets qu'elle a volés à sa mère commencent à faire effet, elle se sent légère, médiocre et impalpable, elle voit le contour des objets flou, elle se penche et attrape le scotch de ses mains ouvertes, le temps défile à rebours, il se replie sur lui-même, et sa mémoire aussi, elle qui ne se souvient pas du début, du moment exact où elle est arrivée, a débarqué dans le monde.

Elle soupçonne soudain que le sachet soit troué et elle l'examine, le tourne et le retourne, souffle dedans comme dans un ballon et le secoue, elle fait glisser obsessionnellement le bout de ses doigts sur sa surface.

Elle ne trouve ni brèche ni échappatoire, alors elle continue.

C'est le mois de juillet, la radio annonce que le Sénat a approuvé la loi Bossi-Fini sur l'immigration, le retour de la famille Savoie en Italie, et Carlotta Sperati est dans sa chambre, elle n'a même pas quinze ans, elle enfile sa tête dans le sachet et le serre autour de son cou avec le scotch, elle fait plusieurs tours pour colmater tous les interstices, le sachet enfle et s'affaisse au rythme de sa respiration, les ciseaux sont restés sur son bureau, elle a les yeux ouverts, le peu qu'elle voit est le plafond blanc et les pales du ventilateur qui moulinent. Elle se dit que le passé est raté, il faudrait le déchiqueter à la fourchette et au couteau, comme le poulet du dimanche.

Ou, du moins, c'est ainsi que j'aurais écrit son histoire dans une rédaction intitulée : *L'été, je meurs un peu.*

## 7

## CETTE MAISON EST UN DÉSASTRE

La lumière bleutée donnait un éclat étrange aux yeux de Carlotta, les couleurs de l'écran se reflétaient dans ses iris. La main sur la souris, elle a conduit la flèche sur un dossier, intitulé AMOUR, elle a double cliqué dessus pour l'ouvrir et nous montrer son contenu.

J'étais assise à vingt centimètres, il faisait chaud, la fenêtre était entrouverte et nous avons entendu son chien traîner un objet dans la cour, peut-être un bout de ferraille, qui faisait *tic tic* chaque fois qu'il touchait quelque chose.

Les ordinateurs étaient pour moi un film de science-fiction, j'appartenais au paléolithique de la technologie, aux grille-pain, aux machines à laver, aux ondes radio, ce qui était la norme pour les autres dans ma vie c'était le futur.

Je regardai, curieuse, le bureau comme s'il s'agissait d'une carte au trésor, quand le dossier s'est ouvert des photos numériques sont apparues, des hommes et ils étaient nus, chacun enregistré sous son prénom et sa ville: Alberto de Bari, Francesco de Pise, Giuseppe de Montefiascone. Ils étaient nombreux, je ne les ai pas comptés, mais il devait y en avoir une cinquantaine.

Dans ma famille, nous n'avions pas le culte des images, nous avions quelques photos de Mariano et moi petits, prises par mon père avec son Canon, beaucoup étaient floues, sur certaines on voyait le pouce de mon père, sur d'autres Antonia avait la bouche ouverte, les yeux fermés, beaucoup avaient été prises avec le flash en plein jour, nos orbites étaient remplies de points rouges ou très blancs, nous ressemblions souvent à des aliens ou à des chauves-souris. Elles étaient toutes stockées dans deux albums à la couverture noire, hérités de ma grand-mère paternelle, que je n'ai pas connue. Après l'accident de mon père, il n'y a plus eu de photos, nous n'avions rien d'autre dont nous souvenir, peut-être mon père a-t-il donné son Canon à une autre famille qui avait besoin de construire sa mémoire, et non de l'enterrer.

Agata a demandé : et toi, tu fais quoi ? Tu leur envoies les tiennes ?

Carlotta a hoché la tête et répondu : bien sûr.

Elle a lancé MSN, nous a montré ses contacts, la plupart masculins, leurs conversations jusque tard dans la nuit, les photos qu'ils joignaient, leurs déclarations d'appartenance réciproque, de plaisir simultané et de fierté de leurs corps exposés et partagés.

Alors que Carlotta nous listait les particularités de chacun d'eux, j'ai été prise de vertige, j'ai senti mon dégoût battre dans mes tempes, je ne sais pas si c'était de la panique, de l'inquiétude, des pensées désordonnées provoquées par la gêne, mais j'ai dû me lever et regarder ces nudités d'une position de surplomb, je les ai trouvées agressives, elles se sont collées à la peau de mes bras.

J'ai remarqué à nouveau, dans la chambre de Carlotta, à côté de son ordinateur et de l'étagère où elle gardait, bien alignés, ses ours et ses lapins en peluche, l'écart qu'il y avait entre nous : elle allait de l'avant en courant, téméraire, je me traînais derrière et manquais de tomber à chaque pas.

L'idée que quelqu'un puisse avoir une photo de moi toute nue me déstabilisait, cette seule pensée, cette éventualité, cette vague hypothèse me serrait la gorge, provoquait des frissons glacés qui dévalaient de mon cou à mes jambes. Jamais il ne m'était arrivé de me dévoiler, de me déshabiller devant quelqu'un sinon devant des amies ou ma famille, et il m'a paru impossible que cela puisse arriver, qu'un jour Sergio de Caltanissetta vienne ici et que je m'offre à lui, en lui disant : voilà ma photo, elle te plaît ? J'ai de petits seins mais je suis assez mince, on ne voit pas mes os mais je n'ai pas de graisse, je suis un blanc de poulet de qualité.

Deux ou trois fenêtres de chat se sont mises à clignoter alors que je réfléchissais à cela, et Carlotta nous a guidées dans les brèches de ses conversations nocturnes, elle a envoyé bisous et baisers, sourires, cœurs, un grand nombre de cœurs, et tapé des messages un peu provocants, elle leur a demandé ce qu'ils faisaient, où ils étaient assis, et elle a ri.

J'ai envié sa capacité à interagir avec les autres, j'ai envié ce qui m'apparaissait alors comme une liberté contagieuse et absolue, j'ai eu la sensation que son corps immortalisé en train de prendre la pose devant la glace de la salle de bains ou assis sur son lit était un symbole de vertu et d'aptitude.

Agata avait l'air impressionné elle aussi, elle a montré tel et tel garçon du doigt, a demandé des informations plus détaillées, puis elle a participé au chat, elle a voulu répondre aussi et a tapé sur le clavier à un rythme de somnambule, au rythme de ceux qui se lèvent la nuit et suivent une voix, sortent dans la rue, se mettent en chemin.

Moi je ne savais pas comment participer, quelle expérience mettre en commun, je me suis sentie abîmée, blessée par mon incapacité, par ma pudeur inexprimée mais évidente, démesurée.

Je ne parvenais pas encore à me la figurer, à donner un visage à ma retenue, je ne me demandais pas d'où elle venait, si elle était une réponse à la distance spectrale qui s'était imposée au fil des années entre les corps de mes parents, s'il s'agissait d'une condition transitoire, définitive, terminale, si je saurais un jour m'émanciper de moi-même, si je serais capable d'assimiler le fantôme du jugement, du regard d'autrui, des opinions. Je savais juste que je n'appartenais pas à cette scène, que je n'appartenais pas à cet ordinateur, à ces déclarations de présence, à cette nuit chaude, insupportable.

Tu m'envoies des photos, a écrit un des noctambules, et Carlotta ne lui a pas répondu, elle nous a dit qu'elle lui en enverrait le lendemain, il ne lui plaisait pas trop, il n'avait pas beaucoup de cheveux et de vilaines mains, il avait quarante ans.

J'étais toujours debout et mes amies n'avaient pas détourné les yeux de l'ordinateur, aucune d'elles ne s'était aperçue de mon embarras, j'étais seule mais sauve car mes faiblesses étaient ignorées.

Je suis allée sur le lit au milieu de la chambre et peu après Carlotta et Agata m'ont rejointe, elles se sont couchées à côté de moi, nous ne nous sommes même pas couvertes du drap, l'ordinateur était resté allumé, il projetait un cône de lumière sur nos visages et j'avais l'impression d'être scrutée, avec mon short de pyjama et mes cheveux mal coupés, je voyais l'ombre de mes oreilles reflétée et je l'imaginais voyager dans l'éther, atteindre tous les autres continents.

Et si on se racontait un secret ? a proposé Carlotta depuis sa position centrale, nous, pareilles à de fidèles servantes nous l'encadrions, nous décorions son lit.

Je commence, a répondu Agata : je déteste mon père, je déteste les cochons et les vaches de notre ferme, je ne supporte pas de voir mon nom de famille sur le panneau où il y a écrit ICI VENTE DE TOMATES POUR SAUCE, c'est horrible.

Carlotta a rebondi et elles ont échangé leurs avis, tandis que je me demandais si, les rares fois où je m'étais acheté un vêtement dans un magasin, quelqu'un m'avait photographiée en culotte dans les cabines, et si oui où était ma photo, maintenant ? Dans quel dossier de leur précieux PC étais-je cataloguée ? Avais-je un nom ? Un numéro ? Y avait-il une heure à laquelle on m'ouvrait pour m'examiner ?

Et toi, c'est quoi ? m'a demandé Carlotta qui venait de finir de nous confier son secret, que je n'avais pas écouté.

Je suis restée silencieuse, ce n'était pas mon genre de prendre part aux bavardages, d'habitude j'étais une excellente auditrice ou une figurante légitime en arrière-plan des diatribes, mais cette fois j'aurais eu des choses à dire, j'en avais même beaucoup à servir sur un plateau d'argent : l'accident de mon père, le quartier d'où je venais, les convictions politiques précoces de mon frère, comment Antonia s'épilait les jambes au-dessus du bidet sans fermer la porte, mais ce n'était pas cela qu'elles réclamaient, elles ne voulaient pas le bulletin des déchirantes bagatelles familiales, mais quelque chose me concernant, une faille sordide, une confession.

Les yeux de Carlotta attendaient de ma part un saut dans le vide, un don de moi, le sceau de cette amitié, et j'ai compris quel était mon secret : si elles disparaissaient, si à ce moment précis je comptais jusqu'à trois et les voyais se volatiliser, sans doute que rien d'elles ne me manquerait.

Peut-être aurais-je été désespérée par le retour de la solitude, ma compagne depuis l'enfance, ou peut-être aurais-je eu l'impression d'avoir perdu un rôle, je n'aurais plus été capable de me présenter au public comme une bonne copine, et impossible de savoir ce que j'aurais fait de mes après-midi, où je serais allée ni qui j'aurais été pour les autres.

J'ai peur des ponts suspendus, je ne montais jamais dessus même au parc quand j'étais petite, ai-je répondu.

Agata et Carlotta ont eu l'air partiellement satisfaites, une des deux m'a fait un petit sourire consolateur comme pour me dire que ce n'était pas grave, je survivrais, après tout ici il n'y avait que la jetée et personne n'avait jamais exigé que je saute de là.

Merci pour vos secrets, a dit Carlotta en fermant les yeux, moi je les ai gardés rivés sur l'écran, et j'ai remarqué un petit être planté au-dessus, on aurait dit un œil noir, une pupille géante, un objectif photographique braqué comme un fusil.

Qu'est-ce que c'est ? ai-je demandé, ignorant sa phrase.

La webcam, m'a répondu Agata, et elle a souri de ma question idiote. Pour faire des vidéos à distance, ça permet de se voir sans avoir à bouger de chez soi.

J'ai hoché la tête et attrapé un pan de drap pour me couvrir.

Le chien n'avait pas lâché ce qu'il tenait dans la gueule et son *tic tic* résonnait, obstiné, dans la cour et sur la route de campagne.

Inviter quelqu'un chez moi signifie, sans échappatoire, lui faire découvrir ceux qui partagent un lien de sang avec moi. Il n'y a aucun espoir de trouver l'appartement vide, même le matin à l'aube, même quand c'est l'heure de l'école, du travail, mon père est là.

Antonia parle de lui comme de notre gardien sans jambes, il ne pourra certes pas s'en prendre aux voleurs, mais il sera témoin de leur larcin, présence marmoréenne.

La vérité c'est qu'il n'y a rien à voler entre nos murs, je n'ai jamais su s'il y a de l'argent dans les tiroirs ou sous les lits, mais je suis sûre que ma mère le tient bien caché, probablement dans sa culotte ou entre ses seins, je pense qu'elle l'avalerait plutôt que de se le laisser prendre.

Va savoir ce qu'un voleur penserait des boîtes à chaussures utilisées par Antonia pour séparer les chaussettes et les T-shirts dans nos tiroirs, des boîtes d'œufs qu'elle peint en bleu, argent, pourpre, et conserve sur une étagère de sa chambre, elle les a remplies de breloques, de bagues fantaisie, de colliers faits maison avec les coquillages trouvés à Ostie et de la ficelle d'emballage ; des dessous de plats réalisés avec des bouchons en liège récupérés sur les bouteilles de vin rouge pétillant, que mon père aime tant et qui me donne mal aux tempes.

Peut-être que notre hôte importun imaginerait que nous sommes très créatifs dans notre quotidien, que nous nous asseyons tous autour de la table de la cuisine armés de feutres et de pinceaux pour nous consacrer à d'étranges opérations de bricolage et de découpage – celle-ci étant une des activités dominicales favorites d'Antonia, découper des fleurs dans les serviettes en papier et les coller sur les surfaces en bois qui lui tombent sous la main (tables de chevet, tiroirs, manche à balai) –, mais les choses ne se passent pas exactement ainsi, la maison et son ornementation, l'organisation rationnelle et ses protocoles sont les attributs exclusifs d'Antonia, ses ramifications.

Notre régime de réemploi et d'interdiction du gaspillage nous est imposé par la vie, et la vie passe par ma mère. C'est elle la cuisinière du pain rassis, des boulettes aux petits pois de la veille, de l'omelette au riz, des restes écrasés à la fourchette dans un saladier, couverts d'un œuf et cuits au four, sans se soucier du mariage des épices ou des saveurs, notre cuisine n'est pas faite pour satisfaire les palais exigeants, mais une exigence de survie. Antonia a appris de sa mère et de sa grand-mère à ne pas gâcher une goutte de café, à faire frire les épluchures de pommes de terre, de pommes et de poires, à inventer des soupes où flottent des légumes, de la viande bouillie, des pâtes restées au fond du paquet ou bien des herbes qu'elle a fait sécher en bouquets sur le balcon, la tête en bas.

J'ignore comment le voleur, invité à notre table, réagirait à nos obsessions hebdomadaires : viande le lundi – un steak haché par tête –, gnocchis le jeudi – faits maison par Antonia et moi, souvent trop gros, semblables à des patates entières –, poisson le vendredi – généralement les bâtonnets premier prix, du cabillaud pané et passé à la poêle, symbole de l'union familiale.

Mon père est un de ces êtres qui, malgré des années à toujours manger les mêmes choses, toujours cuisinées de la même manière et toujours par la même personne, réussit quand même à trouver un commentaire à faire, un détail qui le dérange, comme le sel ou l'oignon, le parmesan ou les tranches de viande trop fines, comme s'il tentait de se soustraire à notre réitération, à nos repas opiniâtres.

Quand je vais déjeuner chez mes amies, je les vois souvent laisser de la nourriture dans leur assiette, se plaindre de la cuisson des pâtes ou de la consistance du poulet, exprimer des préférences sur ce qui sera servi : moi, je n'ai pas ce pouvoir sur notre alimentation, je dois même me montrer toujours favorable au menu, éviter que les jumeaux se lèvent de table, défendre notre nourriture des remontrances de Massimo. La méthode la plus probante est celle de la toux : je tousse quand il parle.

Du temps où Mariano habitait avec nous, le petit déjeuner, le déjeuner et le dîner étaient de véritables champs de bataille, on se braquait sur les légumes grillés, sur la couleur du vin, sur la salade trop vinaigrée, à présent les timides tentatives de Massimo sont vite douchées et couchées.

Par ailleurs, un visiteur remarquerait certainement la différence injuste entre ma chambre, plutôt grande et occupée par un énorme ours rose, et le placard des jumeaux, qui ont maintenant huit ans. Pour l'heure, personne n'a tenté de me proposer un échange ou leur entrée dans mon monde, mais chaque année je sens que le moment approche, celui où ils seront assez grands pour me désarçonner, avoir des opinions, prendre possession de mon air vicié.

Maicol, Roberto et moi n'avons aucune relation sinon celle de l'habitude, le nombre d'années qui nous sépare est à mes yeux apocalyptique, ils appartiennent à une ère géologique différente, ils parlent une autre langue dont je ne reconnais pas les phonèmes, je me désintéresse de la manière dont ils commencent à moins se ressembler, de leurs goûts parallèles que l'on pressent, des cheveux plus bouclés de l'un, plus épais de l'autre, de comment ils disent maman et m'man, de leur façon posée d'obéir.

À la différence de Mariano et moi, ils ont avec ma mère une relation de sujétion totale dépourvue de colère, ils passent le plus clair de leur temps avec elle et ils en sont heureux, collés à ses hanches comme s'ils espéraient encore la dénuder et téter son lait et ses pensées.

Quand ma mère retire le bas de survêtement de Massimo, s'assied à côté de lui sur le lit, masse ses jambes avec une crème faite maison, soulève et baisse ses cuisses, fait pivoter ses rotules, touche ses hanches et ses os qui semblent raccourcir chaque année un peu plus, les jumeaux s'asseyent eux aussi sur le lit et observent ce rituel, impliqués, ils apprennent comment il faudra l'accomplir, conscients de l'héritage ennuyeux qui nous sera laissé : papa ne marchera jamais plus et si ce n'est pas Antonia, c'est nous qui devrons inventer un onguent, une pommade pour éviter qu'il se décompose.

J'observe ces moments intimes et surréalistes à distance, comme ce fameux voleur le ferait derrière son passe-montagne, inconnu, paria.

Plus d'une année a passé depuis que Mariano a arrêté de partager avec moi ce salmigondis d'émotions gluantes, lourdes et moites – sans lui, je suis fille unique et unique fille, je me sens de trop dans ma propre maison.

Le jour où Iris me demande si elle peut venir voir ma chambre, je lui réponds non, ma chambre est petite, sale, il n'y a rien de beau à voir, même pas les livres parce que je les ai tous empruntés et rendus, mais elle insiste, elle se fiche de ce qu'il y a, elle veut voir où je dors. Après tout, j'ai bien vu où elle dormait, elle.

Notre réciprocité m'effraie, ses yeux posés sur ce qui me paraît inavouable me troublent, me font éternuer.

Mais en fin de compte elle vient en bas de mon immeuble et monte chez moi, elle franchit la porte, voit la silhouette de mon père sur son fauteuil à côté de la radio éteinte et lui dit : bonjour, il répond bonjour d'un ton sec et cassant, et elle ne relève pas, ne pose pas de questions, ne s'attarde pas sur les détails coupables, sur nos extravagances, elle me suit dans ma chambre et s'assied par terre, adossée à l'ours géant, elle dit que c'est très beau chez moi, mot pour mot, ça lui plaît beaucoup, c'est coloré, c'est vivant, elle ne supporte pas la lubie de sa mère pour le parquet et le salon toujours immaculés, nous avons des appartements de la même taille, mais dans le mien il y a de la vitalité.

Où tu l'as trouvé ? me demande-t-elle en posant sa tête sur l'ours.

Je l'ai gagné au stand de tir, j'avoue, assise sur mon lit, et je cherche des yeux ce que je pourrais jeter, ce qui a l'air inadapté ou criard.

Ça te ressemble bien.

Quoi ?

De tirer et de gagner.

Pourquoi ?

Parce que tu es comme ça, tu as le courage de tout faire.

Je ne sais pas quoi répondre à cela, je ne me suis jamais considérée comme capable ou volontaire, j'ai toujours agi sur des impulsions, par convulsions, par revanche et par honte.

Un détail me revient à l'esprit, de la fois où parmi les nombreuses définitions que j'ai lues j'ai trouvé précisément celle-là : *courage* s. m. [XIIIe s. ; *curage* 1050 ; de *cur*, var. anc. de *cœur*].

Le courage a à voir avec le cœur, avec combien de cœur tu y mets et ce que tu en fais, avec le sang pompé, les artères, les veines, les battements, le flux, le transport, la pression et l'élan de volonté. Et moi je n'ai pas une passion pour les cœurs, pour les dessiner, les mimer avec les doigts, les colorier dans la marge, les voir à la papeterie en février, les trouver imprimés sur des tissus et des pantoufles, les cœurs, roses, rouges, je ne les utilise que quand je dois faire semblant.

Ce n'est pas vrai, Iris, dis-je, et je la regarde.

Nous restons immobiles pendant quelques instants, dans ce que nous venons de définir, entre nos crochets et dans nos abréviations, dans les langues dont nous dérivons, les *curage* et les *cur*.

Cherchons un nom à cet ours, tu sais que je déteste que les choses n'aient pas de nom, finit-elle par répondre.

Mirella Boretti n'habite pas dans notre appartement, elle le loue, c'est ce que pense ma mère depuis qu'elle a téléphoné à la concierge de l'immeuble du corso Trieste.

C'est l'appartement qui nous a été attribué, légalement nous vivons là-bas, même si ma mère a toujours craint qu'il nous soit retiré, c'est son inquiétude, son risque de crise d'hystérie, la destitution, le changement, quelqu'un qui tombe sur le dossier et envoie des assistants sociaux pour vérifier; pourtant, les autorités compétentes semblent nous avoir de nouveau oubliés, elles nous considèrent installés et rangés depuis des années, comme des poupées dans leur emballage.

Antonia essaie de m'expliquer et il y aurait besoin de dessins, d'un graphique, de lignes droites, d'un toit formé en joignant les pouces et les index. Pourquoi faut-il que ce soit si difficile pour nous de comprendre quel endroit est le nôtre ? Quelle adresse faut-il écrire sur les papiers ? Et si ce n'est pas notre domicile, alors que faisons-nous ici ?

Antonia s'assied à côté du four où elle fait réchauffer des carottes et des petits pois, et elle agite les bras au-dessus de la table, comme si elle compactait des blocs de chaux ou s'apprêtait à pétrir de la farine et des œufs, elle se penche et étale la pâte imaginaire de notre demeure.

De ses mains et de sa voix, elle me raconte comment nous sommes arrivés ici, grâce à l'ami d'un ami de son ami Vincenzo, celui qui nous a aidés pour le déménagement, il a informé ma mère de cette possibilité de relogement et de fuite et, par le biais de connaissances, la signature de quelques papiers, un accord valable pour un certain nombre d'années, il a échafaudé cet échange d'appartements.

Antonia ne se sentait pas bien au corso Trieste, nous étions malheureux, chaque jour nous devions livrer une nouvelle bataille pour nous défendre des jugements et des exigences de ceux qui avaient plus que nous et elle, qui se battait depuis des années pour qu'on nous attribue un logement, était fatiguée, épuisée, écrasée, elle voulait un appartement tranquille, dans un endroit tranquille.

Vincenzo avait entendu l'ami de son ami dire qu'il connaissait une certaine Mirella Boretti veuve Mancini qui avait obtenu un appartement en HLM, il appartenait à la mairie de Rome mais il se trouvait en dehors de la ville, à Anguillara Sabazia, parce que la mairie avait des appartements dans l'arrière-pays de la capitale, où elle installait parfois des personnes ayant déposé un dossier de demande de logement.

Cependant, Mirella Boretti n'aimait pas le lac, elle ne voulait pas vivre sur les rives de quelque chose, cette expulsion de la ville leur pesait, à elle et ses filles, et elle cherchait quelqu'un disposé à faire un échange à durée déterminée, sans remettre en question l'attribution officielle, juste par un accord tacite, avec un document à usage privé, elle paierait les factures de l'appartement romain, nous celles du HLM, elle vivrait sur le corso Trieste et nous à Anguillara, et toutes les deux – Mirella et ma mère – resteraient en contact pour les charges supplémentaires, grâce à quelques arrangements ici et là avec les relations de Mirella personne ne viendrait vérifier ni ne se mêlerait de cette histoire.

Alors ma mère, qui avait toujours été fidèle à ses devoirs et avait réussi à maintenir l'équilibre entre légalité et illégalité en essayant d'éviter tout faux pas irrémédiable, avait signé ce bout de papier et avait confié l'appartement du corso Trieste à Mirella Boretti veuve Mancini.

Bref, celle-là, elle sous-loue notre appartement, me dit Antonia après avoir résumé au mieux les passages clés de cette histoire. Si elle le sous-loue, elle s'en met plein les poches, parce que c'est un appartement qui coûte cher.

Antonia se triture les doigts, elle les serre jusqu'à ce que leur extrémité blanchisse, puis de sa main ouverte elle assène une claque à la table, elle sait qu'elle a commis une erreur et elle sait que si les erreurs de la plupart des gens sont pardonnées, ce n'est pas le cas des nôtres, quand on commet une erreur en bas de l'échelle, on paie le double, on n'a pas de filet de sécurité, pas de connaissances, pas d'argent pour se payer une absolution.

Pendant plusieurs semaines, Mirella Boretti ne répond pas au téléphone quand ma mère l'appelle, ou elle se fait passer pour quelqu'un d'autre, sa sœur, sa fille, puis, quand Antonia arrive enfin à lui parler, ses réponses sont vagues et laconiques, elle affirme qu'elle habite au corso Trieste, ou plutôt que ce sont ses filles qui y habitent, pas de loyer, pas d'entourloupe, mais alors si ce sont vos filles qui y habitent, vous habitez où, vous ? La dame explique qu'il y a un malentendu, elle y habite avec ses filles, elles sont ensemble, bien sûr, elles sont ensemble.

En l'espace d'un mois, Mirella Boretti réapparaît dans la cour de l'immeuble du corso Trieste, la concierge rassure ma mère, ce n'était qu'un pressentiment infondé, peut-être que la dame s'était absentée pour son travail, ou qu'elle était chez sa sœur qui est souvent malade, elle a beaucoup de sœurs, elles habitent toutes loin, elle est désolée de nous avoir inquiétés.

Ma mère se laisse convaincre et, en un rien de temps, le corso Trieste redevient un bourdonnement en arrière-plan, la rumeur d'une inquiétude à mettre sous clé, et moi-même je l'oublie.

Dès le 1er décembre, je décore l'appartement et me lance dans une guerre d'usure pour épuiser ma mère et la pousser à capituler : cette année nous fêterons Noël décemment, il y aura des gâteaux, des jeux de cartes, un rôti et, surtout, des cadeaux. Mariano et mamie seront nos invités, et nous serons tous assis ensemble, comme des saints et des conjurés.

Les arbres des squares sont nus et, avec l'aide d'Ours, j'arrive à récupérer une branche morte assez longue pour faire office de sapin de Noël, il apporte une scie et je monte la garde, je m'assure que personne ne remarque ce vol.

Mes pensées d'enfant à propos de la cueillette des roses qui dépassent des haies des autres me reviennent à l'esprit comme une gifle, mais je tends l'autre joue face à la satisfaction d'accomplir un geste que ma mère qualifierait de scandaleux.

Ours demande s'il peut m'aider à la monter chez moi et je réponds que non, je me débrouillerai seule.

J'installe la branche à côté de l'entrée et la décore avec tout ce qu'il y a de rouge dans l'appartement, chaussettes, rubans, élastiques à cheveux, chiffons, nœuds, ainsi que des bonshommes et des étoiles découpés dans du bristol blanc.

Quand elle rentre le soir, Antonia la fixe et éclate de rire, elle dit qu'elle n'a jamais rien vu d'aussi moche.

Iris trouve une guirlande électrique mise au rebut dans la cave de son grand-père, elle est la seule à qui j'ai fait part de mon plan de réappropriation du 25 décembre, et elle est maintenant ma complice dans l'organisation de cette sainte fête.

Les ampoules de la guirlande ne marchent pas toutes, quelques-unes grillent dès que nous la branchons, mais elles sont assez nombreuses pour créer une ambiance, alors quand Iris vient chez moi nous l'enroulons stratégiquement autour de la branche et sur le bord du canapé, qui est rose saumon, il a perdu sa couleur vermeille initiale au cours des nombreux lavages obsessionnels de ma mère.

Nous constatons, satisfaites, qu'il ne manque plus grand-chose pour atteindre notre objectif : il faut des cadeaux. Je mets immédiatement dans le lot celui que j'ai reçu de Luciano, très facilement réemployable puisqu'il s'agit d'un gros pull vert bouteille deux fois trop grand pour moi, ce n'est même pas lui qui l'a choisi, il se l'est fait rapporter par sa mère de leur boutique dans le quartier Parioli sans se soucier de la taille de mes épaules, de mes hanches, de mon ventre : il sera parfait pour Antonia.

Nous avons plus de difficultés pour les autres, comme je ne suis pas habituée à leur offrir quoi que ce soit je ne me suis jamais demandé ce que les membres de ma famille aiment ou pas, je n'ai jamais pensé devoir leur faire plaisir, éviter les doublons dans leur garde-robe, mettre de l'argent de côté pour les étonner. Finalement, nous optons pour des accessoires en laine, tricotés par la grand-mère d'Iris : une écharpe pour Mariano, une écharpe pour chacun des jumeaux, et pour mon père, afin de lui éviter l'affront de recevoir quelque chose qu'il ne portera jamais, un gilet orange au col en V.

Iris fait des paquets avec le papier du journal *Il Manifesto* trouvé dans la poubelle de la cuisine, dont les pages épargnées par les traces de salade nous semblent adaptées à nos fins.

La veille des vacances de Noël arrive et nous organisons les deux semaines à venir, avec le projet de nous retrouver pour jouer aux cartes et au loto, aller sur la jetée et à la fête foraine, nous faire offrir un verre de prosecco pour le Nouvel An, nous sommes impatientes de retrouver les jeux de regards de la fin août, la complicité, les corps qui se reniflent, l'électricité des futilités.

Les mois précédents, la bande n'a pas eu beaucoup d'occasions de se réunir, la fin de l'été nous est tombée dessus, et la rentrée a balayé les journées au lac et les lectures au soleil, les équilibres ont changé, j'ai le pressentiment que nous ne repasserons plus jamais un été entier tous ensemble.

Et c'est justement en mémoire de ce passé récent qu'Iris et moi nous consacrons avec un soin poignant aux préparatifs de ces vacances, qui ont le droit d'être parfaites et lumineuses, ainsi nous passons plusieurs heures à choisir notre toilette pour la fin de l'année, et je n'éprouve aucune répulsion à la voir debout devant mon placard, en train de passer en revue mes quelques vestes et mes pulls.

Celui-là, il serait parfait pour le soir du Nouvel An, dit-elle en souriant, et elle me montre un T-shirt avec le S rouge de Superman, elle le secoue et le lisse, il était en boule par terre dans mon placard.

Je ne ris pas, je le lui enlève des mains et le jette là où il était.

Ce T-shirt est un cadeau de Carlotta, elle en avait acheté trois pareils, un pour moi, un pour Agata et un pour elle, s'amusant à nous appeler super-héroïnes et parlant de nos pouvoirs : savoir voler, charmer du regard, transformer le bois en or.

Il est horrible, dis-je, tranchante, et je referme le placard avec une brutalité excessive.

Le nez de mon frère m'est inconnu, ce n'est plus l'élément majeur de son identité, mais un détail ordinaire, la présence quelconque d'un grain de beauté ou d'une tache de rousseur. Quant à lui, j'ai l'impression qu'il a rapetissé dans son corps mémorable, comme si j'étais une adulte devant les objets de l'enfance, les tables, les chaises, les immeubles autrefois perçus comme gigantesques et qui ont à présent l'aspect de dociles phalènes, de scarabées.

Mariano fixe la porte du placard où j'ai collé des lettres découpées dans les journaux de papa, j'ai composé mon prénom en différentes formes et couleurs, quatre fois.

Moi, moi, moi, moi. Peut-être pour essayer de l'apprécier, pour l'imaginer opportun et non comme une étiquette que ma mère a choisie et m'a donnée, commettant une grossière erreur.

Les objets sont loin, la vie de Mariano s'est retirée de leurs surfaces, le drap de ses jours est étendu ailleurs, ici il ne reste que son ombre grise, la fumée dissipée de son passage.

Il s'assied sur le lit où il dormait naguère puis se relève aussitôt, frotte son pantalon comme s'il était sale ou si quelque chose l'avait contaminé : notre fraternité est gluante, encombrante.

Pourquoi tu l'as pas enlevé ?

Parce qu'il est à toi.

J'habite plus ici.

Je fais une grimace qui écrase sa clarté, son envie cristalline de me confronter à la vérité. Pour moi, ce lit attend, se tient prêt pour son retour, pour le soir où il changera d'avis et aura de nouveau envie de séparer notre chambre en deux avec un drap, d'être encore la moitié de ma place, de regarder par notre fenêtre, de jeter des regards et des chaussettes dans les coins.

J'ai appris pour ta copine, me dit-il, et je remarque qu'il s'est fait percer l'oreille, un anneau d'argent pend à son lobe gauche, son visage semble avoir vieilli de plusieurs années, être chargé d'expérience et de vent.

Quelle copine ? je demande, et j'attrape ma brosse sur la table de chevet, je me consacre à mes cheveux avec un soin opiniâtre, me préparant au déjeuner de Noël comme si c'était ma communion.

Celle qui s'est tuée.

Je n'interromps pas mon mouvement, obstinément je passe et repasse la brosse sur une mèche ébouriffée, j'essaie de défaire mes nœuds, de faire glisser les soies et mes doigts.

On n'était plus copines, dis-je dans une tentative de liquider la conversation, elle doit s'écouler dans une autre direction, se déverser dans l'évacuation.

L'enterrement a eu lieu et je n'y suis pas allée, à son lycée ils ont organisé un événement en sa mémoire et je n'y suis pas allée, Agata m'a proposé de l'accompagner chez Carlotta pour parler avec ses parents et je n'y suis pas allée, pour moi sa mort n'existe pas, je m'y soustrais parce qu'elle m'est intolérable, je déteste la culpabilité injuste qu'elle m'a laissée, je déteste la théâtralité de son geste, je déteste l'affectation avec laquelle les autres en parlent, je déteste l'hypocrisie de ceux qui se découvrent solidaires avec quelqu'un qu'ils n'ont jamais, je dis bien jamais, aimé avant sa mort, je déteste ces gens qui cherchent des explications à tout, qui enquêtent sur les morts jeunes dans leurs détails les plus intimes et les plus infimes : la couleur de son vernis, le T-shirt qu'elle portait, la taille du sachet avec lequel elle s'est étouffée.

Depuis des mois Anguillara murmure et manipule, invente contes et démons, retrace toutes les étapes du triste fait divers, de long en large, depuis ses amies qui comme moi lui ont tourné le dos jusqu'à ses notes en italien, jusqu'aux hommes qui lui écrivaient des messages obscènes et violents, jusqu'aux photographies de corps nus trouvées dans son ordinateur, jusqu'à l'expression qu'elle avait dans la mort, jusqu'au nombre de fois où elle se masturbait avant de s'endormir. Les gens vampirisent la mort, ils sucent sa dignité jusqu'à la moelle, les gens se pressent à l'enterrement pour pouvoir dire qu'ils y étaient et pleurent quelqu'un dont ils n'avaient rien à faire. Dix, vingt, trente personnes sont venues me demander pourquoi, me demander comment ça se fait, me demander et toi comment ça va ? Et moi j'ai répondu très bien, je vais très bien et je ne sais rien.

Carlotta est maintenant suspendue au-dessus de ma tête, épée prête à s'abattre, hache du bourreau, la nuit je rêve qu'elle veut me raconter ses secrets et puis sa voix s'éteint et elle devient un monstre noir, une harpie, un puits insondable. Carlotta a avalé tous les secrets, les faux, les vrais, ceux inécoutés.

Pourtant vous vous voyiez souvent avant, non ? J'ai l'impression que ça a été un coup dur pour toi… parce que tu me l'as pas dit au téléphone, je l'ai su par d'autres.

Il y avait pas grand-chose à dire, elle est morte, elle s'est suicidée, j'ai rien à voir avec ça.

Je sais que t'as rien à voir avec ça, et alors ?

Viens, on rejoint les autres, dis-je en abandonnant brusquement ma brosse. J'ai même réussi à convaincre Antonia de préparer un rôti, ça fait des semaines que j'organise ce Noël, s'il te plaît on pourrait éviter de parler pour la énième fois de la morte ?

J'entends ma voix se faire acide, mes mains s'acharnent à lisser des mèches de cheveux déjà lisses, puis je mets mon serre-tête des grandes occasions et je me tourne pour regarder mon frère.

Mariano est un excellent lecteur, il a toujours su interpréter mes sautes d'humeur, mes occasions manquées, mais à présent, après ce temps qui nous a séparés, je suis un mystère pour lui, il me scrute et se touche le menton, il se lève presque sur la pointe des pieds, je lis dans ses yeux l'envie de m'ouvrir de la gorge aux ovaires, de regarder ce qui se cache à l'intérieur.

Je pourrais le lui dire, moi, quelqu'un l'a déjà compris : mon ventre n'abrite que des pierres.

Je te comprends pas, Mariano veut me demander avec ces mots ce qui se passe, ce qu'il reste de moi, ce que j'ai expulsé, pourquoi je ne me libère pas de certains poids et insignifiances, pourquoi je ne pleure pas, je ne trépigne pas, pourquoi je ne regrette pas, me demander si quelque chose est en train d'exploser en moi et à quel endroit.

Je passe devant lui et ouvre la porte, j'entends ma mère s'affairer en cuisine, la table est mise, la guirlande est allumée, ma branche de Noël n'est pas très élégante mais elle est là, on sent sa présence, elle leur impose à tous de se souvenir qu'aujourd'hui est un jour de fête, chacun d'eux doit s'employer à ce qu'il le reste.

Ma grand-mère est petite et très maigre, mais exigeante et dynamique, elle suit toutes les préparations de ma mère et contrôle ses mouvements, du choix du plat à la quantité de sel, de l'ajout des épices au service des assiettes. Ma grand-mère dit qu'elle a arrêté de se teindre les cheveux depuis quelques années parce que c'était de l'argent jeté par les fenêtres, pourtant c'est une grand-mère jeune, vus de l'extérieur nous le sommes tous, de ma mère aux jumeaux en passant par ma grand-mère et Mariano, mais au fond nous nous sentons les gardiens de beaucoup de vieillesses, de longues vies. Moi je crois qu'elle a arrêté de se faire des couleurs depuis que Mariano habite avec elle, elle ne veut pas qu'on la prenne pour sa mère.

Papa ! Je l'appelle à voix haute et retire un rat en peluche des mains de Maicol, je lui intime de s'asseoir, à lui et à tous les autres, j'allume une bougie rouge au milieu de la table avec une allumette, puis je les regarde : nous sommes si peu habitués à être tous ensemble que la table paraît petite, les chaises craquent.

Mon père semble sur le point de se mettre à pleurer, il a vraiment le visage d'un homme qui murmure et larmoie, l'apparition de Mariano l'a déstabilisé et empêtré dans ses terreurs : il appréhende le moment où Mariano repartira. Leur tendre jeu de regards entre non-père et non-fils est presque inquiétant, il sous-tend une affection entre personnes incapables de se la communiquer, entre personnes qui ne trouveront jamais les mots.

Bon, on attaque, il y a plein de choses à manger, nous incite mamie, et elle découpe les portions avec ma mère, nous distribuant du gratin de pâtes et conseillant de ne pas y aller trop fort parce qu'après il y a le rôti et les pommes de terre, et puis les gâteaux et les fromages, on a fait les choses en grand, comme il faut.

Notre Noël dure une demi-heure, et comme il est arrivé il disparaît.

Ça veut dire quoi, que tu veux pas voter ? dit ma mère.

Elle a fini sa tranche de rôti, elle en a demandé une petite car elle sent comme une pierre, une nervosité calcaire au creux de son ventre.

Ça. Que je veux pas voter, ça sert à rien, lui répond Mariano.

Les sujets de conversation autour de la table s'éloignent cruellement de mes brillants résultats scolaires, du club de canasta de ma grand-mère, de l'installation électrique défectueuse à l'école des jumeaux, du fait que papa veuille jeter toutes ses vieilles cravates, même celle à rayures vertes et rouges de leur mariage.

C'est un privilège de voter, déclare Antonia, et elle est déjà toute raide, je vois sa mâchoire ruminer à vide.

Maicol dit : je peux laisser des patates ? Il y en a trop.

Tout est un privilège pour toi, tu nous racontes cette histoire depuis toujours. Aujourd'hui voter c'est inutile, en plus pour qui je pourrais voter ? Mariano mâche la bouche ouverte, le jus de viande dégouline sur le côté de son menton, à l'endroit où ses lèvres se sont affaissées.

Pour ceux qui sont le plus à gauche, marmonne Antonia et elle brandit la main en question, me giflant presque le coude au passage. Toi, tiens-toi mieux, s'il te plaît. T'es pas toute seule à table.

Je resserre mes coudes et fixe l'emballage du *pandoro*, je me dis que c'est une bonne idée de me lever pour l'ouvrir, de remplir l'enveloppe de sucre, de faire diversion, et c'est ce que je fais, je me lève, je dépose mon assiette dans l'évier.

Tu vas où ? On a pas fini la viande, ma mère lance un regard à Massimo comme pour lui demander de rétablir l'ordre mais il est figé, il a arrêté de manger depuis un bon quart d'heure.

Maicol : je peux les laisser ?

Et c'est qui ceux qui sont le plus à gauche ? réplique encore Mariano.

Ben, il y en a, regarde les listes, cherche Rifondazione comunista. Tu vas te rasseoir, oui ? Les phrases d'Antonia font du ping-pong entre mon frère et moi, j'ouvre le *pandoro* pour la distraire. Si j'improvise une danse ou je déclame un poème, je les duperai, nous recommencerons peut-être à nous supporter, à nous tolérer.

À gauche y a plus personne, m'man. Le type qui gouverne, il détient les télés et les journaux, il va aux putes et il ressemble à une caricature. Mariano ricane, amer, et continue de mâcher le même morceau de viande, il doit être insipide maintenant, il doit ressembler à du carton d'emballage.

Moi je fais *strac* et *strac*, j'ouvre le sachet du gâteau.

Tu vois pas qu'on en est encore à la viande ? Si tu votes pas, à ton avis qui va gouverner ? De quoi tu te plains, si tu votes même pas ? Antonia essaie de toucher mon bras pour me faire rasseoir, et mamie me fait signe d'arrêter.

Maicol : je peux les laisser, m'man ? Hein ?

J'ai rejoint un groupe anarchiste, les anarchistes ils votent pas, y a d'autres façons de faire de la politique, Mariano avale sa bouchée et boit du vin rouge pour la faire passer. Il se sert de la bouteille qui est devant Massimo, il se penche au-dessus de la table et un bout de son T-shirt trempe dans le jus de viande resté dans son assiette, il s'en aperçoit pendant qu'il boit et éponge avec sa serviette.

J'ouvre le sachet de sucre, chez nous on n'aime pas les fruits confits ni le chocolat, mais on aime beaucoup le sucre glace.

Ma mère lâche sa fourchette dans son assiette, mais elle ne lâche pas son couteau, elle le tient fermement, elle s'en sert comme d'une baguette, elle est cheffe d'orchestre, elle dirige son mécontentement, la symphonie de sa rage.

Ah, bien, après les manifs et la police chez mamie, maintenant t'as décidé de mettre directement le feu aux gens. Tu te rappelles qui t'a sauvé les fesses la dernière fois ? C'est moi.

La lame d'Antonia fend l'air, elle a le front plissé, pâle, les tempes moites. J'ignore tout de ce qui se passe à Ostie, je sais juste que Mariano aime les établissements balnéaires fermés en hiver, les dunes de sable de Torvaianica, le plongeoir du Kursaal qui domine la piscine, vide en cette saison, les cabines en bois malmenées par la pluie et le vent.

Tu racontes que des conneries. T'y connais que dalle à l'anarchie, et à la gauche non plus, tu connais rien de rien, tu commandes du haut de ta sacro-sainte ignorance, tu crois que tu peux donner ton avis sur tout, Mariano s'acharne avec sa serviette, encore et encore, sûr que la sauce marron disparaîtra de son T-shirt blanc, comme ça, par enchantement.

Mamie dit que l'histoire avec la police c'était pas grave, Maicol se renseigne sur les patates, je verse le sucre dans le sachet du *pandoro* et commence à le secouer, je le secoue n'importe comment, je veux que chaque centimètre du gâteau en soit couvert, de manière homogène, de manière absolue.

Il manquait plus que tu minimises, dit Antonia à ma grand-mère, puis à mon frère : je suis ta mère et j'ai le droit de commenter ce que tu fais ou pas. T'étudies pas, tu travailles pas, tu votes pas et je supporte pas que tu prennes cet air, ton air de monsieur je-sais-tout.

Massimo regarde la bouteille de vin à moitié vide, puis moi, puis de nouveau le vin, s'il le pouvait, maintenant plus que jamais, j'en suis sûre, il prendrait ses jambes à son cou.

Maicol : m'man, je peux les laisser ?

Mamie me fait de nouveau signe d'arrêter, elle me fait les gros yeux, mais je n'arrête pas.

Je lis ce qui me chante, j'ai pas besoin des cours, et je travaille au bar d'un squat, Mariano continue de faire semblant d'être assis seul à cette table avec ma mère, mon secouage frénétique de sachet ne le dérange pas, pas plus qu'il n'éveille sa compassion.

*Poum, poum*, je me déchaîne au rythme d'une musique imaginaire, guidée par mon sens du rythme, je voudrais chanter quelque chose, un chant d'église, un chant de Noël.

C'est pas un travail, c'est un emploi illégal, dans un bâtiment qui part en miettes, tu crois que je suis née de la dernière pluie ? J'étais dans ce monde avant toi et je connais les endroits, et les gens qu'on y trouve, Antonia regarde sa fourchette et les pommes de terre, elles ont séché, elles sont dures.

Roberto hausse les épaules à l'intention de Maicol, comme pour lui dire qu'à son avis il peut les laisser, c'est peut-être risqué mais ça se tente, même si maman n'a pas donné sa permission.

Mamie dit que c'est vrai, Mariano lit beaucoup.

Tu sais ce qui est triste, à mon avis ? Que quelqu'un comme toi, qui a participé aux meetings de quartier, aux grèves pour le logement, qui s'est battu contre les services municipaux, qui travaille au noir, qui fait le ménage chez les riches, vienne me dire ce qui est illégal. Tout ce qui est légal n'est pas juste, et tu le sais bien.

Ma mère regarde ma grand-mère comme si c'était une intruse, le spectre d'un ennemi vaincu à la guerre.

Pendant ce temps, je passe en revue les chansons que je connais, et je me rends compte qu'il y en a peu, je n'ai pas de répertoire pour les festivités, ni une bonne voix pour le chœur, mais des cordes vocales friables, peu habituées à être utilisées.

Tu sais pas ce que ça veut dire être en dehors de la légalité, tu le sais pas parce que c'est moi qui t'ai élevé, qui t'ai sauvé, qui t'ai sorti de ce monde-là en faisant le ménage chez les riches. L'anarchie... tu vas finir par faire exploser des colis à la poste, moi des choses pareilles j'en ai jamais fait, jamais, je me suis battue et j'ai réussi à avoir un logement plus décent, un endroit plus décent, tu comprends ? Antonia se lève et, de son couteau, elle dessine dans l'air son mépris et de perfides gribouillis.

Moi, je continue à agiter dans tous les sens le gâteau que j'ai asphyxié de sucre, et je pense au visage de Carlotta enfermé dans un sachet, avec ses lèvres violettes et ses yeux exorbités.

Roberto enlève la fourchette des mains de Maicol, comme pour lui dire que oui il peut laisser les patates, personne ne s'en prendra à lui et je les envie, eux qui sont toujours deux et inséparables.

T'as pas l'air de t'en souvenir, mais on était là nous aussi, c'est de cette vie-là qu'on vient, qu'est-ce que t'imagines ? Qu'on va mettre nos petites tenues de bourgeois, aller dans les bahuts cotés, se lever quand il faut, devenir profs ? Je me bats là où tu t'es battue, pour les mêmes choses, et t'es pas fichue de l'accepter, Mariano se lève lui aussi, avec son T-shirt taché, ses lèvres luisantes de gras, son nez crochu.

Massimo fait un geste comme pour dire calmez-vous, et ma grand-mère porte une main à sa bouche.

Maicol : je peux les laisser ? On a fini de manger ?

J'ai fait des sacrifices pour vous, tu piges ? J'étais une gamine avec quatre gosses et sans toit, je me suis démenée pour vous, la voix de ma mère est forte mais liquide, ses mots sortent mouillés.

Personne t'a demandé ces sacrifices, personne, Mariano élève la voix, son visage est déformé par l'effort, les veines de son cou sont saillantes.

Je dois me dépêcher avec ce sucre, je dois arrêter de penser à autre chose, je dois aller jusqu'au bout, sauver Noël, nous sauver, tous. Je redouble d'efforts, et *poum poum*, le *pandoro* s'effrite, le sachet pourrait s'ouvrir.

Vous vouliez grandir là-bas? Cet endroit-là c'est une prison, c'est dur d'en partir, t'imagines pas ce que ça a été, tu devrais bûcher comme ta sœur, tu devrais trouver un vrai travail, pas comme le mien, pas comme celui que ton père faisait, un vrai travail, où tu as un contrat, où tu cotises pour la retraite… un vrai travail…

Antonia commence à déborder mais elle ne sanglote pas, n'essuie pas son visage, ses larmes coulent l'une sur l'autre, elles tracent de longues stries sur ses joues et sur ses lèvres.

Massimo laisse aller sa tête contre le dossier de son fauteuil, ma grand-mère a caché son visage derrière sa main et n'a plus changé de position.

Maicol: maman, qu'est-ce que t'as?

Depuis qu'on est partis de là-bas, notre famille n'a plus aucun sens, tout est fini, conclut mon frère et il nous entraîne vers le fond, il nous fait sombrer.

Le sachet éclate, part en morceaux, et le nuage de sucre glace explose dans la cuisine, sur les verres, les restes de viande, les légumes, il couvre les décorations, éteint les bougies, fait éternuer les enfants.

Le *pandoro* est par terre et personne n'a ouvert son cadeau.

## 8

## QUEL GOÛT A L'EAU DU LAC ?

JE DÉCOUVRE ANGUILLARA par étapes, par rencontres, par périodes : ses petites places, ses piscines, ses galeries, ses ponts étroits sur ses maigres rivières, ses routes goudronnées, les maisons entassées de sa partie ancienne, sa place à côté de la jetée, sa promenade le long du lac, son église collégiale, ses croisements sans feux de circulation, sa bibliothèque, son cinéma en plein air, chaque endroit a été découvert, chaque endroit appartient à une de mes saisons.

Depuis que je parviens à faire du vélo sur la route, il m'arrive souvent l'après-midi de traverser la grand-route d'Anguillara pour emprunter les rues de la zone résidentielle, je repasse en pédalant à côté de la maison abandonnée, je descends aux terrains de foot devant l'hôtel avec piscine, je tourne à droite vers les routes de campagne et, de là, je remonte, je longe la colline au flanc parsemé de quelques maisons jaunes et d'une blanchisserie, je débouche au niveau du cimetière et le dépasse, et alors je peux choisir entre m'enfoncer dans la vieille ville ou m'arrêter à la bibliothèque, attacher mon vélo, entrer, demander à Tiziana la bibliothécaire si elle a quelque chose pour moi : je n'espère plus que la bibliothèque achète les nouveautés au fur et à mesure des publications en librairie, je suis maintenant habituée aux étagères humides, celles du sous-sol, c'est là, dans l'obscurité, que tous mes livre m'attendent.

Durant les mois les plus rigoureux de l'hiver, par certains jours lumineux j'enfile deux paires de gants et trois paires de chaussettes et je sors, j'emprunte la grand-route tout droit jusqu'au lac, puis je ralentis et je continue de pédaler en regardant les maisons qui surplombent la rive, les villas au crépi couvert de lierre, les restaurants pleins le dimanche, les gens venus de Rome pour manger des filets de brochet frits, les gens qui se couchent au soleil pâlot, les barques amarrées sur la plage, les cailloux, les plumes, les canalisations, les toilettes publiques toujours fermées, les rambardes où les enfants s'assoient, la promenade souvent remplie de vendeurs ambulants qui proposent des colliers et des pots en terre cuite, puis je fais demi-tour et reprends la montée, je ne m'arrête même pas boire un café, je passe devant la salle de jeux et la station-service, je poursuis tout droit, haletante et en nage, je risque d'attraper froid.

Il m'a fallu ces heures interminables, ces journées traînant en longueur pour réussir à m'approprier un peu cet endroit, cesser de me sentir tout juste arrivée, en retard sur les mythes fondateurs, les légendes et les géologies.

Les gens d'ici te jaugent en fonction de ton degré d'appartenance.

Les plus aimés et les plus respectés – à part les médecins conventionnés – sont ceux qui naissent dans les familles d'agriculteurs, les trois ou quatre familles qui habitent ici depuis des générations et possèdent des terres et des exploitations agricoles, des centres équestres, des magasins de vente au détail de viande, d'huile et de légumes.

Ensuite viennent ceux qui, à un moment donné, ont préféré Anguillara aux villages voisins et sont parfois là depuis deux générations seulement, ils ne sont pas les gardiens des histoires les plus anciennes, ils ont appris par cœur les noms des lieux et la raison de ces appellations, mais ce ne sont pas eux qui les ont baptisés, généralement ils ont construit, ils ont investi de l'argent dans le développement de l'endroit, qui grâce à eux est passé du statut de bourgade à celui de petite ville, ils possèdent des supermarchés et des stations-service.

Après, il y a ceux qui sont venus de Rome, souvent des petits-bourgeois lassés du chaos de la ville, des employés et des fonctionnaires qui grossissent les rangs des abonnés aux allers-retours quotidiens, leurs enfants sont scolarisés à Rome, pour eux Anguillara est une villégiature fixe, ils n'ont pas d'amis ici, ils ne vont que rarement se promener le long du lac, mais ils font creuser des piscines dans leur jardin et organisent des fêtes et des barbecues sous leurs porches et leurs pergolas.

Au même niveau qu'eux il y a nous, ceux qui ont fui Rome parce que la capitale était devenue trop chère, nous avons des appartements loin du lac, trois pièces cuisine, des salons petits mais bien rangés, une voiture par famille – dans le meilleur des cas –, nous travaillons souvent sur place, nous trouvons des emplois dans les magasins, les boulangeries, au supermarché ou dans les maisons des autres, nous ouvrons des salons de coiffure et des papeteries.

Derrière, il y a les étrangers riches – les Allemands, les Hollandais, les Anglais – qui ont acheté les maisons les plus anciennes, les plus haut perchées, et les ont rénovées, ils en font des chambres d'hôtes ou bien ils y habitent à l'année, certains sont retraités, d'autres ont ouvert de minuscules boutiques d'artisanat, d'autres encore travaillent à l'Agence nationale italienne pour les nouvelles technologies, l'énergie et le développement durable sur le site de Casaccia, ils sont biologistes, chercheurs, ils ne voient que le meilleur d'ici : les fresques dans les églises, l'aube sur le lac, les plongeons depuis les rochers, la neige dans les venelles ; parmi les moins appréciés, les envahisseurs, ils sont le haut du panier, les gens du coin se moquent de leurs initiatives culturelles, de leur école de musique, de leur théâtre, de leurs lectures publiques.

Les derniers, les moins aimés, ce sont les étrangers qui viennent chercher un travail rudimentaire, ou qui vendent sur les trottoirs les objets fabriqués de leurs mains, eux, on leur réserve des coups d'œil soupçonneux et des phrases affûtées. Depuis des années, des familles étrangères – polonaises, roumaines et albanaises – se sont installées en ville et dans les villages, des familles comme la mienne, composées de gens qui travaillent dur du matin au soir et qui ont réussi à louer des appartements ici, ils ont trouvé des emplois de maçons, jardiniers, domestiques, serveurs, cuisiniers, on raconte des histoires sur leur compte, on répand des calomnies.

Pendant longtemps, Agata m'a tenue informée de tous les méfaits accomplis par “ces gens-là”, si le toit d'une grange tombait, si les rues étaient sales, si le travail venait à manquer à la campagne, si un chien de berger disparaissait, si c'était dangereux de traîner la nuit, si des bouteilles de bière flottaient à la surface du lac : tout était leur faute. Un des meilleurs racontars, qui revenait chaque année, voulait qu'un Roumain soit mort après s'être éloigné, ivre, sur un matelas pneumatique, il s'était noyé, le lac avait accompli sa vengeance.

À partir du moment où elle a entendu dire que des hommes, albanais selon la rumeur, faisaient le guet à la sortie des collèges et des lycées pour enlever les jeunes filles, les forcer à monter dans des bus pour les emmener se prostituer Dieu sait où, Agata est devenue parano pendant presque un an. Quand nous sortions de cours, elle tendait le cou et jetait des regards furtifs dans toutes les directions, elle repérait chaque fourgon garé et chaque visage inconnu, elle me demandait : c'est qui, celui-là ?

Quand j'ai raconté cela à Antonia, en lui demandant si c'était vrai, si nous courions ce risque, elle m'a répondu que c'était une bêtise et que nous allions devenir des femmes peureuses, qui passent leur temps à attendre l'arrivée d'un fantôme et sont incapables de faire face aux vrais dangers, aux vraies crises.

Peut-être qu'il en est allé ainsi, entre nous autres gamines, nous avons nourri nos peurs, amplifiées par les affaires nationales, les enlèvements et les supplications déchirantes de parents, les jeunes filles trouvées mortes dans les zones industrielles, les cuisses maigres et pâles des jeunes femmes obligées de racoler les passants le long des routes de campagne, les caravanes entrevues aux abords de la ville, transformées dans notre imaginaire en repaires de crimes et de fléaux.

Je me conforme aux peurs des autres si nécessaire, j'ai vu et je vois mes copines se tourmenter pour des inepties, frissonner au premier rire ou au premier commentaire prononcé dans un italien incorrect, aux regards dans la rue, alors comme elles je me garde d'y répondre, comme elles je décide qui est étranger ou pas, qui mérite de l'attention ou pas.

Après plusieurs années passées ici, les gens savent qui nous sommes, nous existons dans cet endroit, on nous salue dans la rue, nous avons récuré notre image, peu de traces nous maculent encore, quelques beignes données par Mariano, Carlotta qui s'est étouffée, l'ours gagné au tir, à part ça on ne jase pas sur notre compte.

Juchée sur cette marche minuscule, je me sens soulagée, depuis ma position de surplomb je suis heureuse d'établir des distances et de m'assurer que les différences sont bien identifiées.

Qu'importe si les autres coulent, si on leur attribue des torts aussi fantaisistes que fictifs, ce qui compte c'est que je sois à flot, que j'affleure à la surface.

Un seul bar reste ouvert le soir même en hiver, il est sur un côté de la place de la jetée, depuis deux ans il a changé de propriétaires et la famille qui l'a acheté l'a rénové, elle a troqué les vieilles tables en plastique contre un mobilier moderne et carré, elle a installé des écrans, repeint les menuiseries, investi dans des machines pour faire des glaces. Au début, quoique originaires d'ici, les nouveaux propriétaires ont été étudiés de loin dans leur mission de modernisation du bar, à présent, après de longues journées désertes, il est toujours plein, surtout les week-ends, ils ont gagné en partie grâce à leur entêtement, en partie par nécessité.

C'est samedi soir et, bien qu'assise à l'intérieur du bar, je n'ai pas encore enlevé mon blouson, j'ai les mains gelées à cause du trajet en scooter, et je n'ai mis que du mascara, oubliant d'exagérer sur le fard à paupières noir, je me sens nue et bonne à être raillée.

Iris n'a pas pu sortir parce qu'elle s'est disputée avec sa mère, je suis avec Dafne, Ramona, Ours et le Grec. Ils boivent de la bière en bouteille, moi une limonade, quelques garçons qu'Ours connaît arrivent et ils se mettent à parler du match de foot du Sabazia qui a eu lieu dimanche dernier. Il y a deux équipes locales, la première réservée à ceux qui savent jouer et participent au championnat de cinquième division, l'autre, celle où joue Ours, est l'équipe des cas désespérés, des bagarreurs, des deux pieds gauches, des ratés. Dimanche, ils ont joué et ils ont perdu, après le match, dans les vestiaires, le capitaine a sanctionné le gardien en faisant claquer la porte du casier sur sa main, quelqu'un la tenait bloquée et l'autre ouvrait et fermait, ouvrait et fermait, pour lui casser les doigts.

La conversation m'ennuie rapidement, comme tous les malheurs des autres, j'ai déjà les miens qui m'habitent et s'agitent, alors je me lève, j'annonce que je vais faire un tour et refuse la compagnie de Ramona et Dafne.

J'enfonce mes mains dans mes poches et je rabats la capuche de mon blouson, l'humidité froide qui monte du lac me transperce, je lève les yeux et vois la collégiale illuminée au-dessus des habitations. Je n'y monte pas souvent, parce qu'on ne peut pas y aller à vélo, les côtes sont raides, les pavés glissants et souvent irréguliers, on a vite fait de se retrouver par terre.

J'entre dans la vieille ville et gravis le long escalier de pierre qui, de la place du lavoir, conduit jusqu'au sommet, devant la mairie et l'ancienne bibliothèque. La mairie est éteinte et on entend le gargouillis paisible de la fontaine aux deux anguilles, j'ai le souffle court et il n'y a personne alentour, les bars et le bureau de tabac sont fermés, alors je reprends mon chemin en direction des lumières qui inondent la façade de l'église.

En montant, je me dis que je suis sur le parcours des mariées, toutes les filles qui se marient veulent que la cérémonie ait lieu en haut, dans la vieille église, mais pour cela elles doivent marcher avec leurs talons aiguilles dans des ruelles et des venelles, on ne compte plus les histoires de mariées tombées, de chevilles foulées, de membres de la famille âgés victimes d'un malaise dans la rue, sous le soleil de plomb.

Je vois un chat albinos déboucher d'une ruelle latérale, je le fixe et remarque son pelage rare sur ses oreilles rosées et déchiquetées, ses yeux rouges où se reflètent les réverbères, sa fourrure très blanche, spectrale ; et je le suis, je m'écarte de la montée, je redescends entre les maisons, beaucoup de fenêtres sont déjà éteintes, le linge étendu a été rentré parce que le ciel a grondé dans l'après-midi, le chat court puis s'arrête, court puis s'arrête, il semble me scruter dans le noir.

Patiemment, je continue de suivre ses déplacements, hâtant le pas pour ne pas le perdre, je passe devant un escalier envahi de plantes grimpantes, un tableau de la Vierge enchâssé dans le mur d'un palais, je tâche de ne pas marcher sur les pots à côté des portes, de ne pas trébucher sur les chaises sorties par quelques personnes âgées pour s'asseoir devant leurs maisons, je me déplace, en exploration, dans le ventre d'Anguillara, dans ses entrailles noires et désuètes, les voix et les murmures se poursuivent derrière les fenêtres closes, une odeur de cave émane des trous dans les murs.

Le chat fait des sauts et des bonds, il se déplace en silence sur la toile de fond de cette carte postale et me guide dans les venelles les plus étroites, dans les passages qui traversent les lieux comme des veines, mes pas résonnent et retentissent.

Ours m'a dit que ses grands-parents avaient une maison dans la vieille ville et qu'ils n'en sortaient plus, il est trop pénible pour eux de descendre et monter les marches, il faut batailler pour les faire venir aux fêtes, aller les voir le dimanche, ils se sont habitués à l'isolement et à l'inconfort, mais du balcon de leur chambre, petit, croulant, sans une fleur, on voit tout le lac et la lune comme peinte.

Où tu cours comme ça ? Une voix me hèle et je m'arrête, un garçon est adossé devant un pub surnommé le Terrier, parce que c'est une grotte peinte en blanc où on sert des bières brunes et des hot-dogs, ma bande n'y va jamais, cet endroit me donne une sensation d'oppression et de précarité, les murs semblent se resserrer, l'air devient irrespirable.

Je regarde autour de moi : le chat a disparu.

Je redescendais à la jetée, je réponds en reconnaissant celui qui m'a parlé, et je m'approche.

Pourquoi tu te balades seule ? demande Cristiano en regardant tour à tour mon visage et le fond de la bouteille qu'il tient à la main.

C'est interdit ? Je m'appuie contre le mur et observe son ombre portée dans le halo du réverbère, puis lui, son corps d'allumette, ses longs bras et ses grandes oreilles, il n'y a rien chez lui qui cloche, ni rien qui ne cloche pas, qui soit supportable.

Y a un fou ici qui jette toujours des trucs de son balcon, y compris son fer à repasser, sacré raffut sous sa fenêtre, Cristiano sourit et pose sa bouteille vide par terre.

Il commence à raconter la fois où, avec ses grands frères et des amis, ils ont volé à la mairie la clé de la vieille porte, l'accès qui permet aux voitures de monter plus haut dans les ruelles, ils l'ont fermée pour la première fois depuis des siècles et se sont cachés pour voir la tête de ceux qui se retrouvaient bloqués devant ; puis la fois où il y a eu de la neige, les toits plats où on peut facilement monter et passer d'une maison à l'autre, les panneaux de signalisation qu'ils ont arrachés et utilisés comme des luges dans la descente qui conduit à la jetée ; il me dit qu'à la fin de la promenade qui borde le lac, là où le passage est barré par un haut grillage et un panneau de danger, vivait autrefois un peintre et que toutes les familles veulent un de ses tableaux pour leur mariage, ces tableaux valent trois bons mois de salaire ; en haut, en revanche, dans la maison avec la plus grande terrasse, habitait une écrivaine, elle vivait avec une autre femme, tout le monde savait qu'elles étaient lesbiennes et les gens faisaient presque la révérence sur leur passage ; un garçon qui a cinq ans de plus que nous traîne toujours du côté de la place, il passe son temps à entrer et sortir des bars, il marmonne sans cesse, il a des lubies – la peur des éclairs, l'amour de la grappa artisanale, le pain sec jeté aux canards –, avant on le surnommait le Taureau parce qu'il était très musclé et intenable, puis il est parti en vacances avec des amis, il a pris des cachetons et il est rentré dans cet état, tout mou, lent, déconnecté du monde.

Ton copain, il raconte des conneries.

Qui ?

Le Grec, tout le monde sait que son père est roumain, il a une quincaillerie à Manziana.

Et alors ?

Et alors il raconte des conneries.

Je rentre mon cou dans mes épaules, ça ne m'intéresse pas, je ne le considère pas comme un copain, c'est juste un garçon qui en pince pour Iris et avec qui il m'arrive de sortir, je ne lui ai jamais posé de questions sur sa famille ou sur ce qu'il pense du monde, je ne l'ai pas interrogé sur ses peurs, sur ce qui le fait rire, sur les raisons pour lesquelles il ment.

Je voudrais dire que nous mentons tous sur notre famille, c'est le repaire de nos mensonges les plus éhontés, où nous dissimulons notre identité, où nous nous inventons des fables, où nous nous protégeons des injustices, nous faisons le plein de clichés et nous nous barricadons derrière les cris, les hurlements, les mystères ; mais je n'en fais rien, je le regarde et demande : raconte-moi une autre histoire.

Il hoche la tête et nous marchons ensemble en direction du ponton, je lui demande s'il a déjà sauté de là et il me répond que oui puis il ajoute : tu as déjà pensé à l'eau ? On dit de l'eau douce, mais c'est un mensonge. Cette eau a un goût d'essence, si tu approches un briquet, elle s'enflamme.

Avec l'hiver, Cristiano semble plus pâle, plus grand, ses cheveux ont poussé, ils sont hérissés et piquants, maintenus à la verticale par du gel, il porte un parfum pénétrant, doucereux, âpre, on dirait un jus d'agrumes pressés, quelque chose qui va se heurter contre l'air glacial de la saison ; il a toujours sa démarche dodelinante, il ne rentre que le bout de ses doigts dans les poches de son jean, son long cou pointe, nu, de son blouson, aucun d'entre nous n'aime porter d'écharpes, de gants, de bonnets, nous continuons à montrer la peau de nos hanches en février et laissons nos chevilles dénudées sous les déluges.

Là, à cet endroit, il y a une crèche, cinq statuettes de cette taille à peu près, elles ont été mises là il y a des années.

Nous sommes au bout du ponton, je reconnais l'endroit dans l'eau, au-delà des poteaux d'amarrage, d'où j'ai sauté : une zone d'algues et de pénombre.

Je lui dis que je connais cette histoire et que j'ai plongé et nagé par là, je n'ai rien vu alors que c'était en plein jour et il réplique qu'elle est pourtant là, je n'ai pas dû bien regarder, les statues sont toujours là, elles veillent tous les jours de l'année sur Anguillara : elles sont visqueuses, rongées par l'eau, jaunies, ni les courants ni les poissons ne les font bouger.

Quand nous nous détachons de la rambarde, je vois Ours qui vient vers nous.

Je rentre, je te ramène chez toi, me dit-il sans saluer Cristiano, qu'il connaît de vue, je crois.

Je la ramènerai, propose Cristiano derrière moi et j'acquiesce, je dis à Ours que je rentrerai avec Cristiano.

Ours hésite, je retrouve celui qui a parcouru cette même jetée pour tapoter le dos du Grec et le ramener de ce côté-ci de la rambarde, avec son visage d'homme protecteur, qui sait quand il faut intervenir, il flaire les problèmes, les frustrations, les changements de cap.

Cristiano me ramène chez moi un peu plus tard, il pousse le moteur de son scooter comme s'il était en lutte contre le monde, il se moque des priorités, des sens uniques, des stops et des croisements, la route est gelée et les roues crissent, il tient le guidon en se mesurant avec les équilibres et les atmosphères, il me dit que souvent il éteint les phares et avance juste comme ça, à l'oreille, dans la nuit, il déclare que la prochaine fois c'est ce que nous ferons, nous éteindrons les phares sur la route qui conduit à Trevignano ou à Bracciano, il connaît tous les virages par cœur, il n'a pas besoin d'éclairage, je réponds : d'accord.

Au pied de mon immeuble je sens l'air chaud monter du scooter encore allumé, il a des lumières bleues et une peinture brillante couleur scarabée, Cristiano me demande où j'habite et j'indique le balcon du doigt.

C'est toi qui as jeté le caillou sur le pare-brise du père d'Andrea Coletta ? me demande-t-il en me regardant, il enfonce ses mains dans ses poches et touche les clés de chez lui, les faisant cliqueter.

Non, c'est Carlotta Sperati, je réponds en observant ses articulations serrées autour du frein.

Comment tu le sais ?

Tout le monde le sait, on l'a vue, d'abord elle a jeté le caillou puis elle est rentrée chez elle et elle s'est tuée.

Quand il s'en va, je monte chez moi, ma mère est réveillée et écoute la radio tout bas, elle tricote, récemment elle a décidé d'apprendre aussi à faire du crochet pour créer des napperons pleins de trous et des bonnets mous, privés de vie.

Je ne lui dis rien, je lui adresse seulement un geste pour signaler ma présence, je vais au téléphone, décroche, prends le carnet où j'ai noté tous les numéros utiles et j'appuie sur les touches, je laisse sonner deux fois et raccroche.

C'est le signal pour Iris : ça veut dire que je suis en vie et que je vais me coucher.

Iris surnomme Luciano *Chériàsamaman*, tout attaché, parce que selon elle c'est un poupon, habitué à trop de confort, dorloté, cajolé, chouchouté. Elle rit quand je lui dis qu'il m'énerve chaque fois qu'il répète les mêmes phrases, ses tics de langage – tu captes, j'y mets tant, je me le fais –, quand il appelle tout le monde tonton, quand il se rebelle, scandalisé, contre le désordre de la Création si sa chemise est froissée.

Pour une histoire il faut une trame, des personnages, quelque chose à raconter, or je n'ai pas grand-chose à dire sur Luciano sinon que mon agacement est proportionnel à son insignifiance, à ses cadeaux comme celui de Noël, choisi au hasard, sans aucune valeur, au temps qu'il perd à discuter des joueurs de l'AS Roma, à son écharpe qu'il plie toujours avant de la ranger dans son sac, comme si c'était une relique, à ses dents de devant, très blanches mais opaques, on les dirait passées au papier de verre et couvertes d'entailles.

Il y a des périodes, qui peuvent durer des mois, où nous ne nous parlons pas, les coups de téléphone à la maison se raréfient, les rendez-vous au lycée sont sporadiques, nous nous cachons l'un de l'autre, mais nous ne prononçons jamais la sentence finale, la fermeture officielle de cet échange entre êtres différents, dissemblables : pareil à un acarien il reste sur moi la nuit sans que je le voie. Puis nous reprenons nos conversations sur une vaste gamme de futilités, les notes en classe et les vœux inexaucés, les ciao ciao et les feintes jalousies, sur ce point c'est un vrai comique. Il trouve des raisons fictives pour se mettre en colère et insiste, il insiste sur des gens à qui je n'ai jamais adressé la parole, les associe à des événements qui n'ont jamais eu lieu et à des œillades jamais reçues, il fait semblant d'être entêté et affligé.

Pour ma part j'apparais et je disparais, je me dérobe souvent à ses demandes d'attention, je n'engage pas de disputes sur de possibles trahisons ou mensonges, j'éprouve un net désintérêt pour le couple qu'il voudrait mettre en scène.

Je commence à penser que c'est ainsi que les gens sont ensemble : comme des ombres.

Faire l'amour est une expression ridicule, c'est du théâtre, une illusion, ce que nous avons en partage lui et moi en tant qu'êtres nus et sensibles est toujours médiocre, dès les premières fois j'ai été incapable de convertir la proximité en sensations humides, je suis restée gisante sous ses saillies, le corps silencieux et la tête ailleurs. La lampe allumée sur la table de chevet qui projette sa lumière sur nos visages, l'air qui entre par une fenêtre restée entrouverte, nos pieds trop froids qui nous entravent, notre haleine qui sent la réglisse digérée, les bruits du jardin, le chien du voisin qui hurle et mord la haie : je suis distraite par la vie qui crépite, la vie que nous ne sommes pas.

Je ne subis pas, mais je n'agis pas volontiers non plus, je me sens aseptisée, démotivée, quoique consciente et vigilante, je ne comprends pas que ce rituel puisse se transmettre depuis des siècles, être considéré comme essentiel.

D'habitude, c'est Luciano qui réclame et je me comporte face au démarrage comme si j'allais prendre un bain, je me déshabille, je dépose soigneusement mes habits, je teste la température de l'eau, je m'enduis de savon et me glisse, coule, m'immerge, les oreilles sous l'eau.

Je n'ai jamais demandé à Iris ce qu'elle en pense, je n'ai pas fait de comparaisons entre mon intimité et celle de mes amies, prenant pour acquis que c'était bien comme ça, que chacun de nos échecs devait rester privé ; je n'ai jamais demandé non plus à Luciano quelles autres expériences il a eues, je n'ai demandé ni notes ni classements, raide je suis quand je le vois, raide je suis quand je le quitte.

Chériàsamaman fait plusieurs tentatives pour paraître exquis, éveiller mon désir, prouver qu'il est un amant expert, un cultivateur de sensualité ; moi je tâche de le satisfaire juste ce qu'il faut, puis je retourne à mes pensées, aux portes du placard derrière lesquelles des cadavres pourraient se cacher, au bouton d'un jean qui cogne contre le hublot de la machine à laver, à la télévision à plein volume à l'étage supérieur : sa mère regarde un film où on échange des coups de feu, un film où à la fin seul un loup-garou reste en vie.

Un après-midi de printemps, Luciano m'accompagne à la gare après les cours, il marche le long du quai, s'éloigne de plus en plus, va jusqu'au bout, dépasse la tête des trains, il choisit cet endroit précis pour me chercher des noises et pousser sa complainte.

Il sort une feuille de son sac, la lettre d'une fille plus âgée que nous qui passera son bac cette année et désire ardemment le connaître, d'une écriture fine elle a manifesté son intérêt tout de vernis et de rubis, je m'empare de la feuille et la lis, puis je la lui rends, toujours avec la même expression, je pense que le train ne va pas tarder à arriver et que je risque de le rater.

Il est malheureux que je n'aie pas réagi, alors il me tend à nouveau la lettre, me dit de la relire, je la déplie et la replie, je dis que j'ai lu et que j'ai compris, et donc ?

Alors il se lance dans une diatribe sur mon manque d'amour, une longue harangue sur ma réaction inappropriée, car je devrais me mettre en colère, crier contre cette menace planant sur notre lien profond, notre vie commune, je devrais trépigner et ruisseler de larmes et de sueur, si je ne le fais pas cela signifie que j'ai des sentiments pour un autre, qui est donc cet autre, où habite-t-il, est-il d'Anguillara, est-ce un voisin à toi, un des amis avec qui tu traînes, celui qui a un nom d'animal, non, celui qui vient de Turquie, ou de Grèce peut-être, je ne me souviens plus, celui qui te prend sur son scooter, un de ces ploucs qui font des sorties à cheval le dimanche, qui élèvent des cochons.

Le train annonce sa présence par un sifflement mécanique et je le vois arriver, son museau vert émeraude, ses bandes blanches et le sigle des chemins de fer nationaux, FS, ses phares ronds et le conducteur avec sa casquette et son uniforme sombre.

Je dois y aller, dis-je à Luciano en ignorant la fougue avec laquelle il retient mon bras et se démène.

Il serre mais sans cruauté, il dit que je prendrai le suivant, on doit parler et il doit savoir. Le train freine et crisse, je m'élance en essayant de me débarrasser de lui, mais Chériàsamaman reste suspendu comme si j'étais un crochet à jambon et dit s'il te plaît, il répète s'il te plaît.

Agata crie mon prénom, me fait signe de me dépêcher et de monter, je vois sa queue-de-cheval blonde danser sur le quai, Luciano ne lâche pas et répète s'il te plaît, s'il te plaît, alors je m'arrête et je le regarde, j'ai les joues chaudes, le front ébouriffé, les jambes tremblantes de nervosité.

Qu'est-ce que tu as à me dire, accouche ! je lui crie au visage.

Il répète qu'il a besoin de cinq minutes et qu'il faut qu'on se comprenne, ça fait longtemps et il n'y arrive pas, il n'est pas capable de m'interpréter, de me saisir, j'ai beaucoup insisté pour qu'on sorte ensemble, j'ai dit qu'on était des âmes sœurs – tout le monde dit ça, tout le monde s'en fiche – et j'ai réclamé de l'attention, je me suis plainte de ne pas en recevoir, je suis restée chez lui des après-midi entiers, j'ai dormi avec lui et je me suis déshabillée, et pourtant voilà où j'en suis : je ne donne aucun poids à cet amour, ni consistance, ni couleur.

J'entends la sonnerie que fait le train quand les portes automatiques vont se refermer et je serre les poings, sur le tableau électronique un point lumineux clignotant indique le départ imminent, et moi aussi je m'allume et m'éteins, je m'allume et m'éteins, folle de rage.

Le train démarre et passe à côté de nous, soulève mes cheveux, gonfle sa chemise et je pense à mes copines qui me regardent par les fenêtres, assises là où je m'assieds d'habitude, moi qui préfère regarder dehors plutôt que poser mes yeux sur les gens. Depuis le wagon, j'ai vu des maisons de tôle cachées entre les canalisations des égouts, les petits terrains de foot d'une école privée, des chantiers entre les collines, j'ai compté les gouttes de pluie. Si je fixe le reflet de mes pupilles quand le train roule, elles dansent, vont de droite à gauche, de gauche à droite, de droite à gauche.

Luciano n'a accompli aucun de ses devoirs, il est resté effacé, silencieux, éteint, il ne m'a donné aucun lustre sinon en de rares occasions, il n'a pas amélioré mon statut social, il ne m'a pas fait bénéficier de sa richesse, j'en suis restée au même point pendant tout ce temps, pas un millimètre en avant, pas un en arrière, et il a le courage de se plaindre de moi, qui sans chocs ni heurts suis restée à ses côtés, bien qu'il soit si ordinaire.

Vue de l'extérieur, toute la scène dégouline de banalité, comme le suicide, le caillou sur le pare-brise, les disputes en boîte de nuit, les cours de latin, histoire, géographie, sport, tout est pareil, tout est bon à jeter, nous sommes des animaux futiles, nous valons moins que des virus, nous ne sommes rien comparés aux cétacés, aux huîtres, aux pachydermes.

Tu me dis à quoi tu sers ? je lui demande en le voyant vaciller, se décomposer, fondre.

Il se met en colère et déclare que c'est moi qui ne sers à rien : je vis retranchée dans mon monde-forteresse, dans ma pelote de laine, où je n'entends pas les mots, où je ne vois personne à part moi. Alors que lui il plaît, il plaît drôlement, d'ailleurs si je crois que je suis la seule je me trompe, il sort avec beaucoup de filles et elles sont presque toutes plus belles que moi – presque –, elles vont en vacances à Porto Cervo et portent des robes d'été sur les barques amarrées.

Ça me pose aucun problème, je déclare, méprisante.

Je sens monter de mes cuisses la honte de nos nudités qui déjà se retirent de nous, s'évanouissent, de mes distractions et de mes inepties, d'avoir cru que je pourrais en tirer quelque chose, alors que de toute évidence le monde n'a rien en réserve pour moi.

La distance entre Carlotta et moi est si infime dans la liste des autres copines de Luciano, des corps plus bronzés que le mien, des fesses plus fermes que les miennes, des bikinis portés avec plus de désinvolture, pour la première fois je trouve un lieu qui nous appartient à toutes les deux, une cavité fragile et froide, la grotte de nos cristaux, le désir d'être appréciées, de ne pas décevoir, de nous montrer.

Je ne supporte pas ce rapprochement, la proximité avec une personne qui est morte et ne devrait plus exister, ni dans les pensées, ni dans les souvenirs, ni dans les mauvaises habitudes, ni dans les rêves. Je voudrais crier qu'elle est morte et qu'elle n'avait rien en commun avec moi.

Ma main prend vie toute seule, je la tends et empoigne les cheveux de Luciano, je tire violemment sur une mèche de cette coiffure parfaite, l'objet de ses attentions infinies.

J'en ai rien à foutre de toi. Tu comprends ? Personne me trompe, moi, et sûrement pas toi, je lui crie dans l'oreille gauche.

Il s'est plié sur un côté, il n'a pas anticipé mon geste et le subit pendant quelques secondes, incapable de comprendre ce qui arrive, pourquoi je veux le blesser, il crie que je suis folle, que je lui fais mal et me repousse, il avoue que c'était un mensonge, il voulait me faire réagir et m'inquiéter, mais pas comme ça, je me comporte comme un animal, je suis bonne à mettre en cage, à tenir en chaîne.

Je regarde ma main ouverte, ses cheveux tombent de mes doigts, le vent les emporte et emporte mon premier amour avec eux.

Notre terre, à la vérité, est la terre des deux lacs. D'anciens cratères de volcans qui se comportent entre eux comme des frères ayant perdu leurs liens affectifs, ils n'ont ni tributaires, ni nappes, ni ruisseaux en commun. Chacun est responsable de son eau, et de la sienne seulement.

Le second lac est petit, on peut le traverser en pédalo et, au fil des ans, c'est devenu un parc naturel, on ne peut s'y rendre qu'à pied après avoir traversé la campagne. Les voitures sont abandonnées plus haut, entre les meules de foin et les tas de bois, puis un chemin de terre dégringole jusqu'au rivage, à l'aller on risque de déraper, au retour de faire exploser son cœur.

Le petit lac s'appelle Martignano, c'est le point de ralliement des jeunes d'Anguillara pour le lundi de Pâques, la fête de la Libération et la fête du Travail. On s'y rend en groupe avec des sacs à dos, certains prennent des packs de bières, d'autres juste des serviettes colorées, quelque chose à manger, des sandwichs, de l'eau, des cigarettes, du shit, les plus audacieux restent jusqu'à la nuit, ils descendent avec des tentes et campent dans les recoins les plus isolés.

Le sable se mêle à l'herbe et aux cailloux, noir et argileux, l'eau devient très vite profonde et, au milieu du lac, les courants sont puissants, les tourbillons peuvent vous entraîner vers le fond.

Sur la rive, mon endroit préféré est celui où il y a le saule pleureur, dessous la lumière ne filtre qu'entre deux souffles de vent et, en fermant les yeux, derrière les voix des gens, j'arrive à entendre les vaches qui paissent, ce tintement de cloches typique de leurs déplacements.

Cristiano dit que c'est là qu'il m'a vue et a compris qui j'étais, le 1er mai de l'année dernière, le jour où j'ai rencontré Iris.

Nous étions couchés au soleil, nous futurs amis, et nous portions des lunettes en plastique sans protection contre les UV ; c'était la première fois que nos corps se dévoilaient dans leur pâleur hivernale, avec leurs cernes violets et leurs veines bleues qui ornaient le dessus de nos pieds.

Les premiers échanges avaient été pleins d'embarras et laissés en suspens, nous ne nous connaissions pas et nous posions des questions à tour de rôle, nous nous étions racontés à coups de détails insignifiants et avions échangé sur des sujets communs : les cours, Anguillara, les vacances de Pâques qui venaient de finir, les projets pour l'été.

À côté de nous, un groupe assez important s'était matérialisé, composé de quelques filles et de nombreux garçons, quelques-uns de notre âge, d'autres plus âgés, tous d'ici, deux heures après ils étaient soûls et avaient fini leurs packs de bières, ils jouaient au foot sur la plage en visant les gens avec leur ballon, ils riaient puis juraient, ils se jetaient par terre et roulaient en direction de l'eau, ils poussaient des cris et parlaient en dialecte entre eux et contre nous.

Leur attitude a rapidement changé, de potache elle est devenue agressive, ils se hurlaient des insultes et se jetaient leurs canettes vides à la figure, certains vomissaient sur les troncs d'arbre, et les familles avec enfants se sont levées les unes après les autres pour s'éloigner ou rentrer chez elles. Un conflit a éclaté entre deux garçons de la bande, amis intimes et camarades de classe, personne n'a jamais su pourquoi, mais des rires vulgaires ont jailli les reproches et des reproches les regards assassins, puis ils en sont venus aux mains, se jetant l'un sur l'autre comme des chiens féroces.

Leurs amis, ivres et chancelants, ont essayé de les arrêter en les saisissant par les épaules et en leur disant de se calmer, quelques-uns ont pris cet affrontement pour un jeu et ont formé un cercle autour des adversaires en les exhortant au massacre. Je me suis jointe au groupe : les deux garçons se tapaient dessus avec une fougue dramatique, leurs corps portaient les traces des coups.

Quand le sang s'est mis à couler, je me suis frayé un passage parmi les spectateurs pour observer leurs visages maculés de rouge, le nez de l'un avait été touché, la lèvre de l'autre s'était fendue.

Des cris inquiets se sont élevés, les petites amies des deux garçons sont restées à distance sans intervenir, mais elles ont pleuré sur l'épaule de leurs copines, effrayées par le mal qui avait explosé et que plus personne ne savait endiguer : les adultes avaient disparu, nous nous retrouvions seuls avec notre mise en scène tragique.

Plus ils tapaient fort plus je me rapprochais, et je suis restée au premier rang jusqu'à ce qu'ils s'écroulent par terre, éreintés par la rixe et par l'alcool, leurs visages étaient méconnaissables, leurs yeux fermés, leurs cheveux trempés de sueur et de sang.

Leurs amis les ont secourus à la fin du combat, les soulevant par les bras et par les jambes, et alors seulement je me suis aperçue que j'étais la seule fille restée là. Mes amies s'étaient éloignées, elles avaient récupéré leurs serviettes et leurs sacs, et avec Ours et le Grec elles étaient allées se réfugier au-delà du saule, mettant de la distance entre elles et la bagarre.

J'ai jeté un regard alentour à leur recherche et senti des yeux inconnus et curieux posés sur moi, peut-être que certains m'avaient reconnue : celle qui sait tirer, la fille d'Antonia la Rousse, la fille qui aime le carnage, les effusions de sang et les blessures.

Puis Ours m'a rejointe et m'a tirée par le poignet : c'est des tocards, juste des tocards, m'a-t-il dit, une main posée sur mon dos presque nu.

J'étais là moi aussi, ce jour-là, avoue Cristiano, un des deux garçons c'était mon frère. Il a un vaisseau sanguin qui a éclaté et il était un peu commotionné, mais rien de grave, il se porte très bien, me dit-il et, de ses ongles courts, il essaie de gratter la crasse sur le guidon de son scooter.

Je me suis toujours demandé pourquoi tu étais restée, dit-il en levant les yeux vers moi.

Pour regarder, comme tout le monde, je réponds, et je pose un pied sur la roue avant et pousse, comme pour lui faire perdre l'équilibre, il se rétablit et met le scooter sur sa béquille.

Pas comme tout le monde, rectifie Cristiano, et nous restons un instant silencieux, en arrière-fond quelques adolescents jouent au ballon, nous sommes à côté de la gare, derrière l'église.

Pourquoi on est venus ici ? je demande, et je retire mon pied.

Je veux te demander quelque chose.

Vas-y, alors.

J'ai découvert récemment que c'est l'église des enterrements, on se marie en haut de la ville, on se dit adieu dans la partie la plus basse et la plus éloignée du lac. On est heureux parmi les stucs et les fresques, les autels en bois ancien et l'odeur sacrée des pierres, bien habillés et parfumés ; et on pleure devant les vitraux modernes en losange et l'air toxique d'une foi éculée, sur des bancs en demi-cercle, en face du prêtre qui semble animer un colloque, avec le même enthousiasme que dans une salle de conférences. On meurt toujours à l'endroit le plus répugnant, là où on est misérables, négligés et délavés, on disparaît pendant que le prêtre écorche notre nom et que même la figure du Christ semble changée.

J'ai besoin d'un renseignement, dit Cristiano, sérieux, il descend de son scooter et s'approche, il parle plus doucement.

Il me demande s'il est vrai que je vais dans un lycée de riches et j'acquiesce, puis si j'ai des amis qui habitent dans les quartiers résidentiels au bout de la via Cassia et je dis que je n'ai pas d'amis là-bas, alors il demande si je connais quand même des gens là-bas, si j'ai vu leurs maisons et je réponds peut-être, ça se peut, alors il demande quelle maison et je lui dis laquelle, il me demande dedans qu'est-ce qu'il y a ? Des écrans plasma ? Des bijoux ? Des sacs de marque ? Je réponds oui, deux télés, une au rez-de-chaussée, une dans la taverne avec une PlayStation neuve, les armoires avec les sacs à main sont au premier étage, chambre à coucher sur la droite, il y a un coffre-fort mais je ne sais pas comment il s'ouvre, il demande si à mon avis il y a une alarme ou des chiens de garde, je dis je ne crois pas, ils n'ont qu'un petit chien, mais celui du voisin aboie tout le temps, il sort un bout de papier et un stylo de sa poche, il me demande d'y écrire l'adresse et les horaires des habitants, je prends le bout de papier et le tourne entre mes doigts, je pense aux horaires des habitants, j'écris l'heure approximative à laquelle ils partent le matin, où est le travail de la mère, où est le travail du père, l'heure à laquelle ils rentrent, je sais qu'il y a une femme de ménage, elle est philippine, elle arrive à dix heures et repart après le déjeuner, il y a trois heures de battement, je les souligne : de sept à dix heures du matin, mais avant de lui rendre le papier je lui demande ce que j'y gagne et ce que je risque.

Cristiano répond que je ne risque rien et que j'y gagne ce que je veux, qu'est-ce que je veux ?

C'est la première fois que quelqu'un me pose cette question : qu'est-ce que tu veux ? Personne jusqu'alors ne s'est proposé d'exaucer un de mes souhaits, tout le monde a toujours présumé que j'étais contente comme ça, que je n'avais rien à demander, rien à ajouter à ma vie. J'y réfléchis pendant une minute entière, puis je réponds que je veux quelque chose : un téléphone portable, n'importe lequel, mais qu'il faut que quelqu'un prenne un forfait pour moi, je ne peux pas demander ça à ma mère.

Cristiano répond que c'est d'accord, je suis sûre de ne vouloir que ça ?

Je pourrais lui dire que je veux tout, tout ce qui se trouve dans cette maison et dans la maison d'à côté, toutes les voitures garées dans la rue, tous les scooters dans les garages, toutes les antennes de télévision, les mixeurs, les fours électriques, les sacs en bandoulière, les centrifugeuses, les coussins sur les canapés, les tapis de la salle de bains, les portes du buffet, les pots de géraniums à l'arrière, les tuiles du toit ; mais je réponds que oui, je ne veux que ça, et je lui rends le papier, j'ajoute que je ne connais pas d'autres maisons, donc inutile de me redemander.

Il répond que c'est entendu, ce n'est pas quelque chose qu'ils font souvent, mais là ils ont besoin d'argent et je ne cherche pas à savoir qui sont ces gens ni pourquoi ils sont à sec, je considère que ce ne sont pas mes affaires.

Dans le placard du sous-sol il y a au moins vingt pulls bleus Ralph Lauren, si jamais ils te plaisent ou si tu veux les revendre, j'ajoute avant d'enfiler mon casque. Ramène-moi à la maison, demain j'ai une interro de latin.

Il hoche la tête et enfourche son scooter, rabat la béquille d'un coup de reins et me laisse monter.

Deux semaines plus tard, la nouvelle circule au lycée, des cambrioleurs sont entrés chez Luciano et ont tout volé, les gens répètent tout comme si c'était un sacrilège – tout,

tout, tout –, personne n'a rien vu, on ne sait pas comment ils étaient au courant qu'il n'y avait personne à la maison à cette heure-là, peut-être qu'ils ont épié depuis la rue, peut-être qu'ils les suivaient depuis des mois cachés dans un fourgon, dans le doute la femme de ménage a été licenciée sans préavis, parce qu'on ne peut pas faire confiance à ces Philippins, ils ont l'air comme il faut, ils ont l'air de gens bien, ils ont l'air de vouloir travailler, mais ils sont comme les autres.

Agata dit qu'elle a du mal à dormir, depuis qu'elle a appris la nouvelle elle craint que quelqu'un rentre chez elle, deux fois elle a remarqué une voiture arrêtée dans sa rue, elle était rouge et sa plaque n'était pas italienne, mais d'un endroit comme la Bulgarie, la Moldavie, la Russie.

Je lui dis : t'as raison, ça doit être ces gens-là, il vaut mieux être vigilants.

## 9

## INTERDIT AUX MINEURS

PENDANT DES ANNÉES, j'ai enregistré des numéros dans mon répertoire, choisi des surnoms, écrasé les touches pour taper les lettres, envoyé des messages en pleine nuit, quitté mes cauchemars – un requin mécanique choisissait de me manger, moi, au milieu d'une foule – parce que mon portable vibrait sous mon oreiller, je l'ai ouvert comme un coquillage et l'ai lustré, mon Motorola qui est déjà passé de mode parce qu'il n'est pas en couleur, n'a pas Internet, ne prend pas de photos haute définition. Mon Motorola que j'ai essayé de cacher à ma mère en le serrant entre mes cuisses et qu'elle a découvert, elle m'a insultée, a voulu savoir d'où il venait et pourquoi, à quoi il me servait, à mon âge, et j'ai dû le faire passer pour un prêt, puis un cadeau, puis mieux le cacher, l'enfermer dans une boîte à chaussures.

Pendant des années, j'ai pris le train, direction Viterbe, direction Rome Ostiense, couru pour ne pas le rater, ouvert et fermé les cendriers, gratté le tissu des sièges, empêché la fermeture des portes avec mon corps, bousculé ceux qui s'approchaient trop, regardé sans amour une femme évanouie dans les toilettes à cause de la chaleur, insulté la personne qui a fait un malaise à deux compartiments de moi – par sa faute nous sommes arrêtés entre Olgiata et La Storta, nous sommes arrêtés et attendons les secours –, haï ce salarié d'une entreprise en faillite qui s'est suicidé à l'arrêt Balduina.

Pendant des années, j'ai étudié et révisé, souligné, annoté, dessiné, transcrit, énoncé, été interrogée, j'ai reçu des notes, des reproches, des éloges, trimballé des dictionnaires, traduit du grec, du latin, de l'anglais, de l'italien ancien, j'ai fait des paraphrases, des analyses logiques, des analyses grammaticales, appris des poèmes, des déclinaisons et des pronoms par cœur, rempli des cahiers de schémas et d'annotations, de flèches et de points d'interrogation, organisé mes devoirs pour le lendemain, crié que j'avais besoin de silence à la maison pour réviser, silence.

Pendant des années, je suis allée à la bibliothèque, j'ai emprunté et rapporté des livres, caché des retards, des taches, aplati des pages cornées par distraction, détesté, côtoyé des personnages, des milieux, du mobilier, je me suis forcée à apprendre, j'ai sauté les pages que je ne comprenais pas, fait traîner des lectures insupportables et hostiles, tenu des listes de mes lectures pour ne pas les oublier, rêvé du jour où j'aurai tout lu absolument tout et alors on ne pourra pas venir me dire que je ne mérite pas de récompense, d'honneurs, d'égards.

Pendant des années, j'ai menti, argumenté, ferraillé, signifié sans paroles, fait des caprices, fait amende honorable en apparence seulement, j'ai insisté, été raillée, j'ai combattu contre chaque détracteur, chaque infamie, chaque manque d'attention, j'ai trouvé et perdu des relations, je les ai retrouvées, perdues à nouveau, j'ai oublié mes erreurs, aimé mes erreurs, je me suis répété à moi-même que je souffrais et subissais des affronts permanents, tout le monde doit me respecter, me retenir, me tolérer.

Pendant des années, j'ai dissimulé mon corps, évité la nudité, détesté les exhibitions, éloigné les corps des autres, pas parce que je suis sage, il n'y a aucune sagesse en moi, rien de chaste ou de pieux, rien de pur, mais parce que les gens nus me rendent nerveuse, le fait de devoir les satisfaire, de ne pas savoir les approcher, leurs odeurs, mes odeurs, leur bouche entrouverte, leurs lèvres humides, leurs mots chuchotés.

Pendant des années, le soir j'ai fréquenté les mêmes endroits, où les mêmes corps se dandinent, où les mêmes visages se sourient ou se méprisent, accepté de monter dans la voiture de quelqu'un que je venais de rencontrer, atterri dans une boîte de nuit de campagne vers Viterbe, haï les lumières violacées qui projettent leurs traits livides sur moi, fini sur un chemin de terre à bord d'une Audi qui roule trop vite puis quitte la route, rentre dans une grange et la détruit, je me suis jetée dans l'eau du lac tête la première, dos le premier, en faisant la chandelle, une bombe, depuis les épaules de quelqu'un, les poteaux de la jetée, un pédalo, je me suis écorchée avec les tessons d'une bouteille abandonnée sur la plage, retrouvée les mollets pleins de cloques à cause des détergents déversés par je ne sais qui dans je ne sais quel égout ou canal.

Pendant des années, j'ai pédalé en descente, en côte, dans des virages en épingle, jusqu'au supermarché, à la poste, à l'endroit où travaille ma mère, à l'école des jumeaux, au bureau de tabac, à la pâtisserie, au marché de fruits et légumes, à la gare, à la bibliothèque, au croisement, au lac.

Pendant des années, j'ai fait le guet pendant que quelqu'un vidait les machines à sous d'un bar d'été, rayé des carrosseries de voiture avec une clé, écrit à la bombe le nom d'un professeur et à côté SALAUD parce qu'il m'avait mis sept au lieu de neuf sur dix à une interro de sciences, utilisé un casque de scooter pour frapper au visage un imbécile qui voulait m'obliger à boire une bière avec lui, je l'ai fait saigner du nez.

Pendant des années, j'ai enfilé mes vêtements, retiré mes vêtements, éprouvé du dégoût pour ma peau, aimé mes cheveux, supporté les os de mon bassin, cloué au pilori mes oreilles et mes pieds trop grands, tiré sur mes tétons en espérant que ça ferait grossir mes seins, recouru à des punitions quand je mangeais trop, eu honte quand je ne mangeais rien, sauté le petit déjeuner, bien nettoyé mes oreilles avec le jet d'eau chaude, verni mes ongles, fini mes tubes de mascara, fait tomber du fond de teint dans le lavabo ensuite nettoyé avec du papier toilette, vérifié que pas une de mes taches de rousseur ne soit visible, pris des coups de soleil aux premiers rayons de l'été, eu des érythèmes sur la poitrine, nagé en T-shirt.

Pendant des années, j'ai entendu parler à la radio de cambriolages, homicides, massacres, attentats, avalanches, séismes, victoires au Super Loto, victoires au championnat de foot, procès contre des mafieux, chutes de gouvernements, enfants poignardés, canicule, froid polaire, étudiantes violées, soldats sur le départ, convois de police, données bancaires piratées, interviews censurées, festivals de chanson.

Pendant des années, j'ai écouté les commérages sur le surveillant qui mate les lycéennes, sur les jumelles laides et moustachues qui sont toujours ensemble et se partagent un même petit ami albanais, sur le pompiste qui met de l'eau dans l'essence pour la vendre moins cher, sur la fille qui a fait des études de droit international à l'étranger mais qui porte la poisse et qui a pour amant un homme marié, sur le garçon qui met les gamines enceintes puis les quitte et ne connaît même pas les prénoms de ses enfants, sur la serveuse du bar devenue anorexique qui a les pommettes saillantes, sur les deux adolescents morts en scooter et sans casque un jour de pluie, sur le poids qu'a pris celle qui était autrefois la plus belle fille d'Anguillara – tu les épouses et après elles se laissent aller, elles prennent dix kilos, tous sur le cul –, sur mon amie morte qui s'est étouffée, étouffée, étouffée, ton amie, ton amie morte qui s'est étouffée, en espérant que je ne serais pas la prochaine.

Pendant des années, j'ai espéré des révolutions, des avalanches, des réactions en chaîne qui conduisent, effet ultime, à mon ascension, à l'ouverture d'un champ des possibles illimité.

Pendant des années, je suis restée là où j'étais, même endroit, même heure, même rôle, même visage, attendant mes dix-huit ans comme on attend une prophétie, l'arrivée d'une tempête, la chute d'un mur.

Il y a un homme et il doit brûler, il est fait de paille, on lui a enfilé une chemise en jean, un pantalon en futaine.

Ils l'ont sorti du fourgon, un d'eux le tenait par la tête et l'autre par les pieds, il a du foin enfilé dans ses bottes en caoutchouc, ça porte chance à ce qu'on dit, c'est l'année passée, l'année achevée qui est incendiée.

Moi je suis vêtue d'une robe couverte de paillettes, elle est à Agata, elle est trop courte, et quand je marche sur l'esplanade elle remonte presque jusqu'à ma culotte, alors je n'arrête pas de tirer dessus pour la baisser et elle remonte encore, je tire dessus et elle remonte, je tire dessus et elle remonte, mon blouson est ouvert et le froid me monte à la tête : les garçons ont sorti l'essence.

Cette soirée, c'est ma faute, c'est moi qui l'ai voulue, quand il y a deux semaines Agata m'a demandé ce que je faisais pour le 31, j'ai répondu : je serai avec Iris et on n'a rien prévu, alors elle nous a invitées à le passer dans un local, il appartient au père de son copain, c'est le magasin où ils vont installer l'activité familiale, pour le moment il est inoccupé et on peut y faire la fête.

Au début, Iris a hésité, on connaît personne, a-t-elle dit. On pourrait appeler Ours et voir ce qu'ils font, a-t-elle ajouté, et je lui ai répondu qu'on n'avait pas vu Ours depuis des mois, cette amitié – estivale, sincère, réelle – s'est achevée comme seul ce qui est vrai sait s'achever, nous nous sommes éloignés, sans raison particulière, sans disputes ni heurts, nous avons pris nos distances. Il n'est resté qu'elle et moi, notre espace est le seul que je sais habiter, notre périmètre est un bunker et un abri anti-atomique, les guerres et les conquêtes, les rayons gamma et les inondations passent à l'extérieur.

Je l'ai convaincue d'aller à la fête parce que l'idée de passer une série de coups de téléphone pour quémander une invitation quelque part me donnait la nausée.

Cristiano est parti, avec ses frères et ses amis ils ont loué une ferme en Toscane et s'y sont rendus en meute, emportant des réserves d'alcool, des pâtes en grande quantité et de la sauce toute faite, un paquet de lentilles à manger après minuit et trois saucisses*.

Nous n'avons pas été invitées.

Trois heures avant la fête, nous nous sommes retrouvées chez Agata, dans sa chambre sous les toits, avec ses murs couleur moutarde, son lit une place et demie, son placard débordant de vêtements et son miroir sur pied à côté de la commode. Agata et Iris se sont déjà croisées, mais rarement, les rails de ces deux amitiés ne se sont jamais vraiment touchés, ils ont traversé ma vie en parallèle. Jusqu'à ce soir.

Je les ai regardées choisir les vêtements qu'elles porteraient – chemisiers, petits hauts, shorts, jupes – et se prêter du maquillage sorti de leurs trousses colorées, se passer le fer à lisser à tour de rôle et se montrer, enthousiastes, les strings rouges qu'elles enfileraient sous leurs tenues, se farder les paupières de paillettes, forcer sur le gloss, esquisser des danses en montant le volume de la chaîne d'Agata, bavarder comme si elles avaient des tas de choses à se dire depuis toujours.

Iris aime les chevaux et va trois fois par semaine dans un centre équestre en dehors de la ville, elle n'a pas les moyens d'avoir son propre cheval ni de prendre des cours d'équitation, alors pour pouvoir monter et suivre l'entraînement elle aide à débourrer les chevaux rétifs, elle les étrille et les brosse, vérifie qu'ils ont de la nourriture et que leurs box sont propres, elle donne des cours pour les enfants et organise des excursions dans la campagne pour des dames

* Il *cotechino e lenticchie* est un plat que l'on mange traditionnellement le soir du Nouvel An en Italie pour invoquer la richesse et l'opulence pour l'année à venir.

américaines fortunées, des cavaliers qui se promènent dans les bois vers Martignano.

Agata vient d'une famille de paysans, elle a beau essayer de l'oublier et de prendre ses distances à tout prix avec leurs pratiques rurales, elles lui restent collées à la peau parce que tout le monde connaît son père et l'avenir qui l'attend : s'occuper de la comptabilité de l'entreprise familiale, arrêter de se donner des airs de bourgeoise, revenir à ses racines. Mais ce soir Agata peut se vanter de ce patrimoine familial : les chevaux qu'ils ont l'habitude de monter le week-end pour se balader dans les champs, le type de selle qu'ils utilisent, eux, à la différence d'Iris, ils n'aiment pas le dressage et le saut d'obstacles, ils préfèrent la monte américaine et la vie comme au ranch, ils mélangent cochons, oies et juments.

Je me suis bien vite détachée de la conversation, de leurs robes étincelantes et du vernis qu'elles se mettaient sur les ongles, je me suis sentie microscopique, sans valeur, pure intermédiaire dans cette relation qui avait déjà l'allure d'une amitié incontestable. J'ai couvé toute la soirée cette sensation inconnue, déchirure intercostale, trou dans la rate, désir insatiable de recommencer à zéro, de repartir de cette question sur le réveillon et de tout changer, de dire à Iris que nous resterions seules, elle et moi, chez moi, avec mon père qui fait la fête en se soûlant une fois par an et ma mère qui enfile un gros pull rouge et danse avec les jumeaux dans la cuisine, ils ont l'air joyeux, insouciant, vivant, je ne les supporte pas.

Les brides, la bombe, le type de bottes, combien de chevaux il y a au centre d'équitation, à quelle hauteur tu sautes, vous sortez tous les combien, tu as déjà essayé de monter à cru, on pourrait y aller ensemble, samedi prochain par exemple.

Pendant ce temps, je passais et repassais de l'eyeliner sur mes yeux, à chaque touche une bavure, la glace me renvoyait l'image d'un personnage secondaire qui s'époumone pour se faire remarquer, plus rien n'était reconnaissable sur mon visage, j'avais la bouche enflée à force de l'enduire de rouge à lèvres, les cheveux emmêlés et gonflés comme des gencives infectées. On aurait dit qu'une météorite avait explosé sur ma figure.

On va être en retard, ça fait deux heures qu'on est là et vous êtes toujours pas prêtes, ai-je dit d'une voix neurasthénique et envieuse en rassemblant mes vêtements miteux pour les fourrer dans le sac à dos noir de Mariano, je ne connais rien aux animaux, aux chats aux chiens aux canards aux hérons aux flamants roses aux girafes aux chevaux, même dans les livres ils m'insupportent.

Cette photo est atroce, ai-je ajouté en montrant un cadre sur une étagère.

Agata, Carlotta et moi assises sur le banc de la gare, une photo prise avec un appareil jetable, et c'est bien l'impression qu'on donne nous aussi : utilisées et jetées, froissées, abîmées, prêtes pour le recyclage.

Il y a au moins deux mortes là-dessus et une des deux c'est moi, me dis-je, ma doublure âgée de douze ans qui déteste ses oreilles, déteste se baigner à la piscine, est persécutée par un gamin aux cheveux bouclés, la fille dont on n'a pas encore sectionné les cordes de la raquette, qui doit encore devenir mauvaise, j'éprouve de la peine et du dégoût pour elle, des voyages interstellaires me séparent d'elle, des pérégrinations d'ici à Saturne.

Moi je l'aime bien, on est bien dessus, a tenté de dire Agata, puis elle a changé de sujet, elle a secoué quatre ou cinq parfums devant nous, elle s'est proposé d'en choisir un pour chacune, les flacons entrechoqués ont fait *tic toc* et je les ai regardés comme s'ils contenaient des pesticides.

Me voilà ici, avec ce parfum qui sent la crème et le bonbon, pendant que l'homme de paille brûle et notre année 2005 avec lui, nul doute que l'année à venir sera une année de chance, c'est ce que disent les astrologues, ce que déclarent les étoiles, une année d'amour et de santé, l'extraordinaire, la splendide, l'inoubliable année 2006.

Pour le dîner, nous avons mangé des pizzas et des frites sur une table improvisée et avons bu de la bière Peroni et du vin dérobé dans nos caves familiales, ma contribution, du vin premier prix dans une bouteille en plastique, a horrifié tout le monde.

Le copain d'Agata est le fils du fleuriste, il a une mâchoire carrée, un visage trop grand, une peau toujours bronzée, il apprend à faire des compositions, comment couper les tiges d'un geste précis, quel tulle est le plus adapté pour les bouquets, comment essayer de convaincre les clients d'acheter les roses les plus chères.

Je me suis retrouvée à manger avec au moins dix personnes que je ne connaissais que de vue et que j'ai toujours classées parmi celles avec qui j'apprécierais de ne jamais rien partager, trois d'entre elles ont passé la soirée à me dévisager.

T'es la copine de Scherani, non ?

J'ai répondu que non, Cristiano et moi ne sommes ni en couple ni amis, nous ne sommes rien, à l'heure qu'il est, il est en Toscane et il m'a laissée ici dans cette merveilleuse petite fête où on parle de fleurs printanières, de chevaux au galop et de la quantité de cocaïne qu'on sniffera dans les toilettes après minuit.

L'homme de paille a été déposé sur un tas de bois, il est en équilibre précaire et s'affaisse sur un côté, ils ont mis une demi-heure à le placer dans la bonne position, puis ils lui ont vidé dessus un bidon gris, ils ont dit à tout le monde de s'écarter et le compte à rebours a commencé.

Iris s'est approchée de moi en souriant, les mains coincées sous ses aisselles à cause du froid, elle veut être la première à me souhaiter la bonne année, dit-elle, et je réponds qu'il me tarde que tout cela finisse, l'année, nous, cette parade de guignols et de canailles.

À présent, elle est distante, maléfique, je me sens aiguillonnée par son regard, ces cajoleries qui subitement me rendent malade, je suis la première à me dérober et à réagir par l'animosité, au moment même où notre amitié est en danger et que quelqu'un de plus séduisant que moi est sur le point de la conquérir, je ne sais pas me rendre agréable, je ne sais pas me travestir en sainte patronne, je crache des flammes et érige des murailles.

On entend des feux d'artifice dans la campagne et au-dessus du lac, l'homme de paille prend feu, nous le regardons brûler et s'éteindre, sa chemise, son pantalon, le caoutchouc de ses bottes. Quelques-uns d'entre nous dansent en rond autour de lui, dans le rite païen de la renaissance, défoncés par le cannabis et quelques cachets, ils sautillent et agitent les bras vers le ciel noir, ils font sauter les bouchons des bouteilles de prosecco, les filles s'écartent pour ne pas être mouillées par l'alcool, elles poussent des cris de hamster.

Le côté gauche de mes cheveux est trempé parce que je reste immobile et observe les flammes, pensive, sur l'esplanade il n'y a que nous, un des garçons est couché par terre, il se fait photographier avec un petit appareil photo pendant qu'il boit une bouteille cul sec, Iris n'est plus à côté de moi, elle est allée trinquer avec Agata et les autres filles, elles se regardent dans les yeux en faisant claquer leurs bises et leurs verres.

Je sors mon portable de la poche de mon blouson, Cristiano m'a souhaité une bonne année, je lis son message, n'y réponds pas et me dis qu'il crève, qu'il crève, qu'il disparaisse.

Puis mon téléphone vibre de nouveau et un autre message apparaît : bonne année, je pense à toi.

Je ne connais pas le numéro de l'expéditeur, je prends ça pour une blague, alors j'écris : c'est qui ?

Mon portable reste silencieux quelques minutes, puis un autre message arrive : Andrea.

J'observe son prénom sur l'écran, et je me dis que je veux partir d'ici, quitter l'homme de paille, Iris et Agata qui rient, les garçons qui sont déjà rentrés et préparent des lignes parfaites de cocaïne sur la table où nous avons mangé tout à l'heure, un rail chacun c'est la chance, le succès et la richesse assurés.

J'écris : je suis sur le parking devant la poste, la soirée est pourrie, tu passes me chercher ?

Et il répond que oui, il sera là dans dix minutes, alors je regarde Iris avec ses cheveux noirs et ses bottines pointues, son gobelet en plastique à la main, et je la sens lointaine, une ombre dans un banc de brouillard.

Ma mère veut étendre l'empire qu'elle a sur ma minorité à mon âge adulte. Des semaines durant, j'ai répété que non, je refusais que l'on fête ce passage, je refusais de me pomponner pour ma résurrection, de me faire photographier une fois la transformation accomplie.

Vu que nous n'avons pas fêté les dix-huit ans de Mariano en famille, Antonia pense sauver son âme et se faire réhabiliter dans l'olympe des bonnes mères en organisant des réjouissances contre ma volonté et à mes dépens.

Massimo vit avec une nervosité croissante la mise en œuvre du plan perfide de ma mère, lequel prévoit qu'il y participe lui aussi, qu'il soit habillé et coiffé comme il faut, qu'il arrête de se racler la gorge et de cracher à tout bout de champ, qu'il laisse sur sa table de chevet le tube d'oxyde de zinc avec lequel nous soignons ses plaies et son immobilité, qu'il porte des chaussures et non des pantoufles, qu'il soit exhibé en tant que chef de famille, hissé de force dans l'ascenseur, traîné dans la rue, en plein dans la lumière du monde.

Les jours précédents, mon père se déplace lentement dans l'appartement, j'ai l'impression qu'il fait grincer exprès les roues de son fauteuil, qu'il ouvre les portes au prix d'un effort atavique, qu'il ne sait pas comment atteindre le lavabo ni le cendrier, il se traîne, spectral.

Quoi qu'il en soit, j'ai dit et répété qu'il n'y avait rien de pire qu'une fête organisée par une mère à laquelle un père se sent obligé d'assister, mais Antonia a muselé mes protestations par ses jeux de regards et son enthousiasme énigmatique.

Elle a sorti du placard un vieux tailleur en bon état, découvrant avec une insatisfaction rauque qu'il la moulait trop aux hanches, et alors a commencé pour elle et pour moi une course disqualifiante à la robe de soirée.

Je me suis déclarée inerte, incapable d'évaluer les étoffes, les boutonnières, les couleurs, les coupes, les fentes sur les cuisses, retranchée dans ma chambre, à l'ombre protectrice de mon ours rose – gardien de mon adolescence –, j'ai retourné à l'envoyeur toute tentative d'implication.

Cela a été inutile : une petite robe rouge est apparue sur mon lit, faite d'une matière légère et inflammable, sortie d'un grand magasin, sans bretelles, mais avec les coutures d'un rouge plus clair, visibles et de mauvais goût.

C'est le cadeau d'Antonia, cette robe pour mon dernier jour de gamine, le faste à enfiler pour dire adieu à tout ce qui est interdit aux mineurs.

Elle est splendide, hein ? me dit-elle, appuyée à la porte, et je réponds que non, qu'une rousse ne peut pas porter une robe rouge, je vais ressembler à une torche, à un pompier.

Elle ne renonce pas à sa joie primordiale et incurable et tourne autour de moi, prend la robe et la plaque contre mon corps, pousse des cris de délectation et appelle les jumeaux pour qu'ils viennent voir, témoins de mon déguisement.

Du haut de leur bonté et de leur simplicité, Maicol et Roberto déclarent qu'elle va très bien m'aller et, comme à leur habitude, ils se soutiennent, l'un dit bien et l'autre dit vraiment bien, l'un me regarde en souriant, l'autre acquiesce en applaudissant : le rouge est une couleur faite pour moi.

Je ne supporte pas leur communauté d'intérêt, leur aptitude à épouser toutes les initiatives de ma mère comme une nécessité, ils commencent tous les deux à avoir des boutons sur la figure mais conservent la politesse tranquille de leurs jours printaniers.

Papa n'est pas obligé de venir, dis-je en regardant le mur parce qu'il n'y a pas de miroir dans ma chambre, leurs yeux sont les seuls juges.

Bien sûr que si, répond Antonia et elle m'incite à essayer les chaussures, elles sont dans une boîte, elles ont un petit talon, de ceux que seules des mères achèteraient à leurs filles, rond et bon pour danser le charleston, je les lorgne, déprimée, et écarte la boîte du pied.

Je veux être heureuse, je veux être heureuse, rendez-moi follement heureuse, ai-je envie de crier, mais je n'y arrive pas et les fais sortir de ma chambre, j'enfile la robe rouge et les chaussures, le bout de celle de droite est trop serré, je n'ai rien pour me cacher, pour couvrir ma disgrâce.

Ma mère revient et se déclare pleinement satisfaite, je ressemble à une actrice de cinéma, je réplique qu'elle ne va jamais au cinéma, je ne crois pas qu'elle sache comment sont ou non les actrices de cinéma.

La fête se déroule dans une des salles du gymnase à côté de chez nous, ma mère a fait des heures à la place de la femme de ménage et elle a sympathisé avec le propriétaire, il l'a laissée utiliser cette salle gratuitement du moment qu'elle la nettoie le lendemain, la pièce pue la sueur et les chaussettes en éponge, des guirlandes colorées ont été accrochées dans les coins, il y a une table contre un mur avec des verres en plastique verts, des assiettes, des fourchettes et des sandwichs, quelques bouteilles de vin, beaucoup de Fanta, du jus d'ananas, un monsieur chauve s'improvise DJ pour la soirée, c'est le père d'une voisine, il a décidé de commencer par des danses latino-américaines.

Si je n'étais pas celle que l'on fête, je chercherais un moyen de m'échapper.

Ils ont dû s'y mettre à trois pour porter le fauteuil de mon père et le descendre jusqu'au gymnase car il n'y a pas de rampe d'accès pour handicapés, mon père a fait deux crises d'angoisse : la première dans l'ascenseur, la seconde quand il a découvert l'existence d'un univers, de la vie en dehors de l'appartement, les gens marchent, les gens respirent.

Je n'ai pas encore compris comment ma mère s'est débrouillée pour les invitations, la plupart des gens que je connais sont là, presque tous les garçons et les filles de mon âge.

Ils me disent salut et joyeux anniversaire, ils me font la bise et me complimentent sur ma robe et mon maquillage, ils me soufflent à l'oreille que je suis grande maintenant et cela les met de bonne humeur.

Il y a quatre dames à côté du buffet : la coiffeuse dont la permanente n'a pas bougé depuis la lointaine année 1986 qui sert les boissons, la caissière de l'épicerie préférée d'Antonia qui distribue les assiettes, la mère du poissonnier qui sert des crevettes en sauce aux invités, la propriétaire du bar de la gare plombée par trois quintaux de laque qui a plié les serviettes en origamis, ce sont de petits hérons, elle les tend gaiement aux invités.

Antonia brille et accueille, je découvre qu'elle est belle maquillée et vêtue d'une robe noire, sa poitrine est mise en valeur, je me dis qu'elle a des chevilles raffinées : elle renaît, je me fane.

Massimo a trouvé un recoin secret pour lui et son malaise, d'où il échange quelques mots avec tous ceux qui se sentent en devoir de le saluer en se penchant ou en s'accroupissant devant lui, il espère que personne ne remarquera son urinal dont il devra se servir et qu'il gardera sur lui jusqu'à la fin de la soirée.

Il est neuf heures et la nuit estivale est tombée depuis peu.

Iris porte la robe jaune qu'elle avait le jour où on s'est vues la première fois, elle a attaché ses cheveux en une queue-de-cheval haute, comme Agata, elles se déplacent de conserve dans ma direction et je ne sais plus distinguer le passé du présent, je souffre comme si j'avais reçu une gifle, une blonde et une brune, chaloupées et séduisantes, leurs corps sont parés des couleurs adaptées, elles savent marcher sur des talons plus hauts que les miens et se sont passé le même rouge couleur pêche sur les lèvres.

Je découvre sans tarder que ce sont elles qui ont aidé ma mère, elles ont invité nos connaissances, se sont mises en quatre pour que tout le monde soit là, elles ont décidé ensemble du menu, approuvé la musique, examiné ma robe et mes chaussures et les ont jugées adaptées à la situation, préparé ensemble le gâteau à la crème pâtissière comme je l'aime, des heures et des heures d'intrigues dans mon dos, elles ont aussi fabriqué un panneau, quand tout le monde est là elles le sortent, il est orange et couvert de photos : beaucoup d'Iris et moi ou d'Agata et moi à différentes étapes de ma vie, d'autres où je suis seule, un moi toute petite avec de grands yeux et le visage barbouillé de sauce, je porte un T-shirt de mon frère, je suis sur le béton de la cour de notre premier appartement.

Mes tortionnaires montrent les photos choisies et les phrases rédigées pour moi, des poèmes sur l'amitié, des citations célèbres, les mots d'autres personnes, cherchés sur Internet et insérés dans le collage de nos fictions. Les yeux brillants, Iris énumère les raisons pour lesquelles elle m'aime, elle en a dressé la liste – en bas à droite –, elle dit que je suis intelligente, fiable, fidèle et courageuse.

Ce dernier mot m'atteint comme un crachat en plein front, il anéantit notre relation, transforme mes confessions en silences. Je ne veux rien être de tout cela, je ne veux pas d'adjectifs pour moi, je ne veux pas de larmes, je ne veux pas de fêtes et de panneaux : mes crochets sont vides, je n'ai pas de racines latines, sanscrites, françaises, je n'ai ni préfixes ni suffixes, je suis une définition ratée.

Je les regarde sans savoir quoi dire, les gens applaudissent et déclarent que c'est une attention tendre et gentille, je les remercie et les prends dans mes bras, raide, j'ai de l'acier dans le ventre, les articulations en fer, sourire me demande autant d'efforts que traverser la ville à pied.

Je voudrais brûler ce panneau, le voir disparaître, pouvoir rentrer chez moi et le découper aux ciseaux, en faire des miettes digérables.

D'autres personnes s'approchent et m'offrent des cadeaux, des cartes d'anniversaire, moi je regarde autour de moi à la recherche de mon frère, convaincue qu'il va arriver, éteindre la musique, tirer les oreilles à tous ces gens et leur faire comprendre qu'ils me font mal, mais Mariano ne vient pas, les personnes défilent, les cadeaux s'accumulent entre mes mains.

M'man, où est Mariano ? je demande à ma mère avec un regard de proie, et elle me répond qu'elle ne l'a pas invité.

La musique est forte, mes amies me disent de poser les cadeaux dans un coin et de venir danser, il y a aussi Ramona, Marta et Dafne, les copines du centre équestre d'Iris, toute l'équipe de majorettes, les enfants des gens chez qui travaille ma mère, certains de mes camarades de classe vêtus de chemises en lin à manches courtes, la sœur de Carlotta, qui s'approche et dépose un baiser sur ma joue en me disant que c'est de la part de Carly, elle aurait tellement voulu être là, elle en est sûre, et les larmes lui montent aux yeux.

Non, elle n'aurait pas voulu, d'ailleurs elle n'est pas là, regarde autour de toi, tu la vois ? Tu la vois ? J'ai envie de crier, mais je suis écrasée par la certitude que personne ici ne s'est soucié de savoir ce qu'il convenait de faire ou non, que personne n'a réfléchi à ce que moi je voulais vraiment, chacun a joué son rôle, en suivant le scénario des fêtes pour les dix-huit ans pleines de bonnes intentions, d'adieux à la jeunesse et de promesses renouvelées.

Rien de ce qui se passe ici ne me paraît légal et légitime.

Mes amies poussent un petit cri de joie en montrant quelqu'un dans mon dos, je respire péniblement et envisage de me laisser tomber par terre et de fermer les yeux. Je me tourne, poussée par leurs regards et leurs sourires immenses, leurs bouches élargies par l'enthousiasme : Andrea vient d'entrer dans la pièce, il a mis un pantalon chic et une chemise, il tient un bouquet de roses.

Il est bien rasé, il s'est bien coiffé et je me dis que sa beauté est une source de malaise supplémentaire, comme sa manière de s'avancer, sa solennité, les roses si fraîches dans sa main, sans aucune gêne il s'approche et m'embrasse, je sens les lèvres humides de notre passé sur ma bouche brisée, certains applaudissent, ma mère soupire de bonheur ; un si brave garçon, un si charmant garçon, si convenable.

Je comprends soudain pourquoi Cristiano n'est pas là non plus : personne ne lui a dit de venir, et même, il est probable qu'on lui ait expressément demandé de ne pas se montrer, car ma mère et mes amies le jugent indésirable, inapproprié à ma nouvelle vie, ma vie de femme majeure, de sainte.

Le message m'apparaît alors comme une évidence : une nouvelle moi doit exister, l'ancienne gamine, celle des offensives, des actes irréfléchis, de la violence, des scènes, doit être archivée, c'était une concession à mon jeune âge, à partir d'aujourd'hui je dois me purifier, revêtir mes plus beaux sourires.

Je prends les roses, les serre contre ma poitrine, je regarde Andrea en face et me rends compte que personne ici ne sait qui je suis.

Personne à part moi ne sait pour cette nuit-là, pour la pierre que j'ai jetée sur le pare-brise de son père avant d'aller en discothèque, afin de lui signifier que rien n'avait été oublié et qu'il continuerait à payer.

Je devrais lui dire que c'est lui qui a tué Carlotta, lui et les garçons comme lui, ceux qui ont lavé leur conscience en se rendant à son enterrement, mais qui avaient honte quand elle leur proposait d'aller prendre une glace ensemble, ceux des cagibis, des recoins et des coulisses, ceux des touche-moi mais reste derrière moi, je ne veux pas voir ton visage.

Andrea passe un bras autour de mes hanches et me dit de poser les fleurs : l'heure est venue de danser comme seuls les adultes savent le faire.

La prof d'italien lève la tête vers moi, elle porte un manteau léopard qui lui arrive presque aux chevilles, sa coupe au bol ne bouge jamais, même pas quand elle éternue, elle me demande ce que je compte faire de ma vie, travailler, non ? Elle répète deux fois mon nom de famille comme si je n'étais pas en face d'elle et me repose la question. Tu pourrais suivre une formation professionnelle, en graphisme et communication, qu'est-ce que tu en penses, qu'est-ce que tu en penses d'entrer dans l'armée, qu'est-ce que tu en penses de faire trois ans d'école pour devenir infirmière, à l'hôpital on te paie dès le début, ou alors tu pourrais être esthéticienne, secrétaire dans un cabinet d'avocats. Je ne t'imagine pas dans l'athlétisme, la natation, la course, tu es douée dans quelque chose, toi ?

Elle sort un bonbon à l'anis de sa poche pour le sucer avec délice, il reste collé à ses dents, elle le détache à l'aide de son doigt, de son ongle.

Je réponds que je ne sais pas, je dois encore y réfléchir, et son visage se plisse.

Le bac est dans un mois et je révise même quand les autres dorment, le jour je suis une présence évanescente, je garde mes yeux rouges et écarquillés fixés sur le tableau, je souligne si fort mes livres que je manque d'écorcher les pages.

Même Antonia pense que j'en fais trop, elle frappe à la porte de la salle de bains quand je m'endors assise dans la baignoire, un livre sur les genoux, et menace d'appeler les pompiers.

Elle se met à me harceler elle aussi, elle parle de médecine, de chimie, d'astrophysique, elle dit qu'avec le cerveau que j'ai je pourrais être astronaute, travailler dans les minéraux.

Je me suis fait un calendrier, à chaque jour de la semaine il y a écrit ce que je dois réviser, tout le programme de la première à la dernière année, des Babyloniens à Hitler, du chef-lieu du Molise au fonctionnement de l'ADN, de l'aoriste à Carducci, il ne doit pas y avoir de brèche, de faille, quoi qu'on me demande, je devrai trouver une réponse.

Au coucher du soleil je me fais hibou, je passe des heures à réciter par cœur les vers grecs et je m'entraîne à la métrique – le trimètre iambique, l'hexamètre dactylique, l'anapeste –, j'essaie d'éduquer ma mémoire limitée et perméable, je veux qu'elle soit d'acier et d'aluminium, qu'elle abrite dates, rois et reines, rimes et mélodies, guerres, épidémies, formules algébriques, chapiteaux et tableaux.

Iris m'appelle parfois et me demande si je fais la tête, si j'ai des problèmes.

Je lui réponds que non, je dois réviser, encore et encore.

Elle me demande si elle peut m'aider, si je veux qu'on se voie avec Agata pour parler de nos exposés et réviser ensemble, mais je décline son invitation, entêtée et opiniâtre, je ne reviens pas en arrière et continue de creuser la tranchée de notre séparation.

Andrea dit que le bac n'est pas grand-chose, que je me laisse tourmenter par un rien, lui il est en deuxième année d'économie et il a déjà passé au moins six partiels, mes marmonnements résonnent à ses oreilles comme le miaulement frustré d'un chaton affamé.

Il me prête son ordinateur, je vais chez lui pour rédiger mon exposé dont je tiens le sujet clandestin mais je ne supporte pas qu'il soit dans la chambre pendant que j'écris, en train de paresser ou de jouer sur son téléphone, de lire ou d'écouter de la musique avec des écouteurs, sa seule respiration me détrousse et me perturbe, alors je l'expédie au salon et l'enferme hors de sa chambre, je donne deux tours de clé.

Pour entrer il doit frapper, je lui ouvre, il apporte du pain et du jambon avec un verre de jus de poire, il s'assied sur le lit à côté de moi, et dit calme-toi, il répète calme-toi et enroule mes cheveux autour d'un de ses doigts, je réponds que j'ai déjà oublié, je ne me souviens déjà plus des trois quarts de ce que j'ai étudié jusque-là, je ne comprends pas la fin de l'histoire chez Hegel, je ne comprends pas, je ne comprends pas ce qui est fini.

Il répond que je suis très belle habillée en blanc.

Je rougis et regarde la robe que je porte, elle a des bretelles fines et une jupe large, elle compte parmi celles que je tolère le moins, mais c'était une des rares encore propres dans mon placard : j'étudie trop, je transpire beaucoup, je change en permanence de tenue, et ma mère me le reproche.

Je ne vois pas le rapport, je réponds en coinçant la jupe entre mes cuisses.

On devrait aller danser et tu devrais t'attacher les cheveux, propose-t-il, et il relève ma chevelure de ses deux mains, la serre doucement dans une queue-de-cheval haute, déclarant qu'ainsi on verrait mieux mon visage.

Je sens la chaleur monter à mes joues et à mes oreilles maintenant à nu, présentes au monde, gigantesques et anormales, je les couvre de mes mains et lui dis d'arrêter.

Pourquoi ? demande-t-il. Ça te va bien, comme ça, tu me plais.

Alors je reste immobile, ses mains lissent ma queue-de-cheval, les miennes bouchent mes oreilles, je vois qu'il me regarde et sourit, comme s'il admirait un cercle parfait.

J'ai l'impression d'être entrée dans un lieu, une pièce, peut-être même un cagibi, où je revois l'après-midi des autos-tamponneuses, quand il ne me regardait pas et que l'émotion me glaçait les pieds, et tout tournait, avait de la gravité pour lui, et je le sens derrière moi pendant que je braque le pistolet et tire, et vise dans le mille, encore et encore, et gagne, il n'y a pas un avant et un après, il y a cet endroit – un couloir, un balcon, un passage souterrain – où nous sommes seuls.

Oui, on peut aller danser si tu veux, finis-je par dire, j'écarte mes mains de mes oreilles et il me fait un chignon, il le tient dans ses mains comme un bouquet de tulipes.

Le corps d'Andrea est maigre et quand nous sommes seuls, glissés sous les draps de son lit, je ne fais plus la distinction entre nord et sud, je me détache de mes pensées les plus asphyxiantes, de mes états d'âme permanents, des dragons que je combats sans en parler – les dents, les genoux, le nombril –, il y a quelque chose en lui qui appartient au monde, qui demande de l'attention, je n'entends plus de bruissements dans le couloir, les branches qui cognent contre les fenêtres, je n'ai plus d'ouïe pour les voitures qui passent dans la rue. Quand nous sommes seuls, Andrea parle à voix très basse et je n'entends jamais ce qu'il dit, mais c'est comme si je le savais, comme une cantilène qui me reviendrait en mémoire.

Lundi, c'est le début des écrits du bac, mais aujourd'hui c'est encore samedi et je me laisse convaincre d'aller danser ce soir. Andrea insiste pour que je garde cette robe qui lui plaît tant, alors je ferme mes cahiers, j'éteins l'ordinateur, je mets mon exposé de côté, je me coiffe en rassemblant mes cheveux au sommet de mon crâne : il a l'air content, j'ai l'air d'une personne qui n'existe pas.

Nous mangeons une pizza à emporter dans sa voiture, il allume la radio et n'arrête pas de changer de station, j'entends des éclats et des débris de chansons, j'essuie la sauce tomate sur mon visage du revers de ma main.

L'endroit où nous allons danser s'appelle le Movida, c'est un bar au pied du château de Bracciano, qui comme beaucoup d'autres sur les rives du lac n'est ouvert que l'été, devant il y a une petite plage avec des chaises longues, un terrain de beach volley, une coulée de béton où l'on peut danser, un petit ponton en fer.

Quand nous arrivons, il y a du monde mais pas trop, c'est une soirée hawaïenne, quelqu'un nous donne des faux colliers de fleurs, je mets le mien sur ma robe blanche, couvrant la tache de tomate qui s'est formée au niveau de mon sein.

Je suis Andrea qui rejoint ses amis assis aux tables autour de la piste, la musique est une cacophonie assourdissante, on prend les tubes des années 1980 et 1990 et on les remixe sans grâce, les DJ crient des exhortations vulgaires dans leur micro, ils n'ont jamais beaucoup d'imagination ni d'aptitudes, et si les bars changent les chansons restent toujours les mêmes au fil des mois des ans des siècles, ces chansons nous définissent, elles sont la bande-son de notre vie de province.

Je salue les gens que je connais puis attends qu'il aille nous chercher un verre, pour moi une caïpiroska à la fraise, pour lui un ange bleu, autour de nous un brassage de visages venus des petites villes autour du lac, présents à toutes les soirées parce que le choix n'est pas pléthorique, les bars ne se concurrencent même pas, il y en a trois : un pour le jeudi, un pour le vendredi et un pour le samedi. Nous, nous tournons comme des satellites et eux ils restent immobiles, ils sont nos planètes, notre univers.

Iris me voit et vient à ma rencontre, elle me prend dans ses bras, étonnée, demande comment ça se fait que je sois finalement sortie et pourquoi je ne l'ai pas prévenue, on aurait pu se préparer ensemble : j'ai la tête d'une perche prise à l'hameçon, mes claquettes de plage aux pieds, les formulaires de trigonométrie imprimés sur le front – sinus, cosinus et tangente –, elle a des cils interminables couverts de mascara, un rouge à lèvres rouge qui lui va très bien, une robe plus courte que d'habitude que j'identifie comme appartenant à Agata. Tiens d'ailleurs la voilà, elle apparaît peu après, elles sont pratiquement habillées et maquillées pareil, à quelques nuances et à un ou deux accessoires près. Elles semblent issues du même moule, produites en série et vendues sur le marché dans des boîtes criardes, avec des lettres en relief.

Je réponds que nous nous sommes décidés au dernier moment, Andrea voulait que je décroche de mes révisions au moins pour une soirée, elles commentent que c'est super mignon de sa part et que ça me va très bien les cheveux attachés. Iris en particulier insiste sur ce détail, elle passe cinq minutes à tourner autour de moi et à s'extasier sur la finesse de mon cou et la beauté de ma nuque, elle dit textuellement : tu as une belle nuque.

Tu as rendu ton exposé vendredi ? me demande Agata, en caressant la pointe de ses cheveux lissés au fer qui paraissent or et diamants.

Oui, et toi ?

Non, je le déposerai directement lundi, la prof a dit que c'était possible.

C'est sur quoi ? me demande Iris avec qui je n'ai partagé aucune information concernant mes recherches.

Sur Amour et Psyché, le mythe, la statue et d'autres choses, je dis, sans entrer dans les détails.

Mais elle me pose d'autres questions, elle voudrait savoir quels livres j'ai mis dans ma bibliographie et quelles citations j'ai utilisées, comment j'ai organisé mon plan, quels sont les développements de mon raisonnement, comme si c'était encore l'été des lectures et de Batman et des plongeons depuis le ponton, mais ce n'est pas le cas, c'est un nouvel été où elle est perchée sur des talons brillants et où j'ai mal à la tête à force de penser à Schopenhauer, Apulée, Canova, à la prof d'italien qui mâche ses bonbons, qui m'a demandé si à mon avis ce ne serait pas une bonne idée d'envoyer un CV à un supermarché, parce que certes j'ai d'excellentes notes, mais regardons la réalité en face, avec une famille comme la mienne, il vaut mieux que je commence à travailler, il vaut mieux, oui, que je commence à travailler, travailler, travailler.

Andrea revient et leur dit bonjour, j'avale mon verre en quelques gorgées sans esquisser un sourire, les gens continuent d'arriver, Iris et Agata se mettent à danser collées l'une à l'autre, elles se frottent et lancent des œillades aux garçons qui les entourent. Depuis qu'Agata et le fils du fleuriste ont rompu, elles aiment sortir ensemble et se rendre désirables, elles s'amusent avec leurs robes et leurs moues mais détestent qu'on les approche trop, elles dansent seules, enlacées, au milieu de la piste, pêchant des regards comme des poissons rouges et décevant tout désir de conquête.

Je ne sais pas faire ce qu'elles font, je ne séduis pas, je n'envoûte pas, je n'arrive pas à m'offrir, je n'ai jamais su le faire, je les regarde danser, se sourire et boire, elles m'invitent plusieurs fois à les rejoindre, tu es des nôtres veulent-elles simuler, tu es la bienvenue et à ta place, mais je vois un mensonge dans ces regards, parce qu'il n'y a jamais eu un lieu pour moi, je n'ai jamais été au bon endroit.

Andrea aussi me dit que je devrais m'amuser, que nous sommes là pour ça, il me tire par le poignet et danse en jetant ses pieds vers l'avant sans aucun sens du rythme, il rit de lui-même, et crie que si même lui essaie de danser, je dois forcément essayer moi aussi.

Moi je sens un nœud coulant autour de mon cou, l'espace ouvert de ce jardin, l'air frais et humide qui monte de l'eau du lac, la rumeur des vaguelettes qui clapotent me rend claustrophobe, je me vois dans une boîte en fer-blanc, sans trous pour respirer, écrasée sous une presse de chantier.

Tout le monde autour de moi fait pivoter ses poignets et ses chevilles, se donne des coups d'épaule et se passe des gobelets en plastique remplis de glaçons, fait tomber ses pailles noires par terre, certains se jettent des regards menaçants, d'autres s'éloignent main dans la main, d'autres s'embrassent au milieu de la foule, déclarant un amour impudique et public.

Je n'aurais pas dû venir, dis-je à Andrea, mais il ne m'entend pas et continue de sourire.

Et mes amies chantent en essayant de se faire entendre par-dessus le vacarme de la musique, elles crient et se regardent dans les yeux comme si un courant électrique passait entre elles. Je n'arrive pas du tout à me brancher sur leur fréquence, la fréquence de ceux qui fêtent la fin du lycée, n'ont pas peur de l'avenir, pensent avoir le choix, de ceux qui ont une maison avec ou sans crédit, un père avec ou sans cravate, une mère qui prépare des tartes et regarde les quiz à la télé, un frère qui ne risque pas de finir en prison et qu'on invite à leurs fêtes d'anniversaire.

Les minutes passent, la foule se fait plus nombreuse, de plus en plus nombreuse, elle ne forme qu'un seul corps gras, à la peau luisante de sueur, aux cheveux sentant le gel, aux chaussures tachées par l'herbe, les cigarettes circulent et les mégots finissent par terre avec les paquets vides, la foule laisse tous ses déchets ballotter à la surface de l'eau, tous ses détritus, comme s'ils pouvaient disparaître ou couler à jamais.

Andrea m'a dit une fois je t'aime, nous étions assis sur la plage, nous voulions faire un concours à celui qui verrait le plus d'étoiles filantes, même si ce n'était pas la nuit des étoiles filantes et que nous n'en avions pas vu une seule, nous étions restés à zéro tous les deux, aucun vœu à faire, il avait fini la bouteille de vin rouge puis avait parlé, j'avais toussé fort, comme quand mon père se plaint de l'assaisonnement des repas, je m'étais raclé la gorge et j'avais fait semblant d'être enrouée, pour couvrir ce que je percevais comme un préjudice, le résultat erroné d'une équation.

Je dis que j'ai envie de partir, mais Andrea me fait remarquer que la soirée vient juste de commencer, si quelque chose ne va pas je peux lui en parler, mais je ne me confesse pas et ne serai pas absoute, je reste muette, mes cheveux attachés m'irritent l'épiderme, je halète et jette mon verre vide dans une poubelle qui déborde d'autres verres, d'autres vies et d'autres pensées, je ne peux pas lui dire les miennes, il ne les comprendrait pas, j'en suis certaine, je lui paraîtrais inévitablement ridicule et méchante. Comment dit-on la jalousie, comment dit-on la peur, comment dit-on la perte, comment dit-on l'avenir qui n'aura pas lieu.

Quand il se détourne pour bavarder avec un ami, je m'éloigne, passe entre les corps, leur humidité et leurs espérances se collent à ma peau.

Il n'y a aucun moyen de partir, car la rive du lac de Bracciano est éloignée d'Anguillara et il n'y a ni navettes, ni bus, ni moyens de fortune, on vient en voiture ou en scooter et on repart de la même façon, mais je m'en fiche, je commence à marcher sur le bord de la route, me faufilant entre les voitures garées en double file, les cris de ceux qui hésitent à entrer dans le bar, ceux qui vomissent leur dîner sur un vrai peuplier ou un faux palmier, ceux qui déballent des préservatifs sur la plage.

Je marche sans m'arrêter et passe devant des restaurants fermés, des pubs rideau tiré, des kiosques en bois blanc où, le jour, on vend des boissons et des granités, il n'y a que le bruit du lac avec moi, une rumeur qui n'a rien à voir avec celle de la mer, parce qu'elle est rare, occasionnelle, son eau ne produit habituellement pas de mélodie, c'est de l'eau stagnante, dormante, brillante et miroitante, seul le vent l'agite parfois et la fait chanter.

Je suis un point blanc dans le néant de la nuit noire, inapte aux palettes et aux compositions, avec mes cheveux attachés, ma robe de communiante et cette fausse guirlande de fleurs autour du cou, la sauce tomate, la transpiration sous mes aisselles, mes claquettes qui font *tchac tchac*.

Puis un scooter s'arrête devant moi et Cristiano enlève son casque intégral, il dit que je suis folle, on est en pleine nuit, je ne peux pas me balader toute seule, c'est une mauvaise habitude que j'ai là.

Je lui réponds que ce ne sont pas ses affaires et qu'il n'a qu'à pas me suivre.

Il dit qu'il ne me suivait pas, il allait chercher une amie à Anguillara et il m'a vue sur la route, avec mes longues jambes et cette étrange coiffure, je ne me ressemble même pas.

Je le regarde, il porte une chemise neuve mais froissée au niveau du col et un parfum douceâtre, malodorant et tapageur, il a les yeux rouges de quelqu'un qui a trop fumé, les lacets défaits, et je suis contente de le voir, parce que je pense que c'est ainsi que les choses fonctionnent entre les mauvaises personnes, elles sont heureuses quand elles se croisent.

Tu sais le type avec qui je sortais, Luciano, tu te souviens ? Vous avez dévalisé sa maison. Eh ben il m'a envoyé un message aujourd'hui pour me souhaiter bonne chance pour le bac. Sur le portable que j'ai acheté avec son argent, lui dis-je en m'approchant.

Il rit et j'ai envie de rire moi aussi.

Je t'avais dit que c'était un crétin, dans son placard on a trouvé un ours en peluche blanc et les slips qu'il portait à la maternelle, Cristiano me fait de la place sur la selle et me tend un casque.

Je monte en calant comme je peux cette jupe encombrante et fastidieuse, il démarre aussitôt et roule comme à son habitude, vif et avide, puis il remonte vers la route principale, celle qui n'est pas éclairée, mais qui longe l'eau, la forêt et les campings, elle a l'odeur des plantes, des aiguilles de pin tombées.

La route de notre vie, la route que nous connaissons par cœur, d'où l'on voit le lac de loin mais en entier, d'une rive à l'autre, une tache plus sombre dans l'obscurité, la route du musée de l'aéronautique, du club de swing fermé dans les années 1970 qui n'a jamais rouvert, de la jardinerie avec ses statuettes en forme d'ange, des villas fortifiées, des renards qui s'élancent sous la voiture si on ne fait pas attention.

Je serre mes mains autour de sa taille parce que j'ai froid et parce que ce geste est juste.

Au bout d'un moment, il demande : t'es prête ?

Je comprends à quoi je dois être prête ou pas et réponds : oui.

Alors Cristiano accélère et éteint le phare.

Ainsi, nous nous jetons dans la nuit.

## 10

## L'INCENDIE

1. TON MIMÉTISME, ta transformation, ta métamorphose en double d'Agata à qui, selon moi, tu ne pourras jamais, mais alors jamais, ressembler.

2. Tes tentatives énervantes pour me pousser à participer à des sorties, des promenades, des discussions à trois alors que ça ne m'intéressait manifestement pas.

3. Ton investissement démesuré dans les préparatifs de la fête pour mes dix-huit ans, qui ne correspondait en rien à ce dont j'avais envie.

4. Ton indifférence, à plusieurs reprises, à l'égard de notre amitié, notre amitié à toutes les deux, pas notre amitié à partager à tout prix avec une troisième ou une quatrième personne.

5. Ton utilisation, sur ce pauvre panneau, que j'ai plié et jeté au fond de mon placard avec d'autres objets qu'il m'est désagréable de voir tous les jours, de l'adjectif "courageuse" alors que je t'avais expliqué qu'il ne me convenait pas.

6. Tes soirées en boîte dont j'ai été exclue parce que je sors avec Andrea et que je ne suis pas capable de me frotter à n'importe quel être de sexe masculin qui passe dans le périmètre.

7. Tes appels chez moi, qui se sont raréfiés, ou plutôt qui ont disparu, les sonneries du soir qui étaient notre code, notre secret, voilà je te reproche surtout la disparition de nos secrets.

8. Tes messages envoyés sur mon portable, attentionnés et cordiaux, alors qu'en vérité nos relations sont devenues froides et distantes.

9. Mon oral du bac, où tu n'es pas venue, sûrement parce que je t'avais dit de ne pas le faire, mais c'était une interdiction à enfreindre et tu ne l'as pas compris, et puis ton oral du bac où Agata a été invitée aussi et ta dédicace finale "à mes amies", avec ce pluriel affreux dans lequel tu m'as emprisonnée.

10. Ton idée que, vu mon passé, tu pouvais te positionner sur la gauche pour dessiner un nouveau triangle scalène. Je déteste les triangles, je suis pour les lignes droites, les lignes qui relient deux points sans aucune déviation.

J'ai rédigé, à la demande d'Iris, une liste où j'ai énuméré toutes ses méchancetés à mon égard ces dernières années. La distribution de la liste, écrite sur papier et déposée chez elle à vélo, a été suivie de plusieurs semaines de silence.

Je suis chez Andrea, c'est l'après-midi et il fait déjà sombre, les pavillons sont serrés, peints en orange et en jaune, ils ont des portails automatiques, les lisières des haies sont des ombres et nous, nus, nous sommes sous les draps dans le lit d'Andrea et nous nous cachons, il dit fais comme si on avait disparu, que personne ne pouvait nous trouver, mais qu'on était ensemble ; nos souffles sous le coton sont chauds, nos corps sont moites, mes cheveux roux me gênent, ils glissent dans ma bouche et sous mes aisselles, ils tombent sur mes yeux et m'aveuglent. Pourtant, je pense que le petit espace exigu qu'est un lit, que sont les corps collés – pubis, clavicule, orteils – peut plaire à presque toutes les moi, de la moi quémandeuse à la moi bagarreuse, de la moi inquiète à la moi hâbleuse, de la moi désespérée à la moi impertinente.

Je scrute Andrea et c'est à ses défauts physiques que je m'intéresse, je les cherche de près, comme le grain de beauté sur sa narine, la cicatrice sur sa lèvre, ses oreilles pointues, sa pomme d'Adam qui a grossi et qu'on remarque quand il déglutit, ses os qui à certaines périodes sont trop saillants, ses muscles qui ne sont ni entretenus ni visibles, sa pâleur qui l'agresse y compris en été et ses longs doigts, féminins, ses ongles qu'il coupe souvent trop court, son incapacité à élever la voix quand il s'énerve, ses points noirs dans le dos, sa peau sèche au niveau des genoux. Je cherche des erreurs silencieuses qui justifient son choix, le fait qu'il soit là avec moi.

Sa chambre avec son lit double donne sur un petit balcon, les chemises repassées par sa mère sont posées sur son bureau et les murs sont bleus et denses, ils ont la couleur du ciel de septembre, je lorgne son univers en haletant et en serrant mon corps contre le sien, pour m'y fondre, être absorbée comme un point de suture interne, de ceux qui referment les blessures profondes et que l'organisme est obligé d'assimiler, d'intégrer dans son mécanisme.

Mon portable vibre, je reçois plusieurs messages, mais je ne les lis pas, parce qu'en ce moment je ne suis pas là, nous avons disparu, comme l'a dit Andrea, et personne ne peut nous trouver, pas même en criant nos prénoms.

Une fois sortie de chez lui, les lèvres gonflées et les jambes chaudes, je regarde mon téléphone, je trouve les mots d'Iris, qui a lu ma liste et veut s'excuser, parce qu'elle a compris qu'elle m'a fait de la peine, elle dit qu'elle a laissé dans ma boîte aux lettres les dix points qui selon elle nous serviront à recommencer.

Je reste immobile devant mon vélo, sous un réverbère dont la lumière papillonne, et j'ai l'impression de les avoir de nouveau tous les deux pour moi, de les avoir conquis et gardés malgré les nombreuses incursions et agressions de tiers qui ont tout tenté pour nous éloigner.

Le ventre débordant de cette certitude, de cette vanité, je monte en selle et me mets à pédaler, je ne tiens pas le guidon et fredonne une chanson entendue à la radio, elle dit : je vais à la ligne ainsi, j'éteindrai les lumières et tu disparaîtras d'ici, quelques instants, de l'autre côté de ce brouillard, de l'orage, la nuit est longue et limpide, elle finira, mais c'est la tendresse qui nous fait peur*.

Je me suis inscrite en philosophie par dépit, par erreur, par fatalisme, par défi, avec mon diplôme et ma mention, avec mes cheveux maintenant très longs, mes sourcils blondis par l'été, mes hanches de plus en plus étroites, ma poitrine de plus en plus discrète. C'est la part de moi qui doit convaincre les autres de sa valeur qui m'a conduite là. On me dit formation professionnelle, médecine, chirurgie, travail de bureau, je réponds Heidegger.

* "Sei nell'anima", chanson de Gianna Giannini, 2006.

C'était trop simple de s'inscrire en langues, en lettres, en sciences politiques, il fallait trouver une flagellation, déborder, pêcher dans la mer le poisson avec le plus d'arêtes et l'avaler bouche ouverte. Maintenant j'ai entre les dents le goût ferreux d'une mastication violente et les restes d'un mauvais repas que j'hésite à recracher dans l'herbe ou à faire passer avec un litre de soda à l'orange.

Au téléphone, j'ai dit à Mariano : je vais étudier Marx et je saurai ce qu'est le capitalisme.

Il s'est mis à rire.

Ma manière d'étudier est aussi compacte qu'un container aveugle, un parallélépipède massif, une construction d'appoint que personne ne transformera jamais en palace, j'ai dû créer de nouveaux espaces à partir de rien pour soutenir mes efforts intellectuels. Pour ce faire, j'ai mis au point des rites et des échéances, des rythmes et des calendriers.

Souvent, j'étudie dans ma chambre, qui n'a jamais évolué, mais devient chaque année moins habitée, plus impersonnelle, on dirait la chambre de deux enfants partis en vacances, qui ont laissé leur ballon de basket dans un coin, leurs draps aux motifs de méduses et d'étoiles de mer froissés dans leurs lits.

J'ai accroché au mur devant le placard mon emploi du temps, la liste des livres à étudier, la liste des livres à approfondir, la liste des livres à photocopier, la liste des livres déjà photocopiés, la liste des livres que j'ai trouvés, la liste de ceux que je n'ai pas trouvés, la liste de ceux que je déteste déjà, la liste de ceux qui sont trop longs pour être photocopiés et que je devrai consulter à la bibliothèque, la liste de ceux qui sont illisibles, la liste de ceux sur lesquels j'ai défoulé ma colère, la liste de ceux auxquels il manque des pages, la liste des pages manquantes.

Pour étudier, mémoriser, comprendre, je dois écrire, il n'y a pas d'autre moyen, alors j'inonde des cahiers et des carnets d'annotations, de points d'interrogation, de points de suspension, de phrases inachevées, de noms célèbres mal orthographiés, de flèches qui relient des dates et des événements, de titres entre guillemets, de citations notées à la va-vite et toutes raturées, pour arriver à faire le lien entre les concepts je dois me concentrer, faire le vide autour de moi, presser et essorer toutes mes cellules cérébrales.

Je me dédouble, une moi dans le train, une moi sur le quai sous la pluie, il pleut et l'eau est un fleuve en crue, et la moi sur le quai s'abrite tant bien que mal sous l'auvent qui goutte et dégouline et la moi dans le train passe à ce moment-là, le train ne s'arrête pas, il a décidé de sauter cette gare, la moi sur le quai reste immobile et ne sait pas comment rentrer chez elle, tandis que la moi dans le train regarde la moi sur le quai, distraite par la vitre zébrée de pluie, la foudre tombe deux fois, une fois sur la tête du train et une fois sur sa queue et la moi sur le quai voit la foudre toucher le train simultanément, en même temps, et la moi dans le train ? Que voit la moi dans le train ? Ça fait une éternité qu'elle voit des choses, la moi dans le train, elle ne sait même plus ce que c'est de ne pas voir passer le monde derrière une vitre dans la succession ordinaire d'endroits où elle n'a jamais mis les pieds, mais dont les apparitions et disparitions lui sont familières.

Alors que je pense à cela, un chœur de voix s'élève dans le salon, ma mère et les jumeaux font du bruit et mon père pousse en contrepoint des cris intermittents, on dirait qu'il caquette, je ne saisis pas s'ils se disputent ou s'ils sont incroyablement heureux, mais je penche plutôt pour la première option, vu que le bonheur incroyable n'a jamais habité à notre deuxième étage.

Je sors de ma chambre, énervée, parce qu'ils m'ont distraite et parce qu'étudier de la physique pour philosophes me semble une plaisanterie, je n'ai pas choisi de faire philosophie pour étudier la physique et encore moins pour en étudier un abrégé, un précis, le b.a.-ba de la physique pour les pauvres esprits incapables, je passe la tête et crie : j'étudie la relativité d'Einstein, si vous pouviez…

Puis je me tais, il y a un objet sur la table de la cuisine, un objet noir, avec un écran lisse, des trous pour les branchements et l'antenne, un bouton pour l'allumer et l'éteindre.

Mme Festa voulait la jeter, m'informe ma mère comme pour justifier cette présence, cette monstruosité, le pas cédé à l'ordinaire qu'aucun d'entre nous n'imaginait.

Mon père fait aller et venir son fauteuil, il se cogne dans la table et ses jambes fines tremblent sous le choc, il trépigne et s'agite, ce qui s'accomplit dans cette cuisine est la sarabande de sa vie, le changement historique qu'il n'osait pas réclamer et la bénédiction qu'aucun saint ne lui avait accordée.

Les jumeaux ont déjà la télécommande à la main, ils l'observent et étudient ses fonctions, c'est un vieux téléviseur, il doit avoir plus de cinq ans, pour les autres c'est un déchet, pour nous c'est une manne.

Je ne dis rien et reste à distance de la table, ce n'est pas la première fois que je vois une télévision, j'en ai vu des quantités chez les autres, j'en ai lorgné des quantités dans les vitrines des magasins d'électroménager, j'en ai regardé des quantités accrochées en hauteur dans les pubs et dans les bars, j'en ai admiré, détesté, adoré, oublié et désiré des quantités.

Ne pas avoir la télé était notre malheur et notre singularité, nous pouvions le clamer haut et fort et nous montrer insolents : je ne l'ai pas, je ne suis pas au courant de ça, je n'ai pas idée de ce dont vous êtes en train de parler.

Pendant très longtemps nous avons été à la marge des discussions, nous nous sommes efforcés de comprendre le sens des conversations des autres qui concernaient quelque chose d'impossible pour nous, voilà, nous avons fait l'expérience de l'impossible, car un objet on le possède ou non, on peut le toucher, le lécher, l'épousseter, le casser ou non, et ne pas avoir a été mon avant-poste.

La simplicité avec laquelle ma mère nous communique cette entorse à ses règles, ce contact avec le superflu, avec l'injustifié, me confond, comme une poupée à anglaises et à jupon en dentelle je m'assieds à table pendant qu'ils s'affairent et que mon père fait *toc toc* avec son fauteuil contre le pied en bois, la cuisine ressemble à un trou noir, elle nous aspire, son champ gravitationnel ne nous laisse aucune chance.

Après quelques manipulations, une série de jurons, le déplacement des meubles à la recherche du trou où brancher le câble de l'antenne, la réadaptation de nos besoins et la création d'un autel, la télévision est posée contre le mur du salon, sur deux cageots de fruits dont ma mère se sert d'habitude pour entreposer les pommes de terre et les oignons et que, en quelques gestes rapides, elle a maintenant liés entre eux avec du fil de fer, elle les imagine déjà décorés, elle les couvrira de fleurs et de colle.

Les jumeaux s'installent sur le canapé et leurs yeux sont immenses, excités, mon père réussit enfin à se désencastrer de la table et les rejoint, il s'oriente en dessinant un arc de cercle et ma mère s'assied sur un des bras du canapé, qui est petit, qui n'a jamais été pensé pour nous contenir tous à la fois, nous n'avions pas de raisons d'occuper simultanément cette zone de l'appartement, parce que nous n'avions rien à regarder contre le mur et pas grand-chose à nous dire.

Le téléviseur est allumé et ainsi nous nous mettons aux normes, nous baissons la garde immunitaire, je reste assise à la table de la cuisine et je vois par la porte ouverte leurs quatre nuques qui dodelinent, leurs longs cous tendus, j'écoute leurs commentaires, j'écoute le conflit qui commence parce qu'ils sont déjà en désaccord et, comme par la faute d'une tragique destinée, leurs opinions divergentes se reflètent sur l'écran.

En très peu de temps ils se mettent à se disputer sur les disputes des autres et débattent de l'utilité ou non de se disputer à cause de ça et ils se disputent sur le fait qu'au bout d'une demi-heure de télévision ils se disputent déjà et ils se disputent sur la présence de la télévision et sur l'absence de la télévision, sur leur manque d'accoutumance à l'observation silencieuse de la programmation nationale.

Je me lève et on ne me remarque pas, j'ai faim, mais va savoir quand le dîner sera servi, je regagne ma chambre et regarde la feuille où j'ai dessiné un train, je regarde le point A du premier éclair et le point B du second éclair et la flèche qui représente le mouvement du train et le point M c'est-à-dire moi – moi dans le train, moi sur le quai –, et j'ai la certitude que la moi dans le train est fichue, car si un train en marche est frappé par la foudre à deux reprises, il n'y a aucune chance qu'il arrive à destination.

Un après-midi de juin, je descends au lac avec mes livres à étudier – le cercle herméneutique, le scepticisme de Montaigne, le procès de Galilée –, je prépare trois ou quatre partiels à la fois, contrôle continu, examens, exposés à rédiger, la brise du lac est insipide, je trempe mes pieds sur la rive.

Fini pour moi les mois de vacances scolaires avec leurs éclaboussures, leurs longs après-midi et leurs heures paresseuses, je suis piégée dans cette nouvelle villégiature, si brève qu'elle est fulgurante, insuffisante. L'été est devenu court, au crépuscule le lac est un tigre, la lumière se brise en rayures jaunes et noires là où le soleil se couche, de l'autre côté la nuit pointe son nez. Quand je suis assise avec mes livres sur la plage à côté de la vieille ville, je regarde le ciel depuis la rive et je vois la lumière se retirer peu à peu des maisons, même en l'absence de nuages la brume s'épaissit et dissimule.

Je me tourne pour regagner ma serviette et je vois une fille à quelques mètres de moi, elle me regarde, elle tient un petit chien en laisse. La laisse est bleue, la fille est jaune, elle s'approche avec un sourire dynamique et se présente : je m'appelle Elena. Je l'ai déjà vue à Anguillara, de loin, elle m'a toujours semblé mesurée, convenable, entourée d'amies. Bien que personne ne nous ait jamais présentées, je sais déjà des choses sur son compte : le lycée où elle allait, les garçons avec qui elle est sortie, le soir où elle a trop bu et où elle est allée aux Cigni, la boîte de nuit de Viterbe, en dansant sa petite robe noire a glissé sur sa poitrine généreuse, et plus d'un jure avoir vu son mamelon gauche.

Je dis mon prénom d'une voix ténue, je n'ai aucune envie de bavarder, mes pensées sont concentrées sur le travail, le lac devait être un camarade, pas une distraction, en semaine il n'y a pas beaucoup de monde, même en été, et encore moins à l'endroit où nous sommes, en dessous du tournant de l'À-pic.

Elena me répond qu'elle sait qui je suis, elle m'a vue plusieurs fois, toujours avec mon amie qui ressemble à une actrice, et je lui dis qu'elle s'appelle Iris. Elena s'assied sur ma serviette, libère son chien qui va vers l'eau en reniflant les cailloux, et se met à parler, à me dire mille choses sur elle, où elle habite, comment ça se fait que personne ne nous ait jamais présentées, selon elle nos vies n'ont pas cessé de se frôler jusque-là, elle dresse la liste des coïncidences, elle fait des études pour devenir journaliste de mode et elle ne sait pas si elle arrivera à obtenir de bonnes notes, elle lit des livres d'aventures, elle aime voyager, petite elle a fait de la danse classique, mais elle a les pieds tordus et un mauvais sens de l'équilibre.

Ce qu'elle me raconte ne m'intéresse pas, je voudrais ouvrir mes livres, reprendre mes réflexions à l'endroit précis où je les ai interrompues, je me maudis d'être sortie de chez moi, j'aurais dû m'enfermer à clé dans ma chambre et mettre le ventilateur à côté de mon bureau.

Je n'arrive ni à comprendre ni à situer l'enthousiasme dont elle fait preuve à l'égard de notre rencontre fortuite, elle est courtoise, désinvolte, pas du tout ombrageuse, son humour est plutôt fin et je la trouve très belle, elle a des jambes bronzées mais pas très longues, une grosse poitrine et une taille fine, de plus près je m'aperçois que ses cheveux sont teints, de fait elle me révèle que sa mère est coiffeuse et me propose d'aller dans son salon, il est devant l'église San Francesco, je lui réponds que c'est ma mère qui me coupe les cheveux, pas parce que c'est son métier mais parce qu'il le faut.

Elena me propose d'y aller quand même, elle pourrait me poser gratuitement du vernis semi-permanent – noir, argenté, gris, le gris doit bien m'aller – et ensuite on pourrait boire un verre ensemble à l'heure de l'apéritif.

Je réponds que je ne sais pas, on verra, les vernis et le vin pétillant ne sont pas mes grandes passions.

Toujours est-il que nous échangeons nos numéros, puis elle me laisse travailler, elle se lève, époussette sa petite robe à pois et rappelle son chien dénommé Gin, comme le gin tonic me dit-elle en souriant, je la vois s'éloigner d'une démarche chaloupée, Gin est de nouveau au bout de sa laisse et ils sont de nouveau jaune et bleu.

À compter de ce jour, Elena m'écrit souvent, elle n'est pas insistante, elle n'est pas fatigante mais elle est persévérante, elle dit qu'elle peut passer me prendre avec sa voiture – blanche et flambant neuve, semblable à un taxi –, que ce serait bien d'aller à la mer à Fregene, qu'au lac elle connaît un club de voile privé où personne ne va jamais et où l'eau est plus claire, il y a des bateaux et une pelouse toujours tondue, elle a trouvé une recette en ligne et elle aimerait bien essayer une fois de faire un ketchup maison pour y tremper des nachos et des chips.

Ses attentions me donnent rapidement l'impression d'être importante après ces années où j'ai souffert du peu d'égards d'Iris, alors je me laisse entraîner dans ses initiatives sans trop hésiter, et je me retrouve à laisser mes livres de côté quelques heures pour aller à la mer, boire de la margarita sur la plage, je fais semblant de savoir cuisiner et j'improvise un guacamole, je regarde la télé avec son père, qui est avocat et culturiste, et son petit frère, qui aime la montagne et photographie des bouquetins et des chèvres sauvages.

Nous regardons ensemble *Diamants sur canapé* et *Sabrina*, qui sont ses films préférés, et une nuit nous dormons dans son lit, à l'abri dans sa chambre aux murs couverts d'affiches de mode en noir et blanc, de découpages de Cindy Crawford, Naomi Campbell et des gratte-ciel de New York, car son grand rêve est de vivre à Manhattan, ou alors en Californie, à Hollywood, n'importe où pourvu que ce soit au bord de l'eau, elle me dit qu'aux States les jetées s'appellent des *piers* et qu'elles sont interminables, pas comme la nôtre qui est courte, visqueuse et inutile, à côté des *piers* les Américains ont fait des luna parks et les plages sont si larges qu'on peut y jouer au tennis.

Quand nous sommes installées sur la chaise longue à rayures du club de voile en sirotant du soda à l'orange, je lui raconte des choses personnelles, mon appartement suffocant et nocif, un appartement qui dévore tout, objets et personnes, un appartement assassin, ma mère et mon père, mon frère qui me manque, l'ours rose qu'Iris a surnommé Babol comme les chewing-gums qu'on mâchait quand on était petites, les jumeaux et leur générosité incurable.

Je réussis à construire des phrases sensées et des déclarations au sujet d'Andrea, dans les grandes lignes je me plains de notre passé, je fais l'éloge du présent, j'essaie pour la première fois de formuler à haute voix ce dans quoi j'ai vécu jusque-là, je ne vais pas jusqu'au récit des nuits phare éteint avec Cristiano, mais je fais la circumnavigation des événements, essayant de paraître intéressante et mystérieuse, je dis souvent ah si tu savais j'en ai fait de belles ou bien laisse tomber, des fois je perds la tête, je la perds vraiment, je suis un peu cinglée. Soudain, il me paraît juste et normal que je sois un peu de la mauvaise graine, un peu une fille au regard énigmatique, cela me rend attirante, inaccessible.

J'ajoute pour finir que moi aussi je voudrais vivre dans un endroit lointain, comme le Congo, le Japon ou la Polynésie, et que moi aussi j'apprécierais un petit déjeuner tous les matins devant la vitrine d'une bijouterie, l'occasion de faire une halte et de contempler des colliers et des boucles d'oreilles que je ne peux pas posséder.

Il me paraît si familier et naturel de passer du temps avec Elena, c'est comme si elle était déjà là pendant mon enfance et qu'elle avait toujours vécu dans les parages de mes journées, avec elle se matérialisent des événements auparavant inenvisageables. Elena trouve des quantités d'expédients pour s'amuser à peu de frais, elle ne se plaint jamais quand je me déplace avec mes livres à étudier, elle a déjà institué plusieurs rituels à nous comme aller en voiture voir le soleil couchant sur le lac, ce crépuscule qui est toujours une fin et cette eau où le soleil ne peut pas sombrer, qui se contente de refléter ses rayons moribonds.

Nous disons : ciao, soleil, adieu, soleil ; et nous éclatons de rire.

Iris n'est pas enchantée par ma nouvelle amitié, elle me répète de ne pas me fier à cette personne et je suis persuadée qu'elle dit ça par jalousie et par remords, car maintenant qu'elle ne me voit plus seule ou comme la cinquième roue du carrosse, elle craint que je puisse lui préférer quelqu'un d'autre, ce nouveau pouvoir, cette capacité à la froisser et à anémier son espoir m'électrise et me comble de joie: la roue tourne, on récolte ce que l'on sème, on paie ses erreurs.

Elena n'a pas de petit ami, elle sort tout juste d'une histoire très longue, presque six ans, et elle tient à tout me raconter sur Alessio, son amour passé, de la couleur de ses cheveux au nombre de fois où il s'essuyait avec les draps après un rapport sexuel, et alors moi aussi je me mets à parler de corps, d'adieux, de péripéties amoureuses, et j'y parviens avec une simplicité insolite, déconcertante, cela se produit, il suffit que je me raconte.

Les partiels ont lieu et je ne m'en sors pas si mal, j'ai eu deux trente, un vingt-huit et un vingt-cinq sur trente qui m'a fait pleurer, j'ai déchiré deux cahiers et envisagé de détruire à coups de dents quatre paquets de photocopies, j'avais révisé, je m'étais donnée, comme un hibou, une fouine, un animal qui rôde la nuit et s'emploie à sa survie.

Elena, elle, n'a réussi qu'un partiel, et elle semble heureuse de pouvoir profiter des mois à venir sans se soucier de rien, elle me convainc de fêter ma réussite et me dit d'inviter Andrea et des amis à lui, j'accepte, résolue à laisser le travail et mes fiches de côté pendant un mois au moins, et ainsi se forme un autre groupe estival sorti du néant et appelé à disparaître un jour, une nouvelle comète.

Pour exhiber ma nouvelle amitié, j'invite aussi Iris à la fête, nous nous retrouvons tous sur la plage d'un établissement balnéaire où les chaises longues ont été repliées et les parasols rentrés, nous avons trois bouteilles de vin blanc et chaud et de la musique grâce aux baffles d'une voiture laissée vitres ouvertes, et je bois, je bois, je bois, je ris et je m'appuie à Elena en minaudant, je surjoue mes gestes affectueux et insiste pour qu'on se baigne ensemble. Andrea se jette à l'eau avec nous, d'autres le suivent. Iris reste sur la berge, les cheveux secs, le visage long, un air de corbeau.

Sa tristesse me rend euphorique, je sautille dans l'eau et détache mes cheveux, les secoue, j'ai les cuisses fermes, les mollets fins, je suis pâle et ma crinière rousse ressemble à une tache de sang qui se découpe sur le ciel, toute cette beauté inattendue, la joie d'avoir obtenu ce que je voulais sans avoir à me contorsionner, à malmener, à pousser et à jouer des coudes palpite dans mes artères, maintenant j'ai quelque chose dont je peux me vanter et l'assurance que je plais, je plais beaucoup à tous ceux qui me regardent.

Je ris, béate et ivre, je saute dans les bras d'Andrea et l'embrasse dans l'eau, il ressemble à un serpent et moi à un poulpe, la musique est basse mais elle résonne dans l'air, les gens qui passent en scooter sur la route klaxonnent comme pour nous dire que nous avons raison, que nous sommes de braves personnes, libres et mûres.

Je me sens grande et pleine, comme une pâte sous un linge, j'ai levé, j'ai assimilé de l'air, mes succès m'ont enflée et bouffie : les partiels sont finis, Andrea m'aime – bien sûr qu'il m'aime –, Iris regrette d'avoir dit courageuse, les dix raisons qui l'ont rendue détestable, Elena est un projectile en pleine course, l'élan vers l'avenir, il est à présent évident que je peux agir et que tout est possible pour moi.

Je pousse un cri guttural, un appel adressé à quelque oiseau lacustre, je me feins espèce protégée, je me faufile comme une anguille, je m'imagine dotée de pattes palmées comme les mouettes, je retiens mon souffle et fais une cabriole sous l'eau, j'ai dû m'échiner et détruire, mais voilà le résultat : la félicité m'est due, à moi aussi.

Je bois une gorgée d'eau du lac et j'ai envie de ricaner : elle est douce, sucrée, cette eau, cette bourbe, elle a un goût de cerises, de marmelade de clémentines, de chamallows, l'eau du lac est toujours douce, je crie à pleins poumons.

Encore : l'eau du lac est toujours douce.

Je crie à pleins poumons.

Cristia', j'ai besoin d'un service. Passe me chercher, prends deux casques intégraux et deux jerrycans d'essence, cache la plaque de ton scooter.

Je raccroche, ma main tremble, valse, si j'avais une tasse de café entre les doigts le café finirait par terre. Je suis en culotte, j'ai le souffle court, je regarde mes pieds, eux aussi bougent, vibrent, alors je prends un soutien-gorge en dentelle noire, je l'agrafe sur mon ventre puis le tourne, je mets les bonnets en place, presse mes seins, arrange les bretelles, j'enfile mon jean noir posé sur la chaise puis mes baskets, je cherche un sweat mais je vois double, je vois triple.

Cinq heures ont passé et je n'ai pas trouvé de répit, je n'arrive ni à rester assise ni appuyée contre le mur, j'ai déjà fait pipi dix fois, j'ai perdu des fluides qui n'étaient pas de trop, je suis en train de fondre.

Le coup de téléphone est arrivé alors que je m'apprêtais à manger une pomme, en pyjama, j'étais en train de la peler d'une main experte, je tenais le couteau de manière à ne pas me blesser et je détachais la peau du fruit sans jamais détourner les yeux.

Quelqu'un a ri à l'autre bout du fil, mais je n'ai su identifier ni le rire ni la voix, la personne m'a dit qu'Andrea avait fait quelque chose, je voulais savoir quoi ?

J'ai répondu que non et j'ai raccroché, c'était un numéro inconnu, peu après j'ai reçu un message d'Andrea, il y avait écrit : excuse-moi, je t'en prie, il ne s'est rien passé, je te jure, j'étais juste passé prendre le café.

J'ai regardé et étudié mon Motorola – vieux, honnête, indestructible – et j'ai espéré qu'il explose avec tous ses messages, mon répertoire, les traces des mois et des semaines.

On m'a encore appelée, cette fois en numéro caché, et j'ai décroché : ton copain se fait ta copine, on est devant chez elle, il est dedans, ça fait trois fois qu'on sonne, il veut pas sortir.

J'ai secoué la tête dans tous les sens pour me débarrasser de l'inenvisageable, j'ai entendu rire de nouveau – rire rire rire de moi – et puis ça a raccroché.

J'ai appelé Andrea mais il n'a pas répondu, j'ai appelé une deuxième fois et il n'a pas répondu, j'ai appelé trois quatre cinq fois et il n'a pas répondu ; alors mes doigts se sont précipités dans le répertoire et j'ai appelé Iris.

Andrea est avec toi ? ai-je demandé à brûle-pourpoint.

Avec moi ? Non, je suis chez ma grand-mère à Monterosi, pourquoi ? Qu'est-ce qu'il se passe ?

On m'a dit qu'Andrea était chez une amie à moi.

Ce n'est pas moi.

J'ai entendu en arrière-fond les bruits de la cuisine, la télévision allumée, les infos régionales, le cliquetis de la vaisselle dans l'évier et j'ai raccroché.

Je me suis sentie étranglée, harponnée à la gorge, sur le point de perdre connaissance et sensibilité, je me suis mise à arpenter la pièce, en long en large en travers, j'ai ouvert la fenêtre, dehors les voitures passaient, des chiens en laisse faisaient leur sortie du soir, je voyais l'arbre dont j'avais coupé une branche avec l'aide d'Ours.

J'ai réessayé d'appeler Andrea et il a répondu, anxieux, il a bredouillé des choses inexactes, des regrets, des reconstitutions, des informations tardives, il a dit que c'était un pur hasard, ils s'appelaient parfois mais en tant que copains et ce soir-là il ne savait pas pourquoi quelqu'un l'avait suivi jusque là-bas, il voulait discuter.

J'ai dit : je ne comprends pas de quoi tu parles.

Il a répété qu'il n'y avait personne ce soir-là chez Elena et qu'ils voulaient discuter, puis quelque chose a changé, mais il voulait me le dire, il savait que ce n'était pas bien et maintenant il était désespéré, il a dit précisément DÉSESPÉRÉ et alors je me suis réveillée, j'ai écarquillé les yeux sur la pièce et sur moi, j'ai coupé mon téléphone.

J'ouvre le placard et plonge mes mains dans le guêpier et la pagaille, vêtements troués, chaussettes dépareillées, règles, équerres, cahiers abîmés, la raquette du collège, le panneau de mes dix-huit ans, je le trouve, je le sors.

Je secoue le T-shirt avec le S de Superman, une deux trois fois, puis y passe mon cou, mes bras, je récupère aussi mon gilet à capuche noir, je l'enfile et remonte la fermeture éclair jusqu'en haut, je rabats la capuche, cache mes cheveux.

Je dis à ma mère que je sors et elle répond que je sors tout le temps, trop, que ce soir je n'irai nulle part, je suis déjà dans l'escalier et gagne la rue.

Elle ne peut plus me convaincre par la soustraction, elle n'a plus le pouvoir de m'enlever quoi que ce soit, elle ne peut plus m'attacher les mains dans le dos quand je ne m'en sers pas bien, elle ne peut plus me priver de dîner quand je ne suis pas obéissante, elle ne peut plus faire la grève de la lessive quand je rentre tard, j'ai fait ce qu'elle a demandé :

je suis restée à ses côtés et j'ai étudié, j'ai étudié jusqu'à l'évanouissement. Je voudrais hurler : ce temps est révolu, m'man, celui où tu pouvais décider si je sortais ou non, où tu t'asseyais sur le seuil de la porte et Mariano et moi courions dans la cour en béton, débarrassée de ses seringues, nettoyée par tes soins des cafards et des maladies. Je mue comme une couleuvre au soleil, j'abandonne ma naïveté comme une peau morte et elle, elle reste toujours égale à elle-même, sculptée dans le marbre de sa maternité.

Cristiano porte un casque enfilé à son coude et deux jerrycans en équilibre à ses pieds, je m'approche et prends le casque, le mets et rabats la visière.

Il n'a pas besoin de demander : cinq heures suffisent ici, tout le monde sait déjà ce qu'il y a à savoir. Cristiano ne conteste pas mon projet scélérat parce qu'il le trouve juste et c'est pour cela que je l'ai appelé, car il sait ce qui doit être fait.

Je prends un des jerrycans qu'il a remplis à la station-service et, juchée derrière lui, je le tiens écrasé entre lui et moi, ainsi nous partons, avec ces enfants dans les bras et entre les jambes.

Je lui crie l'adresse où il doit aller et il y va, il conduit en exacerbant notre course contre un temps sans tic-tac, qui n'est compté que dans ma tête et dans la sienne.

La route est déserte, l'heure du dîner est passée depuis un moment, devant la maison d'Andrea Coletta il n'y a que des voitures garées, je descends, je vois la sienne avec sa plaque qui commence par AZ, l'antenne de sa radio, ses sièges verdâtres, elle est différente de celle de son père, celle sur laquelle j'avais jeté ma fureur la première fois, maintenant c'est la sienne qui m'attend, son moyen de locomotion personnel dont il a choisi la radio et dont il apprécie la climatisation. Cristiano arrête son scooter au coin de la rue et observe les ombres sous les réverbères. Nous avons nos casques sur la tête et un jerrycan à la main, nous le serrons avec délectation et émotion, il me jette un regard comme pour me demander si je suis sûre de moi, s'il doit continuer et je hoche vigoureusement la tête, mon casque bouge en avant et fait oui, le pas de deux débute, la scène clé, le *coup de théâtre**.

J'ouvre mon jerrycan en retirant son bouchon noir et j'observe les formes et les dimensions qui m'entourent, les volumes détestables, je m'approche et répands de l'essence sur les pneus et le capot, comme s'il s'agissait des jambes, des bras et de la colonne vertébrale de mon ennemi. Cristiano s'apprête à faire de même, mais je lui indique les autres voitures, il y en a au moins cinq garées à la queue leu leu, il acquiesce, cela lui semble une excellente idée, une seule voiture fait du bruit, cinq suscitent la peur et la panique, alors il s'exécute. Nous les arrosons toutes les cinq, mieux imbibées que des biscuits à la cuiller, qu'une génoise, que des gants de toilette, sur les pare-brise, sur les essuie-glaces, sur les phares et les vitres.

Je halète dans mon casque, j'ingurgite de la rage, toute celle que j'ai tenue secrète, que j'ai déguisée pour les grandes occasions, que j'ai regardée danser à distance, celle qu'on m'a interdite alors qu'elle m'appartient et que je veux la cultiver, j'ai la nuque lourde, les mains chaudes, douloureuses. Nous jetons les jerrycans à côté des voitures, et Cristiano sort de sa poche une boîte d'allumettes, elles sont

* En français dans le texte original.

longues et leur extrémité est bleue, il en allume cinq et m'en passe trois.

J'observe les pointes enflammées, elles se consument sous mes yeux et je me souviens du message du Nouvel An – je pense à toi – et tu es belle en blanc et puis on n'est pas là, personne ne peut nous trouver là-dessous, l'odeur des draps, de l'après-rasage, des préservatifs posés sur la table de chevet, la serviette enroulée autour de la taille, la porte des vestiaires s'ouvre de nouveau, Andrea sort, Carlotta dit je suis là, et je suis trempée, je dégouline d'eau, de sueur, d'isolement.

Je jette les allumettes une par une sur les voitures et l'essence prend feu, très vite la fumée s'élève.

Cristiano m'intime de remonter immédiatement sur le scooter. Il crie en dialecte : faut qu'on se grouille.

Et je suis immobile devant les voitures en flammes parce que la scène m'attire, je m'émerveille de ce qui détruit et dévore, défait, broie, fait dépérir. Voilà mon super pouvoir maintenant : regarder les objets, les maisons, les gens en train de souffrir.

J'ai les yeux ouverts, j'ai les yeux coupables, je pédale dans les tournants de bitume, je passe à côté des flancs de ce qui était jadis un volcan, parce que notre lac est cela : le résultat d'une implosion.

Le soleil s'est couché et mon vélo n'a pas de phare, la route n'est pas bien éclairée, je dois m'en remettre à mes souvenirs et aux lumières devant les maisons, je tourne à droite sans tendre le bras, je bifurque sur la petite route qui conduit au lungolago delle Muse, où se trouvent les bars et les établissements balnéaires, ce côté du lac qui a été le cadre de mon premier été avec Iris, de la nuit en boîte où j'ai rencontré Cristiano, de la soirée de fin de partiels il y a quelques mois, où j'étais soûle et où je croyais que ma vie n'était que pure merveille.

Je tourne de nouveau à droite, là où la route devient un chemin de terre et où il y a un seul établissement balnéaire, déjà fermé, j'aperçois une structure en bois sur la plage noire, la chaise de surveillance du maître-nageur inutilisable parce que le bois a pourri, si on y montait elle pourrait s'écrouler.

Je remarque aussi la voiture blanche comme un taxi, alors je freine et laisse mon vélo contre le grillage du bar, dont le rideau de fer est baissé.

Elena est assise sur la plage, éclairée par le clair de lune et par un pâle réverbère, il n'y a personne alentour.

J'ai reçu un long message d'elle il y a quelques heures, elle y racontait les péripéties de son cœur déchiré et son combat contre sa volonté, elle avançait une série de justifications improvisées, proposait un lieu et une heure de rendez-vous, me suppliait d'accepter ce dernier dialogue car elle ne serait capable de m'expliquer qu'en face. La ponctuation était catastrophique, il y avait des majuscules mal placées, des accents à la place des apostrophes, quelques *k* là où il aurait été opportun de mettre *qu*, cette négligence m'a irritée jusqu'à la moelle, jusqu'à l'intérieur des os, elle n'a même pas pris la peine de se relire, elle a vomi ces sinistres excuses, ces couinements de rat, sans daigner le faire avec dignité, avec le respect que l'on doit au moins aux mots.

Quand elle me voit, elle se lève sur-le-champ et je lis sur son visage l'égarement de ceux qui ont l'impression d'avoir un inconnu en face d'eux, je la rejoins à grands pas, mes baskets s'enfoncent dans le sable.

Elena affiche un air contrit et écarquille ses yeux innocents, elle déclare que cette erreur n'était pas prévue, c'est arrivé, ça arrive, comme les jours qui passent, les pots sur les balcons, les papillons dans les gouttières, les noyaux dans les pêches, un accident parmi tant d'autres sur notre planète Terre surpeuplée et épuisée.

Elle dit qu'elle a passé une semaine affreuse, elle a pleuré des nuits entières – moi je n'ai pas versé une larme, pas une nuit, pas une demie, pas un quart de nuit – et puis cette catastrophe dans la rue où habite Andrea, les arbres des jardins ont pris feu, le lendemain matin encore une fumée très noire s'élevait des carcasses de voitures, les murets en tuf ont noirci et les vitres ont éclaté, la rue est un cimetière de tôle où flotte une odeur de textile, de plastique, de résine brûlés.

J'acquiesce comme si je comprenais l'étendue du malheur, qui a certainement causé des dommages, des perturbations et des difficultés, et cette idée me délecte, me réconforte, car ce n'était pas un geste de pardon, d'apaisement ou de délicatesse ; ce monde reliquat résidu d'incendie est fait pour me plaire.

Les deux rumeurs ont démarré presque simultanément, comme deux injections de poison à peu de temps d'intervalle, d'abord la trahison d'Andrea, puis l'incendie à Residenza Claudia, où les pavillons sont collés les uns aux autres et les jardins assez grands pour contenir des bougainvilliers et des oliviers. À présent, les gens n'ont que cette histoire à la bouche, ils se roulent dans les hypothèses et les conjectures, se vautrent dans la fange de cet étang sans grillons ni grenouilles, ils jouent à celui qui devinera le premier, à celui qui a le plus d'informations à livrer au reste de la plèbe : nous sommes un corps à terre et ils sont les chiens affamés de viande fraîche, ils ont commencé à nous dévorer en partant de nos coudes.

Elena n'a pas le courage de me demander si c'est moi qui ai fait ça, car elle n'a pas assez d'outils pour comprendre comment et avec qui, elle ne sait pas compléter le puzzle de mes humeurs, de mes moments schizoïdes, de mes réactions disproportionnées, imprévisibles mais régulières, alors elle aggrave la situation en se mettant à parler de nous.

Elle dit qu'Andrea lui plaît beaucoup, qu'elle est amoureuse de lui, elle tient à insister sur la force de cet amour parce que sinon sa volte-face serait incompréhensible, ce serait une gaminerie, un geste inconsidéré, mais quand l'amour est là, que dire, toute action est autorisée et significative, toute action est poésie.

Leur grande connaissance l'un de l'autre, qui a commencé il n'y a même pas deux mois, l'a troublée dans ses tréfonds, dans ses entrailles, faisant germer une sensation d'appartenance réciproque, et devoir réprimer l'appel du sentiment s'est avéré monstrueux et déchirant, je ne suis pas sûre qu'elle ait dit appel du sentiment, alors je lui demande.

L'appel de quoi ?

Du sentiment.

Je me remets à acquiescer avec insistance, je fais oui oui de la tête et du menton, je participe de tout mon corps à son aveu.

Il y a des années, Cristiano m'a raconté une histoire sur notre lac : par le passé, il s'étendait au centre d'une ville nommée Sabazia, c'était une cité prospère, le commerce y était florissant, l'agriculture sur les terres environnantes ne connaissait ni sécheresses ni calamités, ses rues et son marché croulaient sous l'opulence, mais ses habitants étaient contrits, vénéneux, aigres, tous dépourvus de qualités. Ainsi la cité et ses habitants furent punis par Dieu, qui décida de faire pleuvoir de l'eau en abondance sur les habitations, les remparts, les cours, le linge étendu et les enclos des cochons, sur les écuries des chevaux, l'eau tomba, tomba encore, si bien que l'inondation engloutit Sabazia. Seule une fillette en réchappa car un jeune homme mystérieux lui conseilla de fuir avec lui. La fille demanda pardon à Dieu et se réfugia dans une église éloignée du village, elle y déclara qu'elle se montrerait à jamais vertueuse, sainte.

Je regarde le lac, il est redevenu sombre à mes yeux, immobile, il n'émet aucun son, il semble moribond, tombé dans un sommeil insalubre.

J'ai décroché du récit d'Elena, qui entre-temps s'est mise à pleurer, je la vois sortir un mouchoir de sa poche, déjà roulé en boule, elle tamponne ses cils, puis ajoute à ses propos inécoutés que je suis très chère à son cœur, indispensable, qu'elle n'avait pas prévu de faire ce qu'elle a fait.

Ça arrive, dis-je comme pour laisser entendre que j'ai compris, que j'écoute, que je suis là.

Elle acquiesce et me regarde, elle répond : exact, comme si c'était une vérité faite de lettres, tout semble en place, tout a un début et une fin.

Il m'apparaît clairement, avec une certitude absolue et soudaine, qu'il n'y a aucune cité nommée Sabazia au milieu du lac, pas plus qu'il n'y a une crèche au pied de la jetée, des fantômes au château Odescalchi ou des sorcières errant entre les dunes à la tombée du jour, ces endroits vivent de récits factices, ils ont érigé une mythologie sur les cailloux et les pierres volcaniques, avec leur légende ils voulaient exorciser les brutes et les effrontés, les punir, les laver de leurs péchés, mais les histoires ne suffisent pas, elles ne racontent pas toutes les vérités, et il est évident qu'il n'y a pas eu de conversion, qu'aucune femme n'a survécu, qu'aucune femme bénie n'a existé ; seules existent les femmes de sang, comme moi.

Alors Elena embraye sur notre amitié, qui est là, vivante, sans aucun doute, elle a reconnu en moi quelque chose d'elle-même, nous nous sommes trouvées et la perspective de nous éloigner lui fait l'effet d'une incision au scalpel, comment ferions-nous privée l'une de l'autre, et pourquoi devrions-nous laisser un événement isolé, une erreur naïve briser notre entente, nos affinités électives.

Une phrase qu'Iris et Agata avaient écrite sur le panneau de mes dix-huit ans me revient à l'esprit : l'amitié naît au moment où une personne dit à une autre : quoi ? Toi aussi ? Je croyais être la seule.

Je m'approche un peu plus et lui décoche un coup de pied au niveau de la rotule, de toute la plante du pied, le coup de sabot d'une bourrique, d'une vache, elle crie et se plie en deux, touche sa jambe qui sans aucun doute lui fait mal, très mal, et à deux mains j'empoigne ses cheveux blonds, leurs racines sont plus sombres, leurs pointes éclaircies par l'été, et je la tire comme si elle était un ballot à décharger au port, un déchet d'usine bon à polluer l'eau de mer, je la traîne sur le sable noir, son poids creuse un sillon et son empreinte saute aux yeux, elle laisse ses germes, sa salive sur le rivage.

Elena essaie de se débattre, donne des coups de pied dans le vide, remue les bras et me frappe, je reçois ses coups sans les subir, je me sens boule de béton armé, je n'ai pas de failles, pas de rides, pas de fissures par lesquelles se faufiler, rien ne peut m'arrêter, alors je continue de la traîner : son 95C, ses hanches taille S, ses fesses faites pour les slips brésiliens, son nez à la pointe un peu épaisse, ses pieds de danseuse ratée, quand j'arrive au niveau du lac, je lui décoche deux autres coups de pied, saisis sa tête, la plonge dans l'eau et coince son corps entre mes jambes, je la tiens immobile, je la tiens calme.

Il n'est pas facile de l'empêcher de respirer, parce qu'elle continue de se débattre, on dirait un poisson tout juste sorti de l'eau au bout de l'hameçon, elle relève la tête et respire, sa tête replonge, elle donne des coups de pied dans le vide, griffe, crie, pleure et sa voix fait *glou glou*, mes baskets sont dans l'eau, mon jean est mouillé au moins jusqu'aux cuisses et je continue d'avancer dans le lac et à imprimer ma force sur ce corps comme si c'était un tas de linge à rincer pour éliminer le savon, nettoyer une tache de sauce rouge sur une robe blanche.

Le carton à pizza est ouvert sur nos jambes, la croûte croustille, la sauce tomate coule et tache, et Andrea dit : allons danser.

Je suis folle, quand je perds la tête tu ne sais pas ce qui se passe, c'est ce que je me répète et je tire de l'énergie de cette image de moi, la femme crainte, respectée, féroce, à son côté je me bats contre les rires de ce coup de fil, l'excuse de boire un café le soir, l'impétuosité avec laquelle – alors que je pelais une pomme – la sensation de joie que j'avais éprouvée et crue, arrosée, entretenue, nourrie, m'a été arrachée, la manière dont j'ai toujours dit importante, c'est une histoire importante avec Andrea, destinée à mes yeux à l'éternité vaine de la jeunesse.

Cette vie que j'ai entre les genoux, dans les mains, pareille à une grappe de raisin, une lampe, un livre, doit s'achever, car c'est ainsi que fonctionne le cycle des ères, des animaux, des saisons, il arrive que quelque chose s'achève.

Elena répond avec de moins en moins d'énergie à mon attaque, à mon homicide, et les bulles dans l'eau s'amenuisent, les spasmes s'affaiblissent, les contractions s'amoindrissent, il ne reste que quelques secondes, le temps d'un ciao, d'un au revoir et d'un je t'aime avant qu'elle parte.

Puis j'entends deux personnes parler sur la plage, un homme et une femme, la femme dit cinquante euros pour la totale et il dit cinquante euros ça me paraît beaucoup, ils approchent, ils marchent dans le sable et ils nous verront bientôt : moi accroupie dans l'eau, elle engloutie.

Alors je suis obligée de la lâcher, d'abandonner ma fureur, et Elena relève la tête, cyanosée, égarée, elle a les yeux exorbités de quelqu'un qui suffoque dans un sachet en plastique, elle avale à pleins poumons l'oxygène humide qui monte du lac, je pars en courant vers la route et mon vélo, je ne me retourne pas, il ne faudra pas longtemps avant qu'elle se mette à crier et à me poursuivre avec sa voiture et à me renverser sur la route du retour, ou qu'elle appelle au secours et qu'une patrouille de police arrive sous la fenêtre d'Antonia.

Le carabinier avec qui elle est amie lui dira avec son accent sicilien : je t'avais prévenue qu'il fallait la tenir à l'œil, ta fille est bonne pour aller en taule, elle a presque tué quelqu'un, mais après tout qu'est-ce que tu pouvais espérer d'autre d'une femme rousse, qui a grandi dans une famille pareille ?

## II

## LA LUNE EST TOMBÉE CETTE NUIT

DANS LA HÊTRAIE, on ne voit ni terre ni herbe, seulement des feuilles mortes sans nuances, une nappe de petites feuilles fines et croustillantes, sucre caramélisé et amandes. Cristiano dit que la hêtraie d'Oriolo Romano est différente des autres parce qu'elle a poussé à basse altitude, il dit que les hêtraies sont les endroits les plus durables du monde, elles sont restées identiques pendant des millions d'années, depuis la fin de l'ère glaciaire jusqu'à aujourd'hui, ou peut-être moins, mais même si c'est moins je regarde ces troncs longs et étroits comme si c'étaient mes ancêtres, je les vois nus, ils ont des bras, des mains, des doigts et se frôlent à peine, quand personne ne les regarde ils allument des feux dans des cavernes.

C'est ma fête pour mon master, ce sera la seule, j'ai interdit qu'il y en ait d'autres.

Cristiano marche devant moi, il s'est revêtu de toutes les tonalités du sous-bois et porte une casquette en laine sombre enfoncée sur la tête, il a le menton hérissé de barbe, un gilet orange. Ses épaules sont larges, il est plus grand que moi, en marchant il remonte souvent son pantalon comme s'il le perdait, alors que ce n'est pas le cas, il a une ceinture. Je ne vois pas ses petits yeux rapprochés, ses pupilles qui me paraissent toujours trop dilatées ou trop contractées, je ne sais jamais si c'est par réaction à la lumière et à l'obscurité, si elles sont en synthétique, si elles sont dessinées au feutre noir.

T'aurais dû mettre quelque chose de fluo, me dit-il en continuant de marcher.

J'ai les cheveux roux, ça suffira, personne me prendra pour un lapin, je réponds en le suivant.

À mon avis, t'en feras rien de ce master, rien du tout, déclare-t-il, et son fusil se promène avec lui, le long de sa cuisse, jusqu'à son genou.

Je vais faire une demande d'inscription en doctorat, je travaille déjà à mon projet de recherche, je serai prise et je continuerai d'étudier, je réponds d'une voix ferme en serrant la crosse, je regarde autour de moi, j'épie les mouvements dans les fourrés, les taches sombres, les bruits de bêtes.

Évidemment que c'est ce qui va se passer, je ne suis capable que d'étudier, réviser, emmagasiner, on va forcément me laisser continuer, c'est ma place dans la société, être chercheuse, devenir l'assistante d'un professeur, serrer les dents parce que je serai mal payée, essayer d'obtenir un poste de maîtresse de conférences et enseigner à l'université, écrire des ouvrages, devenir un lien cliquable, une entrée consultable dans la liste des enseignants.

Avec ça on peut même tuer des loups, m'a dit Cristiano au sujet de sa *lupara*, il a tenu à me raconter les histoires de ce fusil et du mien, et de toutes les *lupare*, la généalogie des *lupare*.

J'ai pensé que j'aimerais qu'il y ait des loups dans la hêtraie, pour me confronter à une véritable chasse, la chasse à quelque chose de méchant, de dangereux, quelque chose qui peut te manger, dont l'ombre dort au fond du ventre de toutes les gamines, mais je devrai me contenter de grives et de sangliers, de créatures privées de noblesse féerique.

La chasse est interdite dans la hêtraie, et de toute manière ni Cristiano ni moi n'avons de permis de chasse, mais il connaît les meilleurs horaires et les endroits les moins surveillés par le garde-chasse, et il sait le temps qu'il faut pour porter la carcasse d'une bête du milieu de la forêt jusqu'au fourgon.

Nous n'avons pas pris les chiens parce qu'ils sont trop bruyants et attirent l'attention, notre chasse est lente et misérable, nous devons attendre que les animaux bougent tout seuls ou à cause de nos pas. Après un long chemin fait de silences et d'histoires de la forêt – des récits de Cristiano sur son grand-père et son arrière-grand-père, sur ce qui se passe dans les masures en lisière de la hêtraie, qui semblent vides mais sont pleines de vie, d'irrationalité, d'infortunes –, je vois un sanglier, sa tête de porc, son corps gras.

Il est immobile à côté d'un rocher, il mord la terre, il serait trop facile de lui tirer dessus maintenant, il n'y a ni plaisir ni saveur dans les choses simples, dans les défis mesquins, alors je dis à Cristiano de se tenir prêt car il va en arriver un, je braque ma *lupara* à l'âme lisse, je vise et tire sur l'arbre pour le faire fuir. Et il fuit, ses courtes pattes raclent la terre, sa masse est une déclaration de présence, prête à se déplacer entre les troncs et dans les fourrés, il galope sur les feuilles sèches et grogne son inquiétude. Cristiano tire dans sa direction, par deux fois, et le rate, la bête se tortille dans sa fuite, s'enfonce, elle cherche le foie, la rate de la forêt, le lieu obscur où les ombres l'accueilleront.

Cristia', abats-le, dis-je.

Il se met à courir derrière la bête puis s'arrête et tire de nouveau, il tire, tire et ne la touche pas, et je me dis que s'il s'était agi d'un loup furieux celui-ci l'aurait déjà mordu au visage, à la gorge, au menton, alors je m'approche et le dépasse, je cherche le sanglier comme si je me cherchais moi-même.

Je me vois à quatre pattes dans la forêt, essayant de fuir mes responsabilités, celles de mes presque crimes, de mes mots de travers, de mes gestes furieux, de la tendresse que je n'ai pas su donner, de la tendresse que je n'ai pas pu recevoir, de mon avenir, c'est moi qui halète et me tapis, j'ai le poil dur et hirsute, une cuirasse animale coriace, je grogne, flaire, je ne veux pas qu'on m'arrête, qu'on me fasse un procès, qu'on m'accuse, puis je braque mon fusil, qui est corps, objet vivant, capacité, et je vise, une des rares choses que je sache faire et que je saurai toujours faire.

Je me souviens de Mariano et moi qui rapportons Babol à la maison, en le tenant par la tête et par les pattes, nous l'installons, et mon frère se met à rire ; et d'Andrea qui dit : tu veux tirer ? Et il sort de l'argent de la poche de son jean, parce que c'est à moi qu'il parle.

Je sens le coup partir et le recul, grâce à Cristiano je sais que la *lupara* était l'arme des résistants comme des mafieux, des chasseurs comme des combattants, la *lupara* déchire la chair du sanglier dans un spasme et ses cris sont aigus, la blessure est précise, une blessure digne du grand écran, d'applaudissements, d'une fête en grande pompe, et la bête, défenses, sabots, muscles, fibres, s'affaisse, ses jarrets, son ventre, sa tête tremblent, elle ne comprend pas ce qui l'a touchée ni comment, elle ne peut pas le savoir, et la fin de sa vie tient tout entière là-dedans, dans l'ignorance.

Je pense à moi, à la fin de mes études, à tout ce qui m'attend, je le sais, à tout ce qui va se produire sans l'ombre d'un doute et à tout ce dont je n'ai jamais interrogé la nécessité et le caractère crucial pour moi. Je n'ai jamais travaillé l'été, à la différence de mes copines, je n'ai pas mis de côté l'argent susceptible de me libérer du souffle maternel, je ne me suis concentrée que sur mes examens et sur mes livres, j'ai suivi le fil rouge placé entre mes doigts, pendant des années, de longs mois et de longues heures, je l'ai scrupuleusement suivi, quand je l'ai perdu de vue je l'ai regretté, je m'en suis attristée, et maintenant je suis sortie du labyrinthe, j'ai la tête du Minotaure dans une main et je regarde autour de moi : je suis prête, je porte mon armure de héros, quelqu'un me remarquera forcément, quelqu'un préparera un recoin du monde pour moi, quelqu'un trouvera l'endroit adapté à mon scintillement, à ma geste et à mes duels victorieux.

Un quart d'heure après, nous traînons le sanglier sur le chemin du retour et marchons vite, il tient ses pattes avant, moi ses pattes arrière, nous les avons attachées avec une corde, nous le tenons suspendu, de temps en temps nous faisons une pause, sans Cristiano je ne pourrais pas porter ce poids, même pas en rêve, même pas dans un accès de folie, il m'aide, le visage sombre parce qu'il a échoué et j'essaie de lui parler de daube, de vin rouge et de sauce, il acquiesce le regard fixé devant lui.

C'était ton cadeau, tu peux en faire ce que tu veux, me dit-il en chargeant la bête dans le fourgon, et on entend le bruit sourd de son corps sur le métal. Cristiano monte et couvre la carcasse avec des sacs-poubelles noirs, il éponge le sang qui coule. Mes bras me font terriblement mal.

Sans trop se presser, il range les fusils, prend soin de ce corps mort et de ses humeurs avec une froideur tranquille, la qualité que je préfère chez lui, son asepsie face au monde et à ses affronts, s'il y a à faire, il fait. Cristiano est un roc, solide, homogène, avec le petit héritage laissé par sa grand-mère il a acheté une ferme en dehors d'Anguillara et il la retape, il travaille toute la journée pour réparer les étables, installer des clôtures, boucher les fissures, il est né dans ces lieux et il est ces lieux, il est sa famille, il est le lac, il est tel qu'il apparaît, transparent, évident.

Moi je suis la femme brisée et opaque, celle qui se réfracte sur les surfaces, toujours visible qu'à moitié.

C'est quoi cette tête de chien battu, ce bec d'oiseau ?

En entrant, ma mère me trouve appuyée à la table de la cuisine, mes yeux sont en verre, mes lèvres en papier froissé. Elle pose les courses, les pommes de terre, les artichauts, le lait écrémé, je me balance, un pied sur le pied de la table, j'oscille.

Rien, je suis juste énervée.

T'as parlé avec ton prof pour le doctorat ? demande-t-elle, et je revois le visage long de cet homme, ses petites lunettes posées sur son nez rond et ses mains, ses doigts dans le nez, fouiller, nettoyer, extraire et replonger, explorer, creuser, parler et creuser encore et déclarer que non, ce projet est trop littéraire, la figure de l'idiot c'est du vu et revu, plus personne ne s'y intéresse. *Le langage des mal-aimés* est un titre fragile, là on parle de recherche et je ne connais même pas l'allemand, où je crois aller comme ça ? Qu'est-ce que j'imagine ? L'université n'est pas la cour de récréation des âmes tristes.

Je lui ai parlé.

Qu'est-ce qu'il a dit ?

Il a dit qu'en tant que directeur il pistonne pas ses étudiantes, par déontologie, il faudrait que j'essaie à la fac Tor Vergata, sans bourse, je réponds, et la fenêtre est ouverte, l'air me rappelle celui de la cour de l'université où les efforts dévalent en contrebas et où les mouches couvrent les murs l'été, où tout est immobile et rien ne peut apporter le salut.

Sans argent c'est pas possible, je te l'ai déjà dit, qu'est-ce qu'ils imaginent ? Avec quoi on bouffe pendant que tu bosses gratuitement pour eux ?

Antonia prend sa voix des meetings et de la bagarre, des reproches et des luttes sociales, les artichauts glissent dans l'évier, sont engloutis, les voisins écoutent de la musique latino-américaine et fredonnent peut-être, mon père regarde *Amour, Gloire et Beauté* en attendant le soap opera suivant, *CentoVetrine* sur Canale Cinque, la télévision gonfle les poumons de Massimo d'air sain, d'oxygène indispensable : chevelures blondes et brillantes, épaulettes, morts qui ressuscitent, trahisons avouées, mères nocives, amours passés sous silence.

Commence pas, m'man, commence pas.

Et qui va commencer si je commence pas ? Après toutes ces années d'études, on te propose que des machins pas payés, on s'est saignés aux quatre veines pour que tu puisses étudier, tes notes, tes connaissances, tout ça, ça a servi à rien… Tor Vergata ! Je devrais aller lui parler, moi, à ce monsieur.

J'ai plus douze ans, je lui ai déjà parlé.

Tu t'y es pas bien prise, tu lui as pas parlé comme il faut, sinon il nous aurait pas arnaqués comme ça, c'est pas lui le chef là-bas ? Et il te dit de déposer ta demande dans une autre fac ? Si lui il peut pas prendre ses propres étudiants, qui va les prendre ? Hein ? Le Saint-Esprit ?

Allez, c'est bon, je coupe court.

Non, non c'est pas bon, vois comment faire pour devenir institutrice, alors, renseigne-toi sur le parcours à suivre, va demander.

J'ai pas passé les examens qu'il faut pour ça.

Comment ça ?

J'ai pas suivi les matières obligatoires, comme l'histoire.

Pourquoi ?

Parce que ça me plaît pas et que j'ai pas envie d'être prof, m'man.

C'est une blague ? T'as perdu la tête ? Antonia abandonne ses légumes et recettes, les sacs de courses sont ouverts, les jumeaux sont au lycée et rentreront bientôt, le repas ne sera pas prêt et ils attendront tranquillement, ils se chuchoteront à l'oreille des confidences qu'aucun de nous ne doit entendre.

Je m'occuperai jamais d'un enfant, même pas si c'était la guerre, je déclare et je détache mon pied de celui de la table pour le taper par terre, une deux, trois fois, mon pied fait *toc toc* et trouble le rythme de nos querelles.

T'as pas passé les examens qu'il faut pour enseigner, et alors ? Passe-les maintenant.

Ils coûtent deux cents euros chacun si on n'est pas inscrit.

À quoi il va te servir ton master ? Hein, à quoi ?

À rien.

À rien ? Ça existe pas, rien, chaque chose peut permettre de faire autre chose, maintenant trouve un moyen, va au secrétariat, va où il faut, et restes-y tant que t'as pas trouvé de solution.

Je ne vais nulle part, je les déteste tous, je réponds, et je revois les petites annonces, les séminaires, les numéros de téléphone pour louer une chambre, le catalogue de la bibliothèque, les ordinateurs toujours pris, les amphis, les strapontins, le papier toilette tombé au fond de la cuvette, les *raow* des transformateurs à l'arrière et je repense à une phrase de Samuele que, va savoir pourquoi, je n'ai jamais oubliée : la lune est tombée cette nuit, le monde touche à sa fin. En bref, il n'y a rien à faire, on capitule, c'est la défaite, on s'est fait rouler.

Marco, le fils des Festa, a bien raison de dire que je devrais me faire du souci pour toi, moi je lui ai ri au nez, en fait y avait pas de quoi rire, qu'est-ce que tu fiches ? Qu'est-ce que tu fiches de ta vie, de toi ?

C'est qui ce Marco, jamais entendu parler, je mens car je sais très bien qui c'est.

Il était même là pour mes dix-huit ans, avec une chemise à rayures, de la crème plein le menton après avoir mangé du gâteau, il s'était baladé toute la soirée un peu ivre avec cette crème sur le visage sans s'en rendre compte. Cet être pâle tout en longueur me fait horreur et me dégoûte, comme tous ses déchets, le vélo, les T-shirts, les pantalons à faire raccourcir, les jeux de société aux pièces manquantes, le téléviseur vieux de cinq ans, depuis toujours nous nous nourrissons de ses restes, si je regarde l'appartement autour de moi voilà à quoi il ressemble : à une décharge de riches lassés de leurs objets.

T'en as entendu parler mille fois, tu l'as vu mille fois, ça fait longtemps que je te dis que tu devrais mieux faire connaissance avec lui, c'est un brave garçon, il fait médecine.

Je voudrais pousser un rire aigu, sifflant, mais je n'y arrive pas, je suis dans un état de tension extrême et j'ai le ventre gonflé, je pourrais me vanter d'une grossesse.

C'est un garçon comme il faut, pas comme ce Cristiano avec qui tu traînes, ce taré.

Tu connais pas Cristiano.

Il te plaît parce qu'il est mignon ? Regarde-moi, je me suis mariée avec le bellâtre de service et voilà comment ça a fini, il est tombé pendant qu'il faisait son travail de merde, et maintenant c'est à moi de le trimballer, il faudra même que je le trimballe jusqu'à sa tombe.

Il est là, il t'entend. C'est mon père, pas une plante verte, lui dis-je dans un sifflement.

Massimo ne bouge même pas la tête ou les oreilles, il ne change pas de position, il a les yeux rivés sur l'écran, le bassin calé dans son fauteuil, des jambes de plus en plus courtes, on dirait des cure-dents, et un visage de bel homme à la barbe clairsemée, qui porte des joggings informes et de vieilles chaussettes, c'est une larve splendide, un ravissant bac à fleurs.

Il peut bien entendre, de toute façon il fait jamais rien. On va finir dans les égouts.

Je vais trouver quelque chose.

Non, tu vas pas trouver quelque chose, tu vas trouver un travail qui correspond à tes études, pas question que t'ailles bosser chez le fleuriste, au bar, au restaurant, pour gagner un salaire au noir, sans mutuelle et sans vacances…

C'est bon, je connais le refrain.

Tu le connais ? C'est pas un refrain, c'est notre vie.

Ta vie.

Ta vie c'est la mienne.

Les instants de silence qui s'abattent sur nous m'avalent toute crue, sa phrase me dévore, je la sens me sauter à la gorge, je dois réagir et instaurer une distance. Ma vie n'est pas la sienne, ma vie est à moi, ma vie c'est mon problème, c'est moi qui la construis et moi qui la détruis, alors je réagis, comme une marionnette engloutie par la baleine en même temps que le plancton, je saute et bats des jambes pour sortir et retrouver la mer, remonter à la surface, naviguer à vue, je ne serai pas la pâture de cette assertion, je ne tomberai pas dans sa gorge toute de mots et de phonèmes. Je lui jette un regard furibond et me lève de ma chaise comme si j'avais été piquée entre les cuisses, la démangeaison remonte et se glisse dans ma culotte, je serre les fesses et tâche de la chasser, mais la gêne est déjà à l'intérieur, elle édifie un guêpier : notre vie, notre condition, notre toit, notre vaisselle, notre avenir, notre investissement, nos courses pour le déjeuner, notre argent que nous n'avons pas.

Ma vie c'est pas la tienne, je hurle d'une voix haut perchée, je hurle depuis mes fondations, depuis la moi petite, depuis mes entrailles humides et je sens notre terre s'ouvrir, les arbres tomber – éboulements et bruits sourds –, j'ai le visage en flammes, les cheveux électriques, mes jambes me grattent et il y a une créature en moi, furieuse, ignoble, qui ne supporte plus les mesures de restriction.

Massimo tourne son visage, très lentement, comme si ce mouvement était impossible, et il a pitié pour les murs, la machine à laver, la poubelle sous l'évier, la chasse qu'il faut tirer jusqu'à quatre fois, le linge tombé dans la rue, les bouchons des produits d'entretien recyclés en porte-épingles à cheveux, et peut-être aussi pour moi.

Je sors de la cuisine, ma mère est silencieuse comme jamais, mon cri sauvage l'a rendue muette, je vais dans ma chambre et m'y enferme à clé.

Pourquoi faut-il toujours qu'elle s'oppose ? Elle s'élève comme une digue. Pourquoi ne se range-t-elle pas de mon côté ? Comme toutes les mères, ou en tout cas la mère que je voudrais, et elle n'embrasse pas, ne caresse pas, ne coiffe pas les cheveux, ne rassure pas, n'encourage pas, elle n'est que jugement et exigences, vexation verbale et accusations, elle souligne la fin des rêves et des espérances.

Elle me fait me sentir une moins que rien, un échec, une chute, un engrenage cassé, une pendule arrêtée à six heures du matin alors qu'on est en pleine nuit : déphasée, imbécile, je ne sais pas où je chercherai, à qui je demanderai, comment je me débrouillerai, parce que je ne sais pas me débrouiller, je sais seulement attendre que ma mère trouve la solution.

Les bonbons que suçait ma prof d'italien me reviennent distinctement à l'esprit, leur odeur d'anis et son conseil de trouver un travail, parce que c'était cela que je devais viser au lieu de perdre du temps, de bredouiller et singer une vie qui n'était pas pour moi, une carrière inatteignable, moi misérable, pathétique, sans bourse, sans aide, sans artifices, il ne reste plus que moi, et je ne vaux pas grand-chose.

Je regarde autour de moi et j'ai envie d'exploser, de faire boum : les cahiers, les photocopies, les livres, les schémas, les résumés, les notes, les calendriers, les dates, les échéances, les formulaires, mon prénom découpé et collé sur mon placard – un prénom qui ne me va pas, que je déteste entendre prononcer à voix haute –, l'universalisme des différences, la rhétorique de la reconnaissance, le livre gamma de la métaphysique d'Aristote, la biopolitique, le messianisme, la sécularisation, le Léviathan, le deuxième sexe, l'ego nomade, le scepticisme, la rédemption, le seuil urbain, le spectre des couleurs, le langage égocentrique, le sadisme, la nausée de Sartre, je fais tout dégringoler des étagères et du mur, tout est malmené, ouvert, tout est jeté à terre et piétiné.

Puis je le vois, droit et robuste, mon dictionnaire, il est là, placide, il ne craint ni jugements ni méchancetés, alors je l'agresse, parce qu'il a été le premier à me mentir, à me faire croire qu'avec les mots je changerais ma vie, la réécrirais, la narrerais à la première personne, mais non, ce sont toujours les autres qui nous racontent, ce sont eux qui trouvent nos définitions, nos crochets, nos racines.

Le dictionnaire est par terre et je m'en prends à lui, je lui fais marteler le sol comme si je plantais un clou, j'attends qu'il réponde, qu'il se défende, mais il n'a pas de voix et se laisse maltraiter en silence, les livres ont indubitablement une qualité qui me convient : ils sont sans défense et, matière inerte, ils subissent.

Le mélologue a échoué, nous le savons tous, l'univers n'en a manifestement nul besoin, il est entreposé dans la cave des termes inutilisables comme nocher ou houppelande, comme encrier et guêtres, avec les proverbes et les dialectes purs, avec les anecdotes et les surnoms, et tout ce que nous avons oublié.

Babol est toujours assis dans son coin, mais il a perdu de son éclat et, opaque, il assiste à ma banale fureur, à mon désastre.

1. Apprends-moi à plonger depuis la jetée avec courage.
2. Monte à cheval pour me suivre dans la forêt.
3. Allons voir la tombe de Batman pour lui chanter une chanson débile.
4. Parlons de nos peurs.
5. Écrivons-nous une lettre.
6. Revenons à Martignano pour prendre un pédalo et pédalons ensemble jusqu'à l'autre rive.
7. Allons à Vicarello, parce que c'est là que le coucher de soleil est le plus beau.
8. Crions-nous dessus et mettons-nous en colère.
9. Reprenons l'habitude de faire sonner nos téléphones fixes quand on rentre chez nous pour nous dire qu'on est en sécurité.
10. Pardonnons-nous.

Je trouve la liste d'Iris dans le tiroir de mon bureau, sous ma carte d'identité où j'ai une tête de gamine, sous des caramels mous avariés, un paquet de serviettes hygiéniques sans rabats et des ciseaux à ongles. Ma chambre est un champ de bataille entre moi et moi, entre moi, ma mère et la maison, entre la personne que j'étais et ce en quoi j'ai évolué, à quelle espèce est-ce que j'appartiens maintenant ? Je suis peut-être un lynx, peut-être une anguille, peut-être un dinosaure, je viens du passé et c'est pour cela que je suis à l'étroit dans le présent, il ne semble pas avoir de place pour moi.

Ces dix commandements – volonté de trêve et de paix perpétuelle –, je n'en ai respecté aucun, j'ai eu des mois et des années pour les appliquer, rattraper les erreurs commises, mais j'ai repoussé les événements, chaque jour pouvait attendre le suivant, nous pourrions regarder chaque coucher de soleil le lendemain soir, chaque pardon pouvait rester implicite, personne n'assécherait le lac ou ne détruirait la jetée, et le lapin était mort depuis longtemps et il le resterait : mort et enterré dans le jardin à l'arrière, entre les laitues et quelques aubergines.

Iris a subi mes retards cumulés, mes distractions et mes disparitions, mais elle a continué à m'inviter chez elle pour qu'on fasse des muffins ensemble, qu'on regarde une série sur les vampires, qu'on se promène dans le potager, elle s'est proposé de venir à ma soutenance de master et m'a invitée à la sienne – j'ai refusé dans les deux cas –, elle est venue en bas de chez moi avec sa voiture d'occasion pour me montrer qu'elle avait appris à conduire, elle m'a envoyé des messages jusque tard dans la nuit, elle a fait sonner le téléphone fixe et je n'ai jamais répondu, si bien que ma mère a pris l'habitude de le débrancher le soir, et le téléphone sonnait occupé, de fait j'étais occupée à creuser des tranchées le long de mes frontières.

Pendant tout ce temps, je me suis complu dans les conversations les plus futiles et les plus fugitives, je ne lui ai raconté aucune de mes peurs, ni aucune de mes hontes, ou de mes difficultés, je ne lui ai pas fait part de mes disputes avec ma mère, de mes efforts universitaires, du fait qu'après cette histoire avec Andrea je me sentais tarie, anesthésiée vis-à-vis des sentiments ; je ne lui ai pas raconté ma piètre estime de moi, mon envie coriace d'offenser et de m'enfoncer, comme si chaque personne était un poisson et moi la main serrée autour de son corps lisse dans la grande fontaine qu'est une vie parmi d'autres.

Elle, elle a conservé malgré tout, dans sa mémoire émotionnelle, la moi fantastique et valeureuse, affable et souriante, la moi victime qui ne réduit pas les corps des autres en miettes, qui chante à gorge déployée dans la voiture et lit des livres dans l'ombre fraîche, une moi fugace, qui n'a duré que le temps d'une saison, une image évanescente, un visage sous l'eau pendant un concours d'apnée.

Quand elle a su pour Elena et Andrea, Iris a pris ma défense sur-le-champ, avec ardeur et un air belliqueux, elle s'est imposée comme messagère entre mon ex-copain et moi et lui a délivré l'adieu définitif et l'effacement : tu es fini, tu es un point après le dernier mot, tu es la conclusion.

Tout le monde ici saura quel genre de personnes c'est, voilà la phrase avec laquelle elle m'a réconfortée le plus souvent, avec cette certitude qu'il y aurait un autel et un bourreau pour eux, que la hache s'abattrait sur leurs têtes dans une accélération gravitationnelle, tranchant leurs cous blancs de poule et de poulet, si bien qu'une question s'est imposée à moi : que fait-on des têtes coupées ? Pourrai-je les collectionner ? Les livres ont disparu de mon étagère, il y a maintenant la place pour toutes les têtes tranchées de mes ennemis, je les épousseterai, les admirerai, les caresserai en signe de mépris et de compassion, c'est grâce à moi qu'elles sont tombées. Tout le monde ici saura quel genre de personnes c'est et leur réputation sera plongée dans l'huile bouillante, elle frira trop longtemps et sera indigeste.

Iris n'a jamais imaginé que j'aie pu mettre le feu aux voitures à Residenza Claudia, pour elle cette hypothèse relevait de l'apocalypse et de l'univers du jamais de la vie. Elle ne m'a pas vue avec mon pantalon mouillé jusqu'aux cuisses, trempée dans une tentative de meurtre.

Quand la rumeur s'est répandue, quand l'agression est devenue publique, elle a soutenu la version qui prenait ma défense, celle qui parlait de dispute et de bagarre entre deux filles d'ici ayant échangé des coups de pied, des claques, des coups de poing pour un garçon, un simple chagrin d'amour. Et ce récit de cette nuit-là, nouveau, improvisé, a attiré l'attention générale et conduit tout le monde à croire que c'était l'épilogue évident d'une farce banale, d'un contentieux entre des jeunes, une de ces escarmouches dont les parties en jeu rient quand elles se croisent des années après, parce qu'avec du recul toute gravité a la légèreté d'une plume.

Pour Iris, mon innocence ne faisait aucun doute car il ne pouvait en aller autrement et car Elena avait déjà laissé entrevoir son tempérament menteur, de nous deux c'était elle qui méritait de ne pas être crue.

La ville a elle aussi condamné, absous, murmuré et écouté les rumeurs lancées par Cristiano, qui se sont répandues et ont couru sur toutes les lèvres des gens au marché, à la salle des paris sportifs, à la terrasse du bar de la place, bras dessus bras dessous sur la promenade des Soldats : deux filles se sont tapé dessus, avant elles étaient amies, mais la blonde a couché avec le copain de la rousse, alors la rousse s'est mise en colère et la blonde aussi, elles en sont venues aux mains, la blonde est pas fiable, la rousse a bien fait, à sa place moi aussi je l'aurais démolie cette garce.

Iris a acquiescé, elle a dit bien sûr, c'est comme ça que ça s'est passé, dans son imagination le rideau s'est levé sur cette scène éclairée par la lune, où je recevais des coups de griffe et des cris, ma rivale tombait à terre et, non contente du mal qu'elle m'avait fait, elle continuait depuis le sol à m'insulter et à chercher un moyen de me réduire en bouillie, une agression dans l'agression, reproche sur reproche, condamnation sur condamnation.

Iris a déclaré qu'elle tient Elena Corsi à l'œil sur Facebook, qu'elle sait très bien qui elle fréquente et où elle est, comme ça si une photo d'elle et Andrea fait son apparition nous le saurons et nous pourrons de nouveau passer à l'attaque, recommencer les représailles, relancer les rumeurs les plus horribles, qui provoquent des blessures plus profondes que les lames.

Je lui ai dit d'accord, je te laisse surveiller, parce que moi je ne suis pas sur les réseaux sociaux, le regard sur les vies me terrorise, c'est comme l'œil de la webcam dans la chambre de Carlotta qui fouille et épie et commente et partage nos existences nues, nos culottes pour dormir, nos draps absents, nos dossiers sur le bureau de l'ordinateur, intitulés AMOUR.

Iris n'a pas arrêté de me répéter que je n'étais pas responsable de ce forfait, moi j'avais fait confiance, moi j'étais la gentille, la naïve, la martyre, et en tant que telle je serais récompensée, les fautes circulent et reviennent, circulent et reviennent, circulent et reviennent sur le coupable.

Je regarde la liste et sens que ces points ne seront bientôt plus les dix choses qu'Iris et moi ferons pour redevenir ce que nous avons été, qu'ils deviennent les dix choses que nous ne ferons jamais, les dix choses que j'ai perdues, les dix choses à regretter, et je me sens au cœur de la hêtraie, j'ai des pattes trapues et poilues, des oreilles allongées, un groin et je fouge, mes sabots sont couverts de débris de la forêt et mon estomac est rempli de glands, d'insectes, de larves, d'œufs, de baies et de champignons, je hume l'air et le coup de feu part : quelqu'un est venu pour m'abattre.

L'été arrive au bord du lac, il apporte avec lui les granités à l'orange, les doigts gras à cause des chips, les parasols sous le bras, les chaises longues alignées, les jeux de ballon sur la berge et le bourdonnement de l'hélicoptère des pompiers qui descend et récupère dans un énorme seau l'eau qui servira à éteindre quelque incendie, il y a des flammes sur les collines et dans les champs, dans les transformateurs électriques.

Depuis trois mois au moins, Iris reste enfermée chez elle, elle répond aux messages mais pas aux appels, elle m'écrit qu'elle regarde des émissions de cuisine à la télé – où on parle de saumon d'élevage, de chicorée sauvage, des fromages des Alpes – et qu'une infirmière vient lui faire une piqûre le matin, mais elle ne veut pas me dire pourquoi, à quoi sert ce traitement, de quelle maladie il s'agit, alors j'arrête d'insister pendant quelque temps, je tape des messages ternes et paresseux sur mes recherches d'emploi, sur ma mère qui m'a privée des mots, sur le temps qui passe et ne résout rien, n'améliore rien, les anniversaires, les commémorations et les fêtes se succèdent, et moi j'envoie des CV même aux boucheries, parce qu'on ne sait jamais, mon master pourrait être utile pour savoir peser correctement des quartiers de bœuf.

Le résumé de ma vie occupe à peine une page, je n'ai aucune expérience, je n'ai pas de formations professionnalisantes, je n'ai pas de niveaux en langue, je n'ai fait qu'étudier et je ne sais pas comment expliquer à la personne qui le lira que ces années passées courbée sur mes livres ont été un acte d'abnégation et que j'ai respecté le pacte social sans m'en détourner, c'est l'ordre des choses qui a voulu que je sois étudiante, je n'ai rien précipité ni retardé, docile j'ai suivi les passages obligés de ma formation et maintenant que je suis formée c'est comme si j'étais redevenue une masse sans dimensions ni profondeur, un agrégat inutile de notions, on attend de moi une expérience que personne ne semble disposé à m'offrir, je suis une crème pâtissière, une glace fondue.

L'été débarque avec sa chaleur et son appel lacustre, les placettes et les ruelles se remplissent jusque tard dans la nuit, les bars étendent leurs horaires d'ouverture, les kiosques en bois servent du café dès le matin, les Romains pas assez riches pour avoir une résidence secondaire à la mer viennent en masse en villégiature, pendant l'hiver les algues se sont étirées jusqu'à la rive et les propriétaires des établissements balnéaires les ont récemment coupées, les cailloux et les poissons morts aux têtes ouvertes ont été retirés, c'est le retour des maîtres-nageurs avec leurs T-shirts rouges et leur brevet obtenu à la piscine de l'hôtel où la mort de mon amitié avec Carlotta a été certifiée.

Je vais à vélo chez Iris et je sonne, sa mère me répond que je ne peux pas entrer, mon amie dort et eux ils sont très occupés, il vaut mieux que je ne revienne pas, quand Iris ira mieux elle m'appellera, je lui dis que j'ai apporté des citrons, ma mère les a cueillis sur le citronnier des Festa, ils sentent bon et sont parfaits pour accompagner le poisson, leurs zestes sont un délice dans les gâteaux, elle répond que je peux les déposer là, ils descendront les chercher, alors j'abandonne mon sachet au soleil et je me demande pourquoi parmi les mille présents que je pouvais apporter il a fallu que je choisisse quelque chose d'aussi acide.

Les jours passent et je téléphone à Agata, l'écran de mon Motorola est fendu, traversé par une tache violette, pour lire les messages et les numéros de téléphone je dois le tenir incliné, tous les autres ont des forfaits Internet et s'écrivent quinze fois par jour sur WhatsApp. Agata est surprise, ça fait des années que je ne l'ai pas appelée, depuis la fin du lycée nous nous sommes très peu vues et n'avons plus grand-chose à nous dire, elle travaille dans l'entreprise familiale comme c'était écrit, elle s'est acheté un sac Louis Vuitton avec lequel elle défile le soir sur la jetée, elle a toujours de faux ongles couleur amarante, turquoise, bleue, avec des strass, des petites perles, des ailes de papillon dessinées dessus.

Agata dit que ça fait un moment qu'elle n'a plus de nouvelles d'Iris, elles se sont beaucoup éloignées avec le temps, Iris ne répond pas à ses messages et elle a supprimé son profil Facebook, elle a comme disparu d'une semaine à l'autre, elle s'est éclipsée et a interdit l'entrée à chacune d'entre nous. Je pense que c'est sa manière de nous punir, car nous avons été des amies trop superficielles et pleines de défauts, aucune de nous deux ne s'est montrée proche d'elle comme elle l'aurait dû et à présent elle nous a exclues pour nous donner une leçon. Je me fais une raison face à son silence apparemment serein, il ne se passe rien de grave, elle est juste immobilisée, juste malade, ça ne durera pas, sa maladie passera comme passent les nuages ou les orages, comme le brouillard se dissipe et le givre disparaît.

Après cet échange avec Agata, je commence à penser aux indices laissés par Iris, je rumine sur la fois où elle a dit qu'elle avait mal au ventre, celle où elle a refusé de reprendre de la pastèque, celle où elle a parlé de jambes gonflées et de ventre dur, celle où elle a laissé entendre qu'elle avait perdu du poids et que son corps devenait si petit qu'il aurait pu tenir dans une main. Cependant, rien ne me conduit à l'imaginer couchée dans son lit ou sur le canapé, à côté de la télécommande, loin du soleil, du centre équestre, du potager, de moi.

J'essaie de regagner le terrain perdu plus vite, je la harcèle de smileys et de cœurs, d'horribles cœurs inférieurs à trois, je dresse la liste des activités que nous ferons ensemble quand elle sera guérie et les ajoute aux dix points qu'elle avait pensés pour nous, la liste comprend désormais vingt points, trente, cinquante-deux, à la fin il y a précisément cinquante-deux choses que nous pourrons faire ensemble quand elle sera guérie, et je les lui liste dans une série interminable de messages qui ruinent mon forfait, elle répond à cette liste folle et damnée par un sourire.

Je juge coupable notre communication à distance, nos doigts pressés sur des touches et des chiffres, c'est la symphonie d'un éloignement forcé, alors je fais le tour des bars à vélo, me rends chez le poissonnier, sur la place, au magasin de vêtements où va ma mère, j'interroge les mannequins, les pancartes À LOUER, les ruelles et la Collégiale, les statues couvertes de croûtes aux coins des palais et les fontaines d'où jaillissent de l'eau et de la mousse, je leur demande ce qui arrive à Iris, ce qui la retient prisonnière, parce que je suis sûre que la ville le sait et complote pour ne pas me le dire, pour que je sois la seule à rester dans l'ignorance, pour me faire souffrir et me tourmenter.

Au bout d'une semaine, je repasse en bas de chez elle et le sachet de citrons est toujours là, ils ont cuit au soleil, se sont noyés dans leur bouillie, il s'en dégage une odeur piquante et une puanteur de charogne, je les prends et les jette dans le bac à ordures.

Chez moi, il y a une situation de non-belligérance et d'indifférence réciproque, je suis devenue la fille à charge qui ne produit pas, ne multiplie pas, n'empoche pas, ne cuisine pas et n'a ni trésor ni réserve, la fille jamais chassée et jamais revenue, la statue de sel que tout le monde est obligé de voir à l'heure du dîner, pourtant je voudrais interroger ma mère, lui demander ce que je devrais faire, parce qu'elle a toujours su ce qu'il fallait faire, passer à l'action et résoudre, alors que moi je me suis contentée de prendre les armes et les tanks pour partir à l'assaut des barricades des autres, son action est projet, mon action est guerre, dans le premier cas l'objectif est connu, dans le second on sait seulement qu'il vaut mieux détruire avant que les autres ne le fassent.

J'ai essayé de parler d'Iris à Mariano, je lui ai téléphoné la nuit, même la lune s'était couchée, il m'a répondu que certaines personnes n'aiment pas montrer leur souffrance, d'autres ont besoin de solitude quand elles sont malades et d'autres détestent que leur maladie devienne un sujet de conversation, comme notre oncle qui avant que son cœur n'éclate a toujours dit à tout le monde qu'il faisait des malaises à cause du soleil et qui, pour éviter de parler de lui, se lançait dans des discours sur les courses hippiques, les ormes, la construction des autoroutes. Je lui ai répondu que cette omerta m'agaçait et que je ne voulais pas être témoin de la maladie ni le chantre de son épuisement, juste être informée : je veux seulement la voir, voir son visage, mettre des mots sur les choses.

Mais plus les jours passent plus mon frère semble avoir raison, les communications avec Iris sont intermittentes, j'écris matin, après-midi et soir et je reçois une réponse pour dix messages, où en général elle dit oui merci, tout va bien, non merci, à bientôt.

Alors je deviens nerveuse et enfourche mon vélo, je rôde – mouche sur les reliefs d'un repas – autour de chez elle, j'attends des signaux et des mouvements, et j'imagine qu'elle s'est peut-être cassé une jambe, brûlé le visage, qu'elle a peut-être perdu un œil, reçu un coup à la tête et que maintenant elle a une grosse balafre sur le crâne et les cheveux très courts, qu'elle a des carences en vitamines, un syndrome de malabsorption, des crampes provoquées par une forme d'arthrite précoce, qu'elle se sent moche, qu'elle ne veut pas montrer sa nouvelle condition, faible et abjecte.

Un jour je la vois sortir de chez elle, sa mère est au volant et elle à la place du passager, elle a les cheveux coupés, le visage émacié, blafard, les épaules saillantes, la gorge enflée, ses yeux semblent être devenus immenses et sombres et son front s'être élargi, ses lèvres ont fondu et sont tombantes, la personne que je vois à travers le pare-brise n'est pas elle, mais une inconnue qui l'a dévorée.

Je dis : Iris, et j'agite la main sans m'approcher, elles font demi-tour, s'éloignent dans la direction opposée, me laissant seule avec cette vision monstrueuse.

Il ne faut pas longtemps pour que tout le monde ici soit au courant, les médecins, les infirmiers, ceux qui l'ont vue par hasard, les amies de sa mère, les camarades d'excursion de son père, des gens ont parlé et maintenant on ne parle plus que de ça, on se concentre frénétiquement sur le pourquoi et le comment, on avance des hypothèses, on mentionne des analyses de sang et des coloscopies, on chuchote des effarements, des larmes, on étend au balcon les dommages et les pertes, chacun participe comme il peut au récit de la nouvelle Iris, en oubliant l'ancienne, en oubliant celle qui était ma seule amie.

Je t'ai vue dans la voiture l'autre jour, on aurait dit quelqu'un d'autre.

Je lui écris et elle ne répond pas, alors je renvoie le même message trois fois parce que j'exige une réponse, j'ai besoin qu'elle me dise : ce n'était pas moi, une autre se fait passer pour moi, je suis cachée à tel endroit, je t'attends tel jour à telle heure, sois ponctuelle parce que c'est un refuge croulant, je ne tarderai pas à m'en aller ailleurs.

Le jour où je reçois une réponse d'une parfumerie, Cristiano m'appelle. La parfumerie dit que, vu mes connaissances en philosophie, je pourrais être une bonne candidate parce qu'ils viennent d'ouvrir et qu'ils se spécialisent en relaxation, soin du corps et yoga. Cristiano a le souffle lourd à l'autre bout du fil, sa voix va et vient, le réseau n'est pas bon.

Qu'est-ce qu'il y a, Cristia' ? dis-je et redis-je et je n'entends que des bribes, puis sa voix se stabilise.

Elle est morte, prononce-t-il calmement.

Qui ? je demande, vu que je n'ai rien compris à ce qui précédait, je suis figée dans l'incompréhension, je n'ai aucune envie de m'avancer sur le seuil de la connaissance et de me faire expliquer.

Iris, je suis désolé. Son oncle a vu mon père à la ferme.

Ce n'est pas vrai, il a menti.

Non, elle allait très mal, ils l'ont emmenée dans une clinique il y a une semaine pour qu'elle reçoive un traitement contre la douleur, sa mère a mis sa chambre sens dessus dessous, il n'y aura pas d'enterrement, elle va être incinérée.

Qui ?

Iris.

Et je lui réponds qu'il ment et que j'en ai ras le bol de ses histoires, de ses légendes, de ses inventions de noms et de faits, de son bavardage, puis je raccroche. Iris ne va pas être incinérée, Iris est chez elle, je vais lui écrire et elle va me répondre, et c'est ce que je fais : j'écris et je réécris, et son téléphone sonne dans le vide.

La nuit, je rêve d'elle, elle est assise sur le rebord d'une maison en ruine, au deuxième étage, elle dit qu'elle attend là, le monde ne touche pas vraiment à sa fin, la lune est dans le ciel.

Le lendemain, les faire-part de décès font leur apparition sur les murs, ils sont différents des autres, il y a une photographie de son visage et, en dessous, ses dates de naissance et de mort, elle est morte il y a trois jours et maintenant le monde m'en informe comme ça, au croisement pour Poggio dei Pini, sur une surface de fer, sa mort est au-dessus des autres morts, elle prendra la pluie, elle prendra le froid, elle se consumera, sa mort sera recouverte par la publicité pour la Fête du poisson, c'est l'été, et sur les rives du lac tout le monde est impatient de faire frire des alevins.

## 12

## LE GOÛT DE L'ESSENCE

IRIS ET MOI, nous avons vu un avion tomber, un hélicoptère, pour être exacte.

Nous étions assises sur la plage, nous partagions la même serviette, nos maillots étaient mouillés, nos épaules couvertes par nos cheveux humides, nous suivions des yeux les nageurs entrer et sortir, sortir et entrer, Iris avait ses lunettes de soleil sur le front et léchait un Calippo à la fraise, moi j'avais les mains couvertes de sable et je ne supportais pas les cris des enfants, qu'ils aient grandi en plein air, qu'ils aient reçu des câlins, du réconfort, qu'ils soient faits pour crier.

Ours avait enroulé la serviette de Marta autour de sa tête comme un turban et défilait sur la grève, suivi par Ramona sur la pointe des pieds, qui lui disait : vas-y, danse.

Marta avait un appareil jetable, elle s'était mise à les prendre en photo, dans des poses de fakirs, de top-models et de contorsionnistes, de personnages de cirque, je les entendais rire et sautiller, essayer de ne pas se brûler les pieds.

Le Grec était allé acheter de l'eau et des sandwichs au bar, il était revenu avec ses chevilles poilues et ses cheveux plaqués sur son front, brillants comme du plastique, il nous avait offert un sandwich et une canette de Sprite et nous l'avions partagée, Iris buvait du côté droit et moi du gauche, une gorgée chacune, bulles sur le palais, soleil de plomb.

Le Grec s'était installé en dehors de notre serviette, à côté d'Iris et, centimètre par centimètre, il avait essayé de se faire de la place, de gagner le tissu, de s'approcher d'elle ; moi il m'avait paru collant, comme un taon, et je lui avais dit qu'Ours l'appelait, qu'il aille se faire prendre en photo, après on les imprimerait et on les accrocherait, Iris lui avait dit elle aussi : vas-y, vas-y.

Il s'était levé et était parti au trot, jetant par-dessus son épaule des regards et des regrets ; nous nous étions souri et Iris avait dit : il se frotte toujours contre ma cuisse.

Puis un bruit s'était élevé du lac, l'hélicoptère était apparu de derrière la crique, noir, trapu, semblable à un frelon, et vrombissant, vrombissant, il se donnait en spectacle, il dévissait, remontait et redescendait, agitait la queue, il s'emballait, et les gens applaudissaient, pensant que c'était une fête, une surprise pour divertir les estivants.

Il s'inclinait sur un côté puis tentait de reprendre de l'altitude, puis rebasculait sur le côté, en péril, et nous regardions, parce que c'était évidemment prévu, c'était forcément un exercice organisé par le musée de l'aéronautique ou un des nombreux clubs d'où s'élevaient des hydravions biplaces.

Puis, au milieu des rires et des enfants aux yeux écarquillés, le crash, l'hélicoptère avait touché l'eau et s'était renversé, il avait explosé, en une seconde il avait fait *boum*.

Une gerbe de flammes, un nuage, les hélices et le nez engloutis, sur la plage les cris, les maîtres-nageurs déjà dans l'eau, ramant sur leurs planches avec leurs bras vigoureux et leurs débardeurs décolletés, des barques avaient quitté les cercles de voile et ramé vers l'accident, dans les établissements balnéaires le silence de l'effroi.

Va savoir qui est mort ce jour-là par erreur, par blague, par malheur, qui a fondu dans l'eau, noirâtre, je ne l'ai jamais su.

Iris s'était levée en criant : quelqu'un doit le sauver.

Moi j'avais ramassé la serviette, la canette de Sprite, la fin du sandwich et je l'avais entraînée au loin, ce n'était pas à nous de sauver, remédier, arranger.

Certaines personnes sont simplement fichues, pensais-je.

L'équipe de plongeurs n'avait pas retrouvé le corps, seulement de la ferraille qui avait été chargée à bord des barques, la baignade avait été interdite pendant des jours : à la surface, la puanteur noire de l'essence.

*Chère Iris,*

*On m'a toujours dit que quand j'écris c'est que quelque chose me tourmente, et là c'est toi qui me tourmentes.*

*Je suis tourmentée par la pensée de tes chaussures à talon et à franges, de tes bottines brillantes, de tes sandales ornées de pierres alignées sous la fenêtre de ta chambre, de tes doigts sur la télécommande quand tu cherches une émission de cuisine où un monsieur au ventre imposant et à l'air avenant parle de fromage et de chèvres, de toi qui dodelines de la tête pour imiter le type du bar à Trevignano, parce qu'il a trop de cheveux et qu'on dirait que son cerveau pèse sur son cou, de ce dodelinement qui au fil du temps est devenu un code, une manière de nous dire qu'on allait à ce bar, même si le barman en question avait été licencié depuis, de comment je te voyais sous l'eau, ton contour tremblotant et l'ombre de ton visage, de tes pieds que tu trouvais toujours gonflés, de ta façon de dire "trop dur, la vie" avant d'éclater de rire, des objets que tu as rebaptisés, de ta peur de l'eau trop profonde, des incendies, des mensonges, de la soirée du Premier de l'an avec le fils du fleuriste, de ton expression quand je suis partie qui semblait dire "pourquoi tu m'abandonnes", de t'avoir laissée là avec des gens que tu connaissais à peine et un mannequin en flammes, d'avoir demandé à ta grand-mère de tricoter des écharpes et des pulls pour toute ma famille et de ne jamais l'avoir remerciée, de quand je venais te voir chez toi et qu'elle était assise au rez-de-chaussée derrière un rideau et me souriait, de la clinique et du traitement contre la douleur et du fait que la mienne, de douleur, rien ne pourra l'atténuer, pas même la morphine.*

*Je suis tourmentée par le souvenir d'un jour, un après-midi au centre équestre, où tu m'avais invitée à te regarder faire cours. Nous étions arrivées et tu avais immédiatement cherché Tampa, ton cheval boiteux, ton cheval capricieux, pas comme il faut, dont personne ne voulait et dont tu avais pris soin, que tu avais corrigé, tu étais la seule qui lui donnait à manger et nettoyait sa queue, tu avais réussi à lui faire sauter des obstacles d'un mètre et tu voulais le préparer à un concours. Mais quand nous étions arrivées Tampa n'était pas là, les box étaient tous pleins, on l'avait mis dans le champ vers les collines et il avait plu, il était introuvable.*

*J'étais en face de toi tandis que tu pleurais, la brosse pour sa crinière à la main, devant sa selle suspendue au crochet. Ce cheval n'était pas à toi, tu ne pouvais pas payer pour le laisser dans le box, c'était juste un cheval de loisir, et tu m'avais dit : Tampa n'est pas habitué à être au champ, et ils ne l'ont pas bien ferré, il va se blesser, il va s'estropier ; et moi je n'avais ni solutions ni réponses, je n'avais aucun don pour la consolation, je t'avais regardé pleurer et j'avais observé ton désespoir sans rien faire, pas un geste de la main ou du doigt pour te signifier que je comprenais le tort que tu subissais et que je le résoudrais, je le vengerais. Je trouverais l'argent pour dix, vingt chevaux, et j'ouvrirais un centre équestre rien que pour toi, où tu baptiserais les bêtes et leur expliquerais comment être élégantes et rapides. Au lieu de cela, je t'avais seulement dit : les chevaux ont l'habitude d'être dehors, je ne pense pas qu'il soit mal, il est en plein air. Et tu t'étais crispée, blessée par mon incompréhension, ce n'était pas seulement ce cheval et ce concours, et pas non plus le manque d'argent, c'était que tout le monde se fichait de te blesser.*

*Tu étais passée devant moi et tu avais pris ta bombe, tu étais allée dans le manège et tu avais monté un autre cheval, celui d'une dame anglaise qui certains jours n'avait pas envie de le monter, et avec lui tu avais tourné, tourné, au pas, au trot, au galop, et une malédiction se lisait sur ton visage. Moi j'étais restée sur le bord, à te regarder soulever la poussière, j'avais toussé, puis je m'étais mise à l'ombre, au milieu des mouches et des mauvaises herbes.*

*Nous avons découvert le lendemain que Tampa s'était vraiment estropié, et qu'il serait bientôt abattu.*

*Je ne t'ai pas demandé si je pourrais t'accompagner ce jour-là lui dire adieu, tu n'as pas exprimé l'envie que je sois là, tu t'es rendue seule à son abattage et les jours suivants tu avais le visage sombre. Pour te remonter le moral, Agata t'a invitée au centre équestre où elle allait souvent pour choisir un nouveau cheval, il y en avait plusieurs jeunes à dresser, et tu as répondu : ce n'est pas pareil.*

*Et c'est cela qui me tourmente, car non, ce n'est pas pareil.*

*Ce n'est pas pareil sans Tampa, ce n'est pas pareil sans toi.*

*Cette lettre est horrible, pire que mes rédactions au collège. Cette lettre, tu ne la recevras pas, je ne te l'enverrai pas, autant qu'elle n'existe pas.*

*Mais tu m'as demandé de te l'écrire, alors la voilà, cette chose destinée à ne servir à rien.*

*Tu me manques et j'ai été une affreuse, affreuse, affreuse amie.*

*Gaia*

Pour la Fête du poisson, la promenade le long du lac est remplie de ballons, de mères en talons hauts, de têtes de brochet frites, la plage a été fermée en vue du feu d'artifice programmé à minuit, autrefois je le regardais assise sur le sable, mais c'est interdit depuis qu'un débris a atterri sur le chapeau de paille d'une dame qui a pris feu, les enfants ont eu peur et nous avons ri, heureux d'assister au danger.

Les gens vont et viennent depuis le restaurant le Chalet jusque derrière la promenade des Soldats, les gens se pressent et sucent des bonbons, les avalent, les gens s'arrêtent dans les bars pour acheter de petites pizzas rondes, ils se prennent en photo accoudés à la rambarde, les gamins se saluent en se faisant des clins d'œil et les personnes disparues pendant l'hiver réapparaissent, car s'il y a bien un événement à ne pas rater, c'est celui-là.

Sur la scène en bois, les spectacles amateurs se succèdent, danses, chanteurs improvisés, filles tout en laque et paillettes, un comique arrache quelques sourires luisant de graisse, les chaises du premier rang restent presque toujours vides, certains se produisent dans le vacarme de la promenade, invisibles dans la fête.

Mon endroit préféré pour regarder le feu d'artifice est le toit plat d'une maison, on y accède en enjambant les barrières des jardins devant la mairie.

De là, on voit la bonne portion du lac, sans antennes trop hautes ou arbres encombrants, l'encadrement parfait où explosent lumières et pétards, cœurs artificiels, saules pleureurs, étoiles jaunes, détonations, de celles où les enfants se bouchent les oreilles, fontaines lumineuses qui s'élèvent dans la nuit, fumée épaisse, fragments de papier brûlé qui restent à la surface de l'eau, les gens viennent de toutes les communes autour du lac, de Rome, pour voir combien nous savons nous illuminer.

Les rues sont barrées, il y a des voitures garées jusque très loin, les personnes marchent en file indienne sur le bord de la route, leurs plus jeunes enfants dans les bras, les poussettes coincées sous l'aisselle, les jupes tenues à deux doigts pour éviter qu'elles touchent l'herbe et la poussière. Pour la Fête du poisson, on se maquille, on se crêpe les cheveux, on se passe le fer à lisser sur la frange, on enfile des sandales aux lanières fines, on achète des T-shirts avec un large décolleté en V, on rembourre ses soutiens-gorges, on garde ses lunettes de soleil sur la tête même s'il n'y a pas de soleil.

Je descends à vélo jusqu'à la jetée, dévalant la calade de la Croix, comme un missile je fonds sur les familles et m'aménage un espace pour mon atterrissage, puis je bifurque derrière un restaurant et attache mon vélo à la va-vite, j'ai des yeux de loup, avides, je vois les gens pomponnés pour leurs festivités et je me dis qu'il n'y a pas de respect, pas de sentiment, ils portent des vêtements aux couleurs vives et des fleurs, personne n'est là pour mon deuil.

Moi je n'ai rien eu à inventer, mes habits sont presque tous noirs, le seul élément qui contraste ce sont mes cheveux, leur couleur me perturbe dans le miroir, comment osent-ils rester roux, charnels, florissants, alors que tout mon corps s'assèche ? Qui leur permet de vivre ?

Je monte par les ruelles en évitant la place de la jetée, où des bandes d'adolescents me rappellent avec obstination que mes années ont passé, mes années paresseuses et endormies, mes années absolues, il en faut peu pour que la vie les avale, comme la fin de l'été.

Je marche la tête basse, les yeux fixés sur les pavés et mon petit sac en bandoulière tape sur ma hanche, les gens rient, qu'est-ce qu'il y a de drôle, pourquoi est-ce qu'ils rient, deux personnes que je connais écarquillent les yeux en passant, elles voient mon visage dur et n'osent pas me saluer, je comprends à leur expression qu'elles sont au courant et cela me les rend odieuses, elles sont informées, cet endroit ne sait pas garder les secrets, il ne sait rien cacher, occulter, même pas la mort ni le chagrin.

Je veux emprunter l'escalier de pierre et monter au jardin devant la mairie, enjamber la barrière, attendre seule minuit qui arrivera bientôt, je le veux parce que ce toit est mon éternel retour, le point de contact avec le passé, mon temps cyclique, la vue est toujours la même, les bruits aussi, quand les feux d'artifice exploseront j'aurai une illusion d'éternité où tout se condense et rien ne s'écoule, nous serons encore assises là, en tailleur, et les lumières se refléteront dans nos yeux.

Une fille m'arrête, elle est habillée en majorette, sa robe courte moule ses hanches, ses bras sont gras et longs, je la connais de vue, c'est la petite sœur d'une fille qui était en classe avec Iris, elle a un petit menton prononcé et des yeux félins, elle m'observe d'un air contrit, prête à remonter ses genoux et ses cuisses, à faire des pirouettes : j'ai appris, je suis vraiment désolée, elle était magnifique…

Elle murmure, et ses condoléances sont une balle dans la nuque, je me réveille de mes pensées pour retourner à la vérité, et la vérité c'est que les gens me regardent avec pitié et m'arrêtent pour me débiter leurs formules d'usage, car oui elle était magnifique, on lui a enfilé ses bottes de cavalière et puis on l'a brûlée.

Alors je pousse ce corps adolescent qui est une honte, il respire, il bouge, comment ose-t-il exister, je lui hurle que personne n'est mort et que personne n'a besoin de ses atroces condoléances, je donne des coups de coude et l'agresse, ses amies s'interposent, les gens s'arrêtent et me bousculent, je continue à me défendre de leur mal, de leur hypocrisie. Vous voilà tous attifés pour la soirée, tous prêts à trinquer, lustrés, peinturlurés.

Je sens sous mes doigts l'étoffe lisse de sa robe et je voudrais tirer dessus et la déchirer : le défilé avec la fanfare, les étals de poteries, les cacahuètes caramélisées, le ballon en forme de princesse, les cornets graisseux dégoulinant d'huile, la vapeur qui s'élève vers les habitations, j'essaie de me débattre mais quelqu'un me retient par les épaules et me dit de me calmer, il répète calme-toi et me soutient.

Je reconnais cette voix et crie : Cristia', fais quelque chose.

Il me retient et la fille est sauvée de mes ongles et de mes serres, de ma figure monstrueuse, les gens se sont attroupés autour de nous, elle a peur et pleure et je répète à Cristiano de faire quelque chose parce qu'il est impossible qu'il ne soit pas capable de résoudre la situation, qu'il n'arrive pas au bon moment, qu'il n'ait pas de l'essence et des allumettes, qu'il ne sache pas me guider indemne dans la nuit, qu'il ne fasse pas taire ceux qui veulent m'accuser, qu'il ne me protège pas des trahisons, qu'il n'ait pas une balle en réserve, nous devons tirer sur quelque chose ou quelqu'un pour nous venger du tort subi.

Y a rien à voir. Cristiano éloigne les gens, tenant entre ses bras le monceau de chair que je suis, pâle, transpirante et molle.

Je me dis qu'il y a forcément une raison, les conservateurs, les polyphosphates, les gaz à effet de serre, les pesticides, le plastique brûlé, les signaux des antennes-relais, Radio Vatican, l'arsenic dans l'eau, l'amiante dans les toits des habitations, les ondes émises par les portables et le wifi, les hormones dans la viande, le tabagisme actif et passif, les aliments de synthèse donnés aux poulets et aux vaches, le goudron aux embouchures des fleuves, la pollution automobile, le lisier, les médicaments et les ordures, le silicone dans les crèmes pour le corps ou les additifs et les peintures, nous devons chercher les coupables un à un, ceux qui l'ont tuée, cherchons les coupables.

Cristiano soutient mon front et me conduit à la fontaine, il répète aux gens qui s'approchent que nous n'avons pas besoin d'aide, il verse de l'eau sur mon visage.

Je ne peux rien faire, me dit-il, mes habits sont mouillés, mon sac trempe dans l'eau, mon Motorola a glissé par terre et navigue dans notre flaque.

On entend partir trois coups, ils annoncent les feux d'artifice et résonnent dans la cuvette de notre petite ville, on peut les entendre de la campagne, de la Collégiale, de chez le poissonnier, des étals de friture, peut-être même jusqu'au tournant de l'À-pic, un, deux, trois : le spectacle va commencer.

À la fin des années 1960, les Allemands découvrirent la vieille ville.

La partie haute, accrochée à la colline à côté du donjon, la tour et les jardins qui étaient autrefois des avant-postes du château Odescalchi, un lieu de guet dominant le lac.

Là, les ruelles pavées montent jusqu'à la Collégiale, l'église des mariages importants, celle du curé qui réprimande à grands cris les témoins si elles portent des robes trop décolletées, celle où il faut faire des offrandes significatives pour pouvoir se marier car, si tu ne paies pas, le curé te prive de la musique et la mariée entre en silence au milieu des *clic* des photographes et des gloussements des enfants.

La vieille ville où il y a encore quelques rares boutiques, des bars avec des chaises en plastique occupées par des personnes âgées et par les employés municipaux, la vieille ville à laquelle on accède par une énorme porte en bois qui reste presque toujours ouverte. Il y a trois restaurants, l'atelier d'une créatrice de bijoux en verre, un bureau de tabac, des tatoueurs et des boutiques de planches à voile sont passés par là, les cordonniers et la fontaine aux anguilles gueule béante ont résisté.

Les Allemands apprécièrent ces maisonnettes laissées à l'abandon, avec leurs chambres au rez-de-chaussée et leurs cuisines dans l'entrée, leurs terrasses donnant sur le lac et leurs petites colonnes de pierre, l'odeur ancienne de leurs murs.

Ils achetèrent maisons et boutiques, ouvrirent des commerces qu'ils fermèrent bien vite, cet endroit n'aime pas la nouveauté, il veut maintenir, conserver, être le liquide sirupeux d'un bocal, sceller tonneaux et barils.

Les Allemands cherchèrent du travail à la ville, ils descendaient nus aux petites plages en dessous de la vieille ville et s'étendaient au soleil, ils mangeaient des sandwichs au hareng et s'achetaient des chapeaux de paille ; les gens d'ici les haïssaient, les détestaient comme des métastases, ils étaient des maladies, il fallait les anéantir.

Les Allemands trouvaient le lac splendide, selon eux il captait la lumière et les couleurs, il se confondait avec le ciel, alors ils apportèrent de leur terre deux cygnes blancs, pour l'ennoblir.

Deux bêtes orgueilleuses, apparemment domesticables, au plumage royal, innocentes.

Les gens d'ici ne supportèrent pas l'affront de voir des étrangers changer la faune du lac, chaque chose était là pour rester telle quelle, pour être peinte et accrochée au mur.

Les pêcheurs commencèrent à raconter que les cygnes étaient nocifs, qu'ils apportaient des maladies, mangeaient tous les poissons, tuaient les autres oiseaux, les cygnes étaient sales, assassins.

C'est ainsi qu'un jour, au lieu de pêcher, deux pêcheurs avec leurs barques et leurs petits filets attrapèrent les cygnes et les étranglèrent, les cuisinèrent, la fumée de leur chair s'éleva au-dessus des arbres en contrebas de la vieille ville, sur cette bande de terre où personne n'était autorisé à se promener, car le parcours praticable s'arrêtait bien avant.

Les Allemands pleurèrent leurs enfants aux grandes ailes et au bec pointu, mais ils ne se découragèrent pas : il faut être entêté pour introduire de la nouveauté, il faut de la constance et de l'acharnement pour apporter le changement.

D'autres cygnes vinrent et furent rôtis à leur tour, puis d'autres et d'autres encore, puis les villageois les regardèrent flotter et procréer, puis à leur insu ces grands volatiles, ces bêtes impériales qui savaient faire marcher au pas canards et canetons commencèrent à leur plaire.

Ainsi, les cygnes sont restés et se sont déplacés d'une rive à l'autre, il y en a un noir, repéré sur la côte à Bracciano, au pied du château, le seul qui ne s'approche jamais des gens, car maintenant, trente ans après, les enfants cherchent les cygnes le long de la rive, ils veulent leur donner du pain sec et caresser leur plumage.

Mais, comme on le sait, les cygnes ne sont pas des oiseaux d'étang, ils ne sont pas faits pour suivre des règles et s'emportent facilement, quand on en voit un il faut savoir garder ses distances.

Une des premières choses que j'ai apprises quand je suis arrivée est la suivante : tu peux t'approcher des canards autant que tu veux, pas des cygnes. Les cygnes s'en prennent aux ragondins à coups de bec et les poursuivent dans l'eau en déployant leurs ailes, les cygnes ne font pas de différence entre les fillettes et les femmes, si tu leur es antipathique, ils te blesseront. Moi j'ai été un cygne, on m'a implantée ici, j'ai voulu m'adapter de force, et puis j'ai agressé, je me suis débattue et bagarrée y compris avec ceux qui s'approchaient avec leur quignon de pain dur, leur aumône d'amour.

Je les regarde, maintenant, le long des berges, ils plongent pour chercher de la nourriture, seule la pointe de leur queue reste à l'air libre, leur tête a disparu, et quand ils la remontent ils me regardent comme pour me dire que les algues du fond ne sont plus aussi bonnes qu'autrefois, l'heure est peut-être venue de migrer.

La maison, c'est là où les objets tombent par terre.

Nous avons déjà cassé trois assiettes et deux verres, une vitre du buffet ; la brique de lait a formé une flaque pâlichonne au milieu de la cuisine.

Antonia a apporté les cartons qu'on lui a donnés au supermarché et les a alignés dans le couloir, comme d'habitude rien n'est rangé à la va-vite, tout est empilé avec soin, positionné au millimètre, chaque carton est fermé au scotch et nous écrivons dessus au feutre ce qu'il contient : les brosses à dents sont avec les brosses à dents, les rideaux avec les rideaux, les livres ont atterri à l'insu de ma mère dans le sac-poubelle noir qu'elle m'a donné, avec les déchets et les ordures.

Elle est le capitaine de notre navire, elle nous guide, elle suit sa route, elle donne des ordres et impose la discipline même quand une tempête arrive à l'horizon, quand quelque chose glisse et se brise elle dit maintenant c'est fait, les objets cassés seront abandonnés, nous conserverons ce qui est entier et indispensable. Pour la première fois, nous aussi nous jetons des choses, sans reconstruire, embellir, enduire, rafraîchir.

Les jumeaux emballent notre téléviseur avec un soin qu'on devrait réserver aux statuettes en marbre, et mon père les regarde avec appréhension, il craint une fêlure, un faux mouvement, la fin de son royaume.

J'ai stocké mes vêtements dans deux grands sacs et entassé dans un coin ce que mon corps rejette, à présent. Les jupes trop petites, les jeans taille basse, les pantalons troués au niveau des fesses, les soutiens-gorges auxquels manque une bretelle, mes déchets que j'avais conservés, obsédée par l'idée que tôt ou tard ils auraient une seconde vie, ils apparaissent à présent pour ce qu'ils sont : du tissu usé, des chaussettes tellement mises et remises qu'elles sont devenues transparentes, des T-shirts avec des auréoles sous les aisselles que même les mains d'Antonia sont incapables de faire partir, le maillot noir de cet été éclatant, délavé et taché au niveau de la poitrine, des culottes jaunies, des ourlets râpés par leur frottement contre le bitume, le T-shirt de Superman qui pue la cendre.

J'ai aussi jeté la raquette de tennis, après l'avoir reniflée et parcourue de mes doigts, en avoir joué comme d'une lyre et l'avoir embrassée, j'ai dit adieu raquette et adieu Oreilles, je vous ai aimées et haïes jusqu'à aujourd'hui.

Je devrais avoir un appartement à moi, des enfants à moi, un mariage à moi, un travail à moi, mais non, je range les vestiges d'une chambre d'enfants, je décroche la corde restée tendue sans ses draps pour séparer ma portion de chambre de celle de Mariano, j'embarque un slip de mon frère et son ballon de basket, son haut de pyjama avec les éléphants, ses posters de chanteurs, son drapeau avec Che Guevara, les draps qui l'ont attendu pendant des années sous sa couette, ses cahiers du lycée, son écriture incisive, appuyée.

Nous laissons des auréoles sur les murs, de la moisissure dans les recoins, des clous saillants où plus rien n'est accroché, des trous là où il y avait des étagères, des taches sur le carrelage, des interstices où subsistent des traces de sang, de la poussière, des cheveux, des peaux mortes, des rognures d'ongle.

Ça, ça reste ici, décrète ma mère en montrant l'ours rose. C'est un truc de gamine, t'en as plus besoin, et elle sort de la pièce.

Elle n'attend pas de réponse, c'est une vieille habitude, elle dit et c'est tout, le dialogue n'est pas admis, le partage a été oublié, quand je lui ai dit qu'Iris était morte elle a répondu : il n'y a rien de plus terrible que de perdre un enfant, puis elle s'est levée et elle est allée laver les haricots, et ainsi s'est achevée notre commémoration, notre transfusion de souffrance.

Antonia est devenue plus compacte, plus sèche, sa chair a perdu de la vigueur, mais elle a gagné en dureté d'esprit, elle s'empare de tout avec rudesse, elle ne tolère pas les désordres, les mutineries.

Depuis des mois je l'entends s'agiter dans l'appartement y compris pendant la nuit, passer des appels excités, crier, lever les mains au ciel, frapper les tables, les surfaces.

Mme Mirella Boretti veuve Mancini a loué notre appartement de Rome à d'autres et les sous-locataires ne paient pas les charges, elles ont des problèmes avec leurs factures, le syndic et la concierge ont prévenu ma mère, ils lui ont demandé l'argent manquant, elle a téléphoné à Mirella Boretti sans succès, alors elle a insisté et a été ignorée jusqu'au coup de téléphone final où la dame s'est déclarée disposée à lui livrer bataille, si ma mère n'arrêtait pas de la déranger elle lui ferait retirer l'appartement du corso Trieste, parce qu'elle en avait le pouvoir, elle avait des contacts, des connaissances, alors qu'Antonia, elle, était seule, avec sa famille bonne à rien, sans travail, tous à charge.

Ce jour-là, ma mère n'a pas mangé, pas dormi, en allant aux toilettes au milieu de la nuit, je l'ai trouvée assise sur le canapé, les yeux rivés sur l'écran éteint, elle se reflétait dans le noir.

Le lendemain matin, elle nous a réunis dans la cuisine pour déclarer qu'elle avait parlé avec le jardinier des Festa, un certain Giacomo, un homme de confiance, il passerait nous chercher dans une semaine, nous devions nous dépêcher de vider l'appartement.

Cette femme imagine que je vais me rendre, qu'elle m'a arnaquée, mais c'est moi qui occupe l'appartement, elle va devoir s'accrocher pour m'en faire partir, a-t-elle conclu, et son visage a commencé à rapetisser.

Alors elle a distribué les tâches, elle a marqué sur un calendrier les jours – sept – nous séparant du départ.

La concierge et le syndic romain avaient été prévenus : nous revenions. Et Mirella Boretti aussi, ma mère lui avait écrit un long message où la grammaire était rudimentaire mais où les intimidations étaient transparentes, elle devait faire quitter l'appartement à ses locataires dans la semaine, ou ma mère s'en chargerait en personne.

Les jumeaux n'ont pas osé se plaindre, rangeant leurs biens avec loyauté, grands avec leurs grosses mains, presque des hommes avec des poils au menton et des désirs, à l'étroit dans leurs habits vieux de deux ans, prêts à inventorier et empaqueter, dans leur langage d'yeux et de doigts ils se disent à demi-mot qu'ils survivront.

Je n'ai pas le temps d'observer le corps nu de l'appartement vide, ses fissures et ses souvenirs, sa peau lépreuse, le creux de ses coudes, le repli de son nombril, je suis traînée dehors par la fureur de ma mère qui pareille au courant emporte toutes les branches, les pierres, les serpents vers l'embouchure, le corps du fleuve ne ralentit jamais.

Je suis une jeune femme déjà vieille, j'ai perdu le droit de m'opposer aux mouvements familiaux sans jamais l'avoir possédé, comme si j'avais raté mon arrêt et que je devais poursuivre le trajet jusqu'au terminus, personne n'a envisagé de me demander mon opinion ou de me faire prendre part aux décisions les plus importantes. Antonia est restée la même mère que dans mon enfance, celle qui tient seule les murs quand tout s'écroule, qui nous sort sur son dos de la maison en flammes.

Je ferme la porte de ma chambre, de l'autre côté restent le panneau orange de mes dix-huit ans, les photos d'Iris, les photos d'Agata, mes photos, et le museau de Babol, usé par les ans et par son inutilité, trophée dont l'importance équivaut à une médaille remportée lors d'un cross, cet instant de victoire et de pouvoir n'est plus que poussière.

Le lundi, nous vidons les placards, le mardi la salle de bains, le mercredi les meubles de la cuisine, le jeudi c'est le tour des tapis et des textiles, le vendredi nous jetons les sacs-poubelles noirs, le samedi nous nettoyons les sols et les sanitaires, le dimanche nous sommes prêts à partir.

La place des manèges et des chaises volantes, les rues, les routes, les magasins, le passage à niveau restent derrière nous, et la distance entre nous et ce que nous avons été s'accroît à mesure que les fourgons chargés de tous nos biens roulent vers un appartement que nous ne pourrons peut-être pas récupérer et prennent congé d'un appartement que nous venons de déclarer vide.

Une fois à Rome, Antonia fait garer les fourgons en double file au pied de l'immeuble du corso Trieste et descend, tendue, ses cheveux roux attachés en queue-de-cheval haute, sa doudoune fermée jusqu'au menton, le visage lisse et vénéneux elle se fait ouvrir les grilles pour que nous puissions entrer, ces grilles volées par les fascistes me rappellent que cet immeuble a une histoire.

Roberta est morte il y a quatre ans, elle a arrêté de respirer dans son sommeil, je revois son coin ensoleillé plongé dans l'ombre aujourd'hui, la fontaine aux poissons maintenant vidée de son eau et remplie de plantes grasses, la cour et les roses – jaunes, rouges et saumon –, beaucoup de copropriétaires ont changé, l'immeuble est rempli de chambres d'hôtes et d'appartements de vacances, d'étudiantes qui se partagent les chambres et de familles peu nombreuses, les appartements n'ont jamais risqué de perdre de la valeur, le marché de l'immobilier à Rome brasse toujours de l'argent, maintenant qu'il y a moins de travail, le travail consiste à louer des appartements.

Antonia monte l'escalier jusqu'à notre palier une caisse à outils à la main, tout nous est étranger, tout semble nous avoir attendus.

À côté de la sonnette il n'y a plus notre nom, mais une plaque blanche et le paillasson est en feutre rouge, ma mère le pousse d'un geste brusque du pied, la serrure a été changée et la porte est barrée.

Cet appartement est à nous, crie-t-elle dans l'escalier aux voisins qui ont pointé leur nez, aux curieux, aux craintifs. On ne bougera pas d'ici tant que cette porte ne sera pas ouverte.

Je suis inepte et ne sais pas aider, j'ai honte de notre défaillance, de ce énième combat qui nous reconduit au sous-sol qu'était notre premier appartement, à l'époque où il n'était écrit nulle part que nous méritions un refuge.

Mirella Boretti a fait clouer deux planches de bois aux murs, comme on le fait aux portes des immeubles en péril, des fermes en ruine et des caves pleines de seringues et de préservatifs, les jumeaux sortent les outils, ils commencent à s'affairer sous les ordres d'Antonia, leurs poignets frêles d'adolescents tiennent les marteaux et les pinces comme ils peuvent.

Ma mère ne me demande même pas de m'activer, elle me laisse être la spectatrice de leurs tentatives : les planches ne bougent pas, les clous ne viennent pas et les jumeaux semblent s'escrimer contre le destin et les orbites planétaires.

Les mains d'Antonia tremblent mais elle ne capitule pas, elle dit qu'elle donnera des coups d'épaule à la porte jusqu'à ce qu'elle tombe, qu'elle reviendra avec de la dynamite si nécessaire, elle en a bavé toute sa vie, ça suffit maintenant, rien ne l'arrêtera. Elle s'acharne sur les clous et sur le mur, elle tape dans le plâtre et dans la chaux, elle essaie de libérer les gonds et assène des coups sonores aux planches et au chambranle.

Moi je pense aux poissons, je me demande s'ils ont été relâchés et jetés dans les égouts, peut-être qu'ils nagent sous les rues, à la recherche de la mer encore très lointaine, peut-être qu'ils ont muté, qu'ils ont trois yeux et cinq nageoires, qu'ils ont été contaminés par nos assouplissants et les pastilles anticalcaires des lave-vaisselle, par les détartrants pour les WC, le shampoing à la camomille, la fleur de tiaré et le beurre de karité.

Puis on entend des gens monter l'escalier, quelqu'un crie : m'man !

Ma mère s'interrompt, elle a les articulations rouges, le front mouillé, l'air perdu quand elle voit son fils arriver.

Pousse-toi, m'man, on s'en occupe.

Mariano nous rejoint sur le palier, il est venu avec trois amis, grands, robustes et à la peau mate comme lui, ils ont des barres de fer, des pieds-de-biche, des foulards remontés sur leur visage, nous nous écartons pour les laisser passer. Au premier coup que Mariano assène à la porte, ma mère tressaille en silence, plaquée contre l'ascenseur.

Les clous et les planches sautent, le ciment aussi, et Mariano utilise le pied-de-biche pour faire sortir les gonds, il fait pression et traction avec ses mains et ses jambes, pendant ce temps ses amis forcent la porte, ils la frappent avec ce qu'ils ont, quand mon frère sent qu'elle commence à venir, il y va à coups d'épaule, une, deux, trois, cinq fois, son corps cogne, la porte finit par céder, un écart se forme, on aperçoit l'intérieur de l'appartement.

Le nez postiche de mon frère est couvert de poussière blanche, ses vêtements et ses doigts sont pleins de plâtre, du sang coule d'une de ses mains et une manche de son blouson s'est déchirée, mais Mariano ne s'arrête pas, il continue de décocher des coups de pied dans la serrure jusqu'à ce qu'un passage se crée, alors il franchit le seuil, va de l'autre côté, plonge dans notre passé.

Ses amis entrent, ma mère entre, les jumeaux entrent et sont avalés par cette bouche édentée, je suis la dernière à entrer : Mirella Boretti a fait détruire à coups de marteau le fond de la baignoire dans la salle de bains, la cuisine intégrée, elle a lacéré aux ciseaux la housse des canapés, elle a emporté des objets qui ne lui appartenaient pas et que ma mère lui avait laissés pour un échange équitable, elle a fait couper les fils électriques, enlevé les tringles au-dessus des fenêtres, notre appartement ressemble à un chantier, à une scène de crime.

Mariano fait le tour et évalue les dégâts, il est déjà entré dans la deuxième phase, celle de la thérapie, il réfléchit à comment panser les blessures de l'appartement, ses égratignures, la violence, il dit qu'ils s'occuperont de la porte et de la baignoire, et ensuite ils verront pour réparer la cuisine et recoudre le canapé, en attendant nous monterons nos meubles et nos affaires, puis ils feront des rondes devant l'immeuble, devant la porte, personne ne pourra y entrer. Ma mère acquiesce, elle pose sur lui un regard reconnaissant, personne n'aurait pu nous sauver sinon mon frère, parce qu'il est comme elle, moi je me suis leurrée, croyant que ma ressemblance avec ma mère – cheveux, taches de rousseur, nez – était un signe de notre proximité : me revoilà encore face à notre disparité absolue.

Reste pas plantée là à faire cette tête, aide maman, m'ordonne Mariano comme si j'étais un ouvrier sur son chantier, le livreur en retard, sa femme qui n'arrive pas à tomber enceinte.

Puis il s'élance dans l'escalier et nous crie qu'il va chercher son père.

J'observe le désastre comme si c'était de la neige qui s'était simplement déposée sur nous, l'air est froid, le panorama éblouissant, mon frère est une montagne, moi une sauterelle, je voudrais qu'il me prenne un instant dans ses bras, mais il ne le fait pas et je ne le lui demande pas.

Mariano réapparaît dans l'encadrement défoncé avec Massimo dans ses bras, il l'a porté depuis le palier, il a dû laisser son fauteuil dehors, il dépose ses jambes une par une, ses petites jambes, ses jambes cassées, et dit : tout va bien, papa.

Car mon père pleure, mon père a vu l'appartement disloqué.

Mariano pose sa main ensanglantée mais ferme sur son épaule et dit que ça va s'arranger.

Je suis immobile et croise le regard de l'enfant que j'ai été, elle me regarde dans le miroir fêlé de la salle de bains et me susurre : il n'y a pas de maison pour ceux qui n'ont pas de cœur.

Le lac est asséché, ils l'ont dit à la télévision. Pendant l'été, Rome a pompé son eau pour son propre réseau hydraulique, alors les plages se sont étirées, les cailloux ont émergé, les piles de la jetée se sont révélées, les rochers sont comme des îles et pour pouvoir sombrer il faut marcher, marcher, s'éloigner de la plage, des cris, de la possibilité d'être sauvé.

Les habitants d'Anguillara pensent que le lac va disparaître, que chaque été on prendra un peu plus de son eau jusqu'à ce qu'il finisse par devenir une flaque, un étang malodorant aux allures de marécage, alors enfin nous verrons ce qui se cache en son centre, si la cité engloutie avec ses murs, ses cours, ses fenêtres se révélera au monde.

L'appartement du corso Trieste a été repeint et réparé, on a rafistolé ses jambes et ses bras comme à une poupée cassée, mis de l'ordre dans ses cheveux emmêlés et on lui a enfilé une petite robe et un tablier, l'appartement est viable, nous dormons dans nos lits, la télévision a trouvé sa place contre le mur, les cartons ont été vidés avec soin, les canapés rapiécés avec des chutes de tissu coloré, les babioles, les inventions de ma mère, les portes de placard ornées de découpages, les cactus dans les pots de yaourt ont fait leur retour.

Mariano fait des allées et venues du canapé à la porte, toujours en alerte, toujours en faction, il passe ses soirées assis à table avec ma mère, ils planifient, manœuvrent, ils savent exactement quoi faire.

Elle doit se mettre à travailler, les ai-je entendus dire, et ils parlaient de moi.

Nous avions besoin d'argent que nous n'avions pas pour réparer l'appartement, alors un jour ma mère m'a tendu l'aspirateur et un seau avec des chiffons dedans, un produit d'entretien et des gants, et elle m'a dit va chez la dame du cinquième, il faut lui faire le ménage.

Et je suis allée dans cet appartement où il y avait des petits fauteuils ethniques, des bibliothèques, des photographies encadrées, des porcelaines de Capodimonte, des candélabres en ivoire, des vinyles, des escabeaux pour épousseter, une collection de cailloux ramassés le long des sentiers, de vieux magazines stockés dans les toilettes, des lits en fer forgé, des corbeilles à papier en osier, le tableau représentant une femme avec un sein dénudé, des lustres semblables à des sculptures, des pots-pourris pour parfumer l'atmosphère, des boîtes à chaussures bien alignées, des bannettes remplies de vieilles factures, des verres en verre de Murano, des tasses achetées dans un musée au Canada, du basilic sur la terrasse et la statuette d'une grenouille assise sur un tronc.

Ma mère m'a dit de nettoyer comme si c'était chez moi, alors j'ai nettoyé rageusement, je me suis acharnée sur les taches dans le bac de douche, larges, jaunes, douloureuses, sur la poussière dans les interstices, et sur les cheveux tombés à côté des tables de nuit.

À présent, je suis seule chez nous, Mariano a emmené mon père faire un tour dans le quartier, il lui a fait enfiler un pull pour qu'il ne prenne pas froid et a enfoncé une casquette sur sa tête, mon père était anxieux mais aussi content, content que son fils soit avec lui, qu'il s'occupe de tout, des promenades aux branchements électriques, des portes défoncées à l'arrivée de gaz, voilà ce que font les enfants, ils organisent le monde et l'avenir.

J'entends, très lointaine, la voix de mes plongeons, de mes sauts dans l'eau : mon vélo est resté à Anguillara, tout comme mon ours Babol, tout comme Cristiano et l'urne contenant la peau d'Iris, sa rate, ses rotules et ses pupilles, je sens qu'un cratère s'est ouvert au milieu de ma poitrine, là où jadis il y eut un volcan, qui sait, la pluie y tombera au fil des siècles et quelqu'un finira par appeler lac ce qui naguère n'était qu'un trou, le spectre de quelque chose qui s'est éteint.

Si j'avais une voiture, je me mettrais en route et traverserais la ville pour la quitter, pour en sortir, pour revenir au brouhaha du marché du lundi, aux paddles rouges dirigés à petits coups de pagaie, aux pizzas crevettes et saumon, aux parasols plantés dans le sable à l'aide des pelles et des pieds, aux jeux gonflables pendus et suspendus devant le kiosque à journaux qui inquiètent les petites filles, mais je suis immobile ici, ici est mon point d'arrivée.

Je me lève, bouge, mes os craquent, je suis rouillée, je suis restée trop longtemps exposée aux vents et aux pluies, je suis guidée par mes pensées qui créent des romans, qui chamboulent les réalités.

Je me souviens de moi tout juste arrivée ici, quand tout me semblait grand et grandiose, quand les vastes pièces étaient des maisons à mes yeux, quand les sous-sols et leur maigre lumière étaient les lieux de mon enfance. Je me souviens des courses des jumeaux sur leurs jambes courtes et potelées, de leurs couches qui traînaient par terre et de leur manière de se coller aux cuisses d'Antonia. Je me souviens de Mariano, Antonia et moi dans la cour, culotte à l'air, pleins de honte, soudés, en tortue nous nous battons contre les petites injustices, contre ceux qui ne veulent pas de nous. Je me souviens de la moi qui voulait cueillir les roses dépassant des jardins des autres pour les hacher menu et les torturer, pour en faire de la bouillie et imiter des essences coûteuses. Je me souviens de ma mère qui me dit ce qui est mal et ce qui ne l'est pas, et elle croit à ce qu'elle dit, elle croit qu'il est possible de diviser le monde en deux.

Je vais à la salle de bains, la baignoire a été remplacée, elle est aussi blanche qu'une dentition parfaite et étincelante, j'ouvre les robinets au maximum, je sens déjà une odeur de mousse, de corégones et de cygnes.

Puis je passe aux robinets du lavabo, du bidet, l'eau coule, jaillit, il est impossible de ne pas l'entendre, je bouche les évacuations et elle commence à s'accumuler, elle monte, centimètre par centimètre.

Quand le lac sera vide, nous démasquerons les légendes, les mensonges, les histoires, nous pourrons découvrir des pièces archéologiques, placer les antiquités dans des vitrines, nous pourrons voir les poissons se débattre à l'air libre, savoir la couleur qu'a la terre quand on ne la voit pas, récupérer les cannes à pêche perdues, les barques coulées, les gilets de sauvetage dégonflés, les cadavres noyés, les hélices des hélicoptères tombés, nous cesserons de nous réfléchir, de nous penser d'une rive à l'autre, de pêcher et de remonter les filets, de cacher des crèches et des fusils sous l'eau.

C'est le tour de la cuisine, reconstruite par mon frère à l'aide de chaux et de carrelage – je l'ai entendu s'activer nuit et jour avec sa truelle et un seau –, j'ouvre le robinet de l'évier et bouche la bonde, j'ouvre grand les portes de toutes les pièces, l'air circule, l'eau circule, je circule.

Je m'assieds au milieu du salon et me demande combien de temps il faudra, si deux, trois, sept heures suffiront, si à un moment donné je pourrai sentir l'eau au niveau de mes chevilles, ou au moins sous mes orteils, l'eau du lac volée, l'eau du lac amère et parfaite, l'eau qui formera des flaques importunes, qui ruissellera et imprégnera, qui dessinera des taches sur les plafonds, qui s'insinuera dans les fissures et coulera et mouillera canapés et tables de chevet, bouteilles d'huile, livres et catalogues, magazines, poubelles, dessus-de-lit, rideaux, l'eau qui dérangera les passants, atteindra les fondations, ce sera le supplice, l'eau envahira la rue et le quartier, les voitures couleront et il faudra construire des radeaux et des refuges, laisser ses biens et ses propriétés sans surveillance, ceux qui ne sauront pas rester à la surface seront emportés.

Je ferme les yeux et commence à compter.

## LE LAC EST UN MOT MAGIQUE

TU ARRIVES par la route principale et tu traverses les champs d'herbe jaune, tu longes quelques concessionnaires de voitures d'occasion, tu passes la pompe à essence et sur la gauche tu vois un brocanteur, il vend des fauteuils à bascule en fer forgé et quelques tables de chevet aux poignées en laiton.

Tu continues au-delà des broussailles, des cailloux, et tu t'arrêtes au milieu de la route parce que tu entends le signal : le passage à niveau se ferme, tu patientes dans la file derrière d'autres voitures aux vitres ouvertes, certains coupent le moteur. Les trains de campagne circulent à tour de rôle, la voie n'est pas doublée comme en ville, ils doivent se laisser passer et il arrive que le passage à niveau reste fermé pendant dix minutes, mais il n'est pas possible de l'éviter, où que tu ailles, sur les routes parallèles, tu en trouveras un autre fermé.

La voie ferrée est la seule échappatoire pour ceux qui n'ont pas de voiture, c'est l'aorte qui pompe le sang, l'horizon, la porte des aventures, tu es arrivée à bord d'un train, à bord d'un train tu es toujours partie.

Quand la barrière se lève tu avances au pas et traverses les rails, si tu tournes la tête vers la droite tu vois les auvents de la gare, tu as pris ce train pendant des années, tu connais chaque wagon, chaque tag à la bombe, chaque graffiti au marqueur Posca, tu te souviens des gens entassés, tu te souviens de la fois où une femme enceinte s'est évanouie dans la foule, de la fois où une fille a été violée à La Storta, de toutes les fois où tu bloquais les portes pour que tes amis puissent monter, où tu n'avais pas ta carte de réduction et que tu courais te cacher dans les toilettes en queue du train, de la fois où tu as rencontré un garçon plus âgé que toi qui sentait l'alcool et qui transportait un bocal de cornichons et du pain pour les cygnes dans un sac plastique.

La route principale continue et les premiers magasins apparaissent, le primeur qui vend aussi des escargots, l'énorme magasin de meubles qui propose des cuisines coûteuses et des lampes élancées, puis il y a les supermarchés et les poissonneries, c'est le quartier de la gare, la partie urbaine d'Anguillara, c'est là qu'on trouve des pavillons, des salles de sport dans les sous-sols et un bar qui le soir sert des nachos et des tortillas, les activités commerciales le long de la route, et derrière les maisons de deux étages maximum avec des toboggans dans le jardin.

Tu ne veux pas t'arrêter, tu dépasses la pharmacie et le cabinet de ton médecin de famille, tu ralentis au passage piéton et laisses traverser une femme avec un enfant, il te regarde comme si tu étais un vampire.

Une seconde après, tu es à Residenza Claudia, quartier ainsi nommé en raison de la source d'eau minérale Acqua Claudia toute proche.

Sur la gauche, une place où se trouvent les HLM, des immeubles anonymes, au second il y avait votre appartement, même si le possessif n'est pas vraiment approprié, la fenêtre de ta chambre, l'arbre dont Ours a coupé une branche, la grille où tu attachais ton vélo, l'emplacement de la fête foraine aux vacances de Pâques, le stand de tir, les coups qui partent, les canettes qui tombent, Mariano et toi qui montez l'escalier, l'un tient la tête et l'autre les pattes d'un énorme ours rose.

Chaque magasin t'évoque un après-midi, ils ont tous changé au fil du temps, le dentiste est devenu orthopédiste, les chaussures des fleurs fraîches, les surgelés des objets pour la maison, tout à un euro est devenu une boutique de céramiques, le toiletteur canin une boutique de téléphonie, il faut rester fidèle à ceux qui tiennent le coup.

Ce croisement, tu l'as traversé dans toutes les directions au fil des ans, c'est là qu'il y a le seul feu tricolore, glorieux, de tout le village, attendre qu'il passe au vert a fait partie de ton adolescence, sur la droite tu peux prendre la route pour la piscine de l'hôtel et revenir là-bas, en maillot et peignoir, rester plantée devant les vestiaires, avec ta brosse, ton shampoing à l'eucalyptus, revoir Carlotta qui dit : je suis là.

Par là, en entrant dans Residenza Claudia on rejoint aussi la petite place et la maison abandonnée, elle a été rénovée, une famille y habite : ils ont trois enfants, un chien, deux canaris ; en poursuivant tu arrives à la maison d'Andrea, le portail est encore noirci, des signes de l'incendie subsistent aux coins des rues, il se mariera bientôt, les faire-part sont déjà imprimés, la future mariée est dentiste et elle est très blonde.

Mais tu n'as pas l'intention de bifurquer, et tu attends que ça passe au vert. Quand tu traverses le carrefour, tu vois une grande ferme sur la droite, si différente des autres habitations qu'elle paraît exotique, une vieille maison campagnarde le long de la route dans un lieu qui voudrait devenir une vraie ville, le souvenir d'un monde disparu.

Maintenant, les mauvais souvenirs débutent pour toi : tu vois la ruelle qui monte de la route principale vers l'intérieur des terres, au milieu de cette montée il y a eu ou peut-être y aura-t-il pour toujours la maison d'Iris, cette rue tu l'as prise à pied, à vélo, en voiture, la radio allumée, les vitres fermées, la nuit, en te disputant, en disant des choses injustes, en aimant, devant le portail il y aura toujours pour toi la trace du sac rempli de citrons.

Ne bifurque pas, reste sur la route principale et continue, car la route principale conduit inexorablement au lac et c'est là que tu as besoin d'aller.

Alors laisse tomber le cimetière sur ta droite, ne pense pas aux tombes, ne pense pas à la photo qu'ils ont choisie pour Carlotta, recadrée, tu étais toi aussi sur l'original et tu n'arrivais pas à sourire ; pense que tu approches, les premières habitations du centre-ville apparaissent, on voit l'enseigne de la pâtisserie où vous faisiez étape la nuit pour acheter des croissants et des en-cas salés.

Tu es presque arrivée à la Croix : le carrefour le plus connu, où ceux qui viennent de la campagne à cheval font parfois une pause juste pour montrer qu'ils peuvent laisser leur monture attachée à un poteau pendant qu'ils prennent un café. Cristiano l'a fait lui aussi, prendre le cheval de va savoir qui pour le plaisir de le monter en ville. Cristiano qui a rénové sa ferme et qui a maintenant plusieurs chèvres, vaches, veaux, et produit du bon fromage, affiné, servi dans les restaurants.

Si, à la Croix, tu prends à gauche, tu trouveras deux rues aux noms de saints, San Francesco et Santo Stefano, la première conduit à l'école primaire et au collège, où l'été on va aux séances de cinéma en plein air et où les gens se pressent nombreux à la messe ; l'autre conduit aux villas des riches, les plus grandes, celles construites en hauteur avec vue sur le lac et le vieux centre-ville, des villas récentes, avec de grands jardins, des arbres élancés, des portails automatiques, toi tu n'as jamais eu de portail et tu les envies, ceux qui ont une télécommande et à qui il suffit de faire *clic* pour entrer.

Si tu prends à droite, tu pars en direction de Trevignano et tu te retrouves presque au lac, tu peux le longer, continuer là où les maisons se font plus rares, entre les bambous et les criques, c'est un coin tranquille qui te rappelle seulement le scooter de Cristiano et son phare qui s'éteint, dans l'obscurité complète seul survit celui qui connaît les stops et les virages par cœur, qui esquive les fossés, qui freine à temps.

Mais si tu décides de poursuivre tout droit, tu es arrivée.

Tu peux entrer dans le vieux centre, marcher dans les ruelles, monter à la Collégiale, demander à quelqu'un s'il veut t'épouser, enfiler une robe blanche sans bretelles, ou bien tu peux descendre et rejoindre le lac.

À toi de voir, nous, nous te laissons ici, nous nous arrêtons sur le côté de la route et te disons de descendre, de finir à pied.

Tu as l'air pressée, maintenant : passe en courant devant la bijouterie où Iris et toi vouliez vous faire percer les oreilles, dépasse la pizzeria avec sa déco années 1980 et le serveur qui sent mauvais, ne pense pas aux allées et venues à moto, en voiture, à pied, les yeux fixés sur tout le monde, et les yeux de tout le monde fixés sur toi ; cours plus vite jusqu'à la jetée et déshabille-toi, enlève ton T-shirt à rayures, ton jean noir, tes tennis aux semelles lisses, enjambe la rambarde, lance-toi, monte sur un des poteaux : attention, ça glisse.

Maintenant, regarde derrière toi, quelqu'un t'attend, tends-lui la main et tiens une promesse.

Dis-lui de ne pas trop se pencher, elle doit d'abord trouver son équilibre, maîtriser son poids, à vos pieds il y a l'eau de janvier, d'avril, d'août, l'eau de quand tu regardais la surface à la recherche du reflet du Christ, il y a la preuve que tu as parcouru ces kilomètres juste pour un plongeon, ferme les yeux et dis-lui de faire pareil, puis écrie-toi : le lac est un mot magique.

Ce n'est qu'après avoir poussé ce cri qu'Iris et toi avez le courage de sauter.

## NOTE DE L'AUTRICE

Ce roman est né pour raconter trois femmes, à travers trois *personnagesses* qu'elles ont inspirées. La première est Antonella, qui m'a raconté l'histoire de sa famille, leurs difficultés pour se faire attribuer un logement, l'échange d'appartements et comment elle a obtenu de haute lutte une régularisation et récupéré son appartement perdu. J'ai pris des libertés avec son histoire, par exemple en la situant à Anguillara Sabazia, je ne crois pas que la mairie de Rome ait des HLM là-bas.

La deuxième femme est Ilaria, qui a été ma meilleure amie pendant dix ans, elle était sarcastique et têtue, elle savait faire la crème pâtissière, elle savait faire du cheval en forêt, elle aimait les lapins et *Anna Karénine*, elle est morte en 2015.

La troisième femme, c'est moi, qui n'ai jamais frappé un garçon avec une raquette, qui n'ai jamais failli assassiner Elena dans le lac, qui n'ai jamais gagné un ours rose à la fête foraine, qui n'ai jamais su tirer et qui, par contre, suis peureuse au point de ne pas aimer rester seule la nuit. Ce roman n'est pas une biographie, ni une autobiographie, ni une autofiction, c'est une histoire qui a avalé les fragments de nombreuses vies pour essayer de les transformer en narration, en récit des années où j'ai grandi, des chagrins que j'ai seulement côtoyés et de ceux que j'ai traversés.

Je tiens à remercier Anguillara Sabazia, qui sert de décor à cette mise en scène, et ses habitants, le lac de Bracciano, la cité disparue de Sabazia, le coucher de soleil à Vicarello, le musée historique de l'Aéronautique militaire, les clubs de voile de Vigna di Valle, la promenade de Trevignano, le bar du Gabbiano, la discothèque en plein air du Pepe Nero, la plage gratuite du Pioppo, le tournant de l'À-pic, la navette qui fait le trajet entre le lac et la gare, les trains régionaux de la ligne Viterbe-Rome Tiburtina, le marché du lundi et les magasins fermés le jeudi, Pedro Cano et la vieille ville, la Collégiale et San Biagio, Angela Zucconi et la bibliothèque qui porte son nom, les fêtes estivales du Movida à Bracciano, le château Orsini-Odescalchi, les anguilles que je n'ai jamais vues et les cygnes que j'ai toujours vus, la descente en terre battue pour rejoindre Martignano, le centre équestre des Due Laghi et tous les lieux lacustres que j'ai aimés. Je veux remercier la Fête du poisson et les feux d'artifice, la friture de poisson et les toits d'où l'on peut regarder, les courts spectacles de danse sur des estrades précaires, tous les chanteurs qui ont chanté et qui ont été peu écoutés. Je veux remercier les personnes qui m'ont trahie, qui se sont moquées de moi, qui m'ont détestée et celles qui m'ont comprise, prise dans leurs bras. Je veux remercier mes amies, qui sont vivantes et partagent ces souvenirs avec moi.

Je veux remercier les personnes qui ont travaillé en coulisse à ce livre avec moi, figurantes involontaires, qui se sont fait dérober des citations implicites ou explicites, qui se mettront en colère en lisant ce roman. Je veux remercier Laura Fidaleo, car c'est elle qui a prononcé le mot magique qui m'a servi de point de départ.

Enfin, je veux vous dire quelques vérités.

En 2012, Federica Mangiapelo a été la victime d'un féminicide, elle est morte noyée par son petit ami dans le lac de Bracciano pendant la nuit d'Halloween, elle avait seize ans.

En 2017, le pape François a fait cesser d'émettre la plupart des antennes de Radio Vatican, accusées d'être à l'origine de l'augmentation des tumeurs malignes et des cas de leucémie chez les enfants dans la population des zones alentour.

Toujours en 2017, à Cracovie, l'UNESCO a décidé de l'entrée au Patrimoine de l'humanité de la hêtraie d'Oriolo Romano, qui reste cependant une terre de braconnage.

Depuis 2019, la société ACEA de Rome n'a plus le droit de pomper l'eau du lac de Bracciano. Aujourd'hui encore, les aqueducs d'Anguillara Sabazia sont périodiquement déclarés dangereux parce qu'ils contiennent des quantités d'arsenic supérieures aux seuils autorisés. Au fil des ans, des pièces archéologiques de valeur, preuves tangibles de la présence de villas et d'habitations englouties, ont émergé des eaux du lac.

Quoi qu'il en soit, moi, cette crèche sous-marine au pied de la jetée, je ne l'ai jamais vue, mais je crois à son existence. J'y crois depuis mon enfance et je n'ai jamais cessé depuis.

*Cet ouvrage a été imprimé sur du papier*
*dont les fibres de bois proviennent*
*de forêts durablement gérées*

IMPRIM'VERT®

CET OUVRAGE A ÉTÉ COMPOSÉ PAR ATLANT'COMMUNICATION (VENDÉE)

ACHEVÉ D'IMPRIMER SUR ROTO-PAGE
PAR L'IMPRIMERIE FLOCH À MAYENNE
EN MARS 2022
POUR LE COMPTE DES ÉDITIONS GALLMEISTER
13, RUE DE NESLE
75006 PARIS

DÉPÔT LÉGAL : AVRIL 2022
1re ÉDITION
N° D'IMPRESSION : 100031
IMPRIMÉ EN FRANCE